**HAFFMANS KRIMINALROMANE
BEI HEYNE**

KAREN KIJEWSKI

Ein Fall für Kat

EIN KRIMINALROMAN
MIT KAT COLORADO

AUS DEM AMERIKANISCHEN
VON
SONJA HAUSER

WILHELM HEYNE VERLAG
MÜNCHEN

HAFFMANS KRIMINALROMANE BEI HEYNE
Herausgegeben von Gerd Haffmans und Bernhard Matt
Nr. 05/32. Im Mai 1993.

Titel der amerikanischen Originalausgabe
KATWALK
Copyright © 1989 by Karen Kijewski
Die Erstausgabe erschien 1991
im Wilhelm Heyne Verlag, München,
in der »Blauen Reihe« (Band Nr. 02/2321).

Alle deutschsprachigen Rechte vorbehalten
Copyright © 1991 by Wilhelm Heyne Verlag GmbH & Co. KG, München
Printed in Germany 1993
Konzeption und Gestaltung: Urs Jakob
Umschlagillustration: Peter Wüpper, Hamburg
Umschlaggestaltung: Atelier Ingrid Schütz, München
Gesamtherstellung: Ebner Ulm

ISBN 3-453-06668-5

Meinen Töchtern Sonia und Maia

Die Autorin bedankt sich an dieser Stelle bei
Bridget McKenna, Tom Ghormley und
Joe Hamelin für ihre Hilfe und Unterstützung.

1

Liebe Charity,

was ist ein echter Freund? Ich würde sagen, das ist jemand, der einem einen Tausender leiht, ohne Fragen zu stellen. Ein Kumpel von mir sagt, das ist jemand, der einem beisteht, wenn man in der Klemme steckt. Schreiben Sie mir doch, was Sie dazu denken. Es geht um einen Zehner.

T & B

Lieber T & B,

ein Freund ist jemand, der einen mitten in der Nacht hereinläßt.

Charity

Gegen ein Uhr morgens fing jemand an, gegen meine Tür zu hämmern. Die Katze streckte sich, gähnte und spazierte gemächlich zu ihrer Futterschüssel. Ich legte mein Buch weg und machte mich auf den Weg zur Tür.

»Kat, laß mich rein!« Weiteres Hämmern und Poltern. Ich machte die Tür auf und trat einen Schritt zurück, damit Charity nicht auf mich fiel. Sie stürzte herein, fing sich an der Wand und blieb dort leicht keuchend angelehnt. Ihre sonstige Gelassenheit war einem geistesabwesenden Gesichtsausdruck gewichen, das Haar war zerzaust und der Blick wirr.

»Was soll der Krach, Charity? Du hast doch den Schlüssel.«

»Ich wollte nicht unangemeldet reinkommen und dich erschrecken.«

»Wie rücksichtsvoll«, aber sie nahm den Sarkasmus überhaupt nicht wahr – an ihr vergeudete ich nur mein Pulver.

»Kat, ich muß mit dir reden.«

»Wir haben uns doch erst heute mittag unterhalten.«

»Aber das war unter Freunden. Und jetzt brauche ich deinen beruflichen Beistand.«

Ich fluchte leise vor mich hin; sie war in die Küche unterwegs.

»Hast du was zu essen da? Ich komm' um vor Hunger.«

Charity fühlte sich ganz zu Hause, während ich ihr mürrisch zusah. Ich arbeite ungern für Freunde – nichts als Komplikationen – und vermeide es, so gut ich kann. Ich wollte aus der Sache heraus und wußte, daß ich es nicht konnte. Charity hatte ein Problem, und ich bin Privatdetektivin. Man konnte sich ganz leicht denken, wie die Geschichte ausgehen würde.

»Du hast keine Mayonnaise, der Käse ist schimmlig, und du hast bloß dieses geschrotete Vollweizenbrot im Haus. Geschrotet – igitt. Wie wenn jemand das Zeug mit Mörser und Stößel bearbeitet.«

Ich starrte sie an.

»Aber der Nudelsalat sieht ganz in Ordnung aus.« Sie packte eine Gabel und machte sich darüber her. »Gibt's vielleicht noch ein Glas Wein dazu?«

Ich nickte und sah ihr bedrückt zu, wie sie den Korken mit einem Knall aus einer Flasche Cabernet zog, die ich eigentlich für einen besonderen Anlaß aufgehoben hatte.

»Es ist schon nach eins, Charity.« Ich nahm einen Schluck Wein – ihre heuschreckenartige Gier hatte inzwischen auf mich abgefärbt.

»Tatsächlich? Das hab' ich überhaupt nicht gemerkt. Ich hab' grad noch mit meinem Steuerberater und dann mit Sam gesprochen. Noch ein bißchen Wein?« Ich nickte. »Der Steuerberater sagt, es fehlen zweihunderttausend Dollar.« Ihre Stimme schwoll zu einem Kreischen an. »Zweihunderttausend! Dieses Schwein! Ich könnte ihn umbringen.«

»Den Steuerberater?«

»Nein, natürlich nicht. Sam. Paß auf, Kat, das ist wichtig.«

Ich nickte und kippte den Wein in mich hinein. Doch dann riß ich mich zusammen und trank langsamer.

»Ich weiß, daß Sam sich das Geld vor der Scheidung unter den Nagel gerissen hat, damit es nicht mehr zur Scheidungsmasse gehört. Kat, du mußt mir helfen.«

Ich seufzte. Ich wußte, daß ich das mußte, und mir war verdammt unwohl bei dieser ganzen schmutzigen Angelegenheit.

»Hast du Sam direkt darauf angesprochen?«

»Natürlich.«

»Und was hat er gesagt?«

»Daß er das Geld am Spieltisch in Las Vegas verloren habe. Aber das kaufe ich ihm nicht ab.«

Das tat ich auch nicht. Sie schenkte uns Wein nach.

»Kat, was soll ich bloß machen? Möglicherweise verliere ich das Haus, die Pferde, alles...«

»Jetzt beruhige dich erst mal. Wenn er's hat, find ich's auch. Das ist schließlich mein Job.«

»Ja, Gott sei Dank. Weißt du was? Ich hasse diese kleinen Flaschen, die sind immer so schnell leer. Hast du sonst nichts mehr zu trinken da? Aha!« Sie warf einen prüfenden Blick in den offenen Kühlschrank, stürzte sich auf eine Flasche Weißwein und entkorkte sie.

»Wie viele Geschäftsunterlagen von Sam hast du noch im Haus?«

»Jede Menge.«

»Dann geh sie durch.« Sie wollte aufstehen. »Nicht heut nacht. Du hast schon zuviel getrunken. Du bleibst besser hier. Morgen. Paß auf, ob du was über irgendwelche Geschäfte in Nevada findest. Und Kopien von deinen Telefonrechnungen aus den letzten Monaten, falls du die noch hast. Ich brauche eine genaue Auflistung aller Ferngespräche. Und eine Kopie der Einkommensteuer vom letzten Jahr. Okay? Ich geh' jetzt ins Bett. Das Gästebett ist hergerichtet; nimm ein Bad, wenn du möchtest.«

»Danke.« Sie umarmte mich.

»Fühl dich ganz wie zu Hause«, fügte ich völlig unnötigerweise hinzu, während sie sich mehr Wein einschenkte und eine Packung Eis aus dem Kühlschrank holte.

»Kat, du bist ein Schatz. Was würde ich bloß ohne dich machen?«

Ich bin ziemlich stolz auf mich, daß ich mir die Antwort verbiß, die mir auf der Zunge lag: Es wäre etwas über Briefkastentanten gewesen, die dem Rest der Menschheit schamlos kluge Ratschläge erteilen.

»Hast du keine Karamelsauce da?« fragte sie etwas gedämpft, weil sie den Mund voll Eis hatte.

»Charity, das ist ein Sorbet, da paßt Karamelsauce nicht dazu.«

»O doch. In Krisensituationen ist mir Karamelsauce immer ein großer Trost. Es ist völlig egal, wo du sie drauftust, sogar Toast geht. – Aber natürlich nicht dieser geschrotete Mist.«

Ich schüttelte die Vorstellung von Toast und heißer Karamelsauce ab. »Weck mich bitte nicht, wenn du in aller Herrgottsfrühe aufstehst, ja? Ich treff' dich um halb neun im Cornerstone zum Frühstück. Glaubst du, daß du bis dahin alles beisammen haben kannst?«

»Ich versuch's. Ich hab's! Heiße Schokolade – genau, das ist es!«

Vom Cabernet zur heißen Schokolade. Mir lief es ganz kalt den Rücken hinunter. Ich ging ins Bett.

Der Wecker klingelte um sieben. Ich lag eine Weile da und dachte über die Freundschaft nach und darüber, wie schwierig es doch ist, sich aus einem warmen Bett zu schälen. Es ist allgemein bekannt, daß der Morgen nicht meine beste Zeit ist. Als ich anfing, wieder wegzudösen, gab ich mir einen Ruck und stand auf.

Meine Morgenroutine war gestört, und so etwas nervt mich. Dann nervt es mich, weil es mich nervt, denn ich fühle mich irgendwie alt und eingefahren. Und mit dreiunddreißig ist das kein sonderlich gutes Gefühl.

Gewöhnlich trinke ich Tee und lese dabei die *Sacramento Bee*. Ich habe mal fünf Jahre als Reporterin für die Zeitung gearbeitet, und alte Gewohnheiten legt man nur schwer ab. An jenem Morgen überflog ich die Schlagzeilen und trank dann die erste Tasse Tee in der Badewanne. Dabei wäre ich fast eingeschlafen – kein gutes Zeichen –, und schon war ich wieder zu spät dran und mufflig. Genau deswegen stehe ich ungern früh auf.

Ich lebe außerhalb von Sacramento und brauche von mir aus ungefähr eine halbe Stunde in die Stadt. Die Acht-Uhr-

Nachrichten im Radio waren deprimierend und der Verkehr dicht. Ich nahm die I-80 zur Ausfahrt J Street und parkte dann Ecke 24th/J. Auf der 24th gibt es keine Parkuhren.

Charity saß schon im Café und sah aus, als hätte sie in den letzten zwei Stunden mindestens dreizehn Tassen Kaffee getrunken. Sie hatte die Ellbogen auf den Tisch gestützt und den Kopf in die Hände gelegt und zuckte nervös. Mein »Guten Morgen« erschreckte sie so, daß ihr die Luft wegblieb. Ich tätschelte ihr den Rücken.

»Hast wohl nicht so gut geschlafen, was?« Blöde Frage. Scheidung mit Nudelsalat, Wein, Eis und heißer Schokolade. Wer verträgt das schon?

»Kat, ich bin ein Wrack.« Ich hielt das für eine reichlich großzügige Beschreibung, sagte aber nichts dazu.

»Das kommt schon wieder in Ordnung, du bist zäh.«

Sie strafte meine Aussagen sofort Lügen und fing an zu weinen. Ich war froh, daß ihre Leser sie nicht so sehen konnten. Und ich selbst hatte von der Sache schon mehr als genug. Am liebsten wäre ich woanders gewesen.

Ruby knallte uns die Teller auf den Tisch. Wir essen so oft im Cornerstone, daß wir uns schon nicht mehr die Mühe machen müssen zu bestellen. Rubys Sinne sind durch ihre zwanzig Jahre auf dem Kaffeehausparkett geschärft. Sie beherrscht die Szenerie wie ein Marineoffizier sein Schiff. Sie rüttelte Charity ein wenig und sagte mit bestimmter Stimme: »Reiß dich zusammen und trink deinen Saft. Ich hab' dir frische Zimtbrötchen gebracht und Schokoladenmilch, Kaffee kriegst du keinen mehr. Und iß deine Eier auf.«

»Gut gemacht, Ruby.« Ich grinste. Charity runzelte die Stirn. »Ist ja schon gut«, sagte ich schnell, bevor sie wieder anfangen konnte zu weinen. »Ich hab' ein Ticket für die Neun-Uhr-Maschine morgen nach Vegas. Ich kümmere mich um die Sache.«

»Gut.« Sie schniefte ein paar Tränen hoch und schlürfte dann ihre Rühreier. »Zweihunderttausend ist 'ne Menge Geld. Ich weiß, daß er sie hat, das Schwein. Dieses Schwein!« Sie fing wieder an zu weinen. Verflucht.

»Wenn er das Geld hat, find ich's.« Ich tätschelte ihren Arm. »Du hast die Beste angeheuert.«

Ich aß mein Frühstück halb auf – mehr schaffe ich so früh am Morgen beim besten Willen nicht –, ließ die Münzen auf den Tisch klimpern und nahm mir den dicken braunen Umschlag vor, den Charity mitgebracht hatte. Wir umarmten uns kurz, und ich rief nach Ruby, die hinten in der Küche herumhantierte. Sie kam heraus, zwinkerte mir zu und winkte mit der Schürze. Wie sie so dasteht und die Hände in der Schürze vergräbt, erinnert sie mich immer an meine Adoptivgroßmutter. Das gibt mir jedesmal einen kleinen Stich.

Auf der Heimfahrt dachte ich weiter drüber nach. Wahrscheinlich sind genau die Dinge, die einem so einen kleinen Stich versetzen, es wert, daß man sich mit ihnen beschäftigt. Wie zum Beispiel die Freundschaft. Deshalb tat ich auch etwas, von dem mir mein Geschäftssinn dringend abriet.

2

Liebe Charity,

lohnt es sich überhaupt, für irgend etwas zu kämpfen?

Ein Zweifler

Lieber Zweifler,

ja, sogar für viele Dinge: Kinder, Freundschaft, Zukunft. Rumkuchen mit Sahne, Karamelsauce und Pekannüssen. Kämpfen Sie mit Herz, Verstand und Worten. Gewalt ist immer das letzte Mittel.

Charity

Ich habe ein Haus mit zwei Schlafzimmern. Das eine davon nutze ich als Büro. Um den Schein zu wahren, teile ich mir in der Stadt mit jemandem ein Büro, aber daheim erledige ich die meiste Arbeit. Ich machte mir eine Tasse Tee und widmete mich dem Stapel Papieren, die Charity mir gegeben hatte. Als erstes nahm ich mir die Telefonrechnungen vor. Charity und Sam hatten sich erst vor kurzem getrennt. Und Charity als Briefkastentante bei einer Zeitung war verbittert und kam nicht darüber hinweg. Mich hatte die Angelegenheit nicht überrascht, aber ich habe eine realistischere, ja sogar zynischere Lebenseinstellung als sie.

Es ist immer schwer zu sagen, was sich bei Scheidungen tatsächlich abspielt. Sams Version sah so aus, daß er zweihunderttausend in den Kasinos in Vegas verloren hatte. Und Charity war der Meinung, er wolle sie übers Ohr hauen. Ich war fürs erste neutral, aber die Vergangenheit schien eher ihre Sicht der Dinge zu bestätigen. Ich arbeitete die Telefonrechnung durch und notierte mir dabei ein halbes Dutzend Nummern in Nevada, die meisten davon in Las Vegas. Dann ging ich das Telefonverzeichnis von Las

Vegas durch und schrieb die jeweiligen Namen neben die Telefonnummern.

Es handelte sich um eine Baufirma, einen Makler und eine Investmentgesellschaft. Ich hing mich ans Telefon und machte Termine mit ihnen aus, um übers Bauen, Kaufen und Investieren zu reden. Die anderen Nummern gehörten zu Privatpersonen, und ich beschloß, sie erst in Las Vegas zu überprüfen. Ich verbrachte den restlichen Nachmittag damit, den Schreibtisch aufzuräumen und alles für ein paar Tage auswärts vorzubereiten. Dann schrieb ich einen Zettel für den Nachbarjungen, der immer Post und Zeitungen hereinholt und sich um meine Hausgenossen Flora und Fauna kümmert, wenn ich weg bin.

Am nächsten Morgen mußte ich früh aufstehen, um das Flugzeug zu erwischen, was bedeutete, daß ich den Tag wieder schlecht gelaunt begann. Nicht schön, gar nicht schön, und völlig untypisch für mich.

Ich war so früh am Flughafen, daß ich genug Zeit in einer langen Schlange verbringen konnte, die sich nur langsam voranschob. Natürlich. Nicht mal in der Bank ist es heute noch so schlimm, nur auf der Post. Die Frau vor mir hatte schwarze Haare – frisch aus der Tube –, trug eine enge Wollhose und hatte zwei winzige Pudel an der Leine. Sie hießen LaLa und DaDa. Nicht, daß ich gefragt hätte: Sie sagte es mir einfach. Sie erzählte mir noch eine ganze Menge anderes Zeug, nach dem ich sie nicht gefragt hatte. Und sie erinnerte mich daran, warum ich nie freiwillig in die Neonglitzerstadt fahre.

Als ich endlich auf meinem Platz saß, fühlte ich mich ausgelaugt. Offensichtlich schaute ich so aus, als könnte ich eine Bloody Mary vertragen, denn die Stewardeß war überrascht, daß ich keinen Drink wollte. Statt dessen nahm ich einen Kaffee und schlug die Zeitung auf. Nach zwei Tassen Kaffee und einer halben Zeitung fühlte ich mich ausgeglichener. Aber ich verdarb mir die Stimmung, als ich Charitys Kummerkasten las. Ich war nicht überrascht, aber meine Laune verbesserte sich dadurch auch nicht gerade. Ihr Privatleben beeinflußte ihre beruflichen Ratschläge.

Liebe Charity,

meine Freunde retten Wale, löschen Waldbrände und arbeiten für den Weltfrieden. Ich will bloß Eis essen (am liebsten Kokosnuß-Chocolate-Chip), Science-fiction lesen und einen Rockstar heiraten. Hab' ich irgendwie den Anschluß verpaßt?

Eine Grüblerin

Liebe Grüblerin,

ja. Und zwar auf der ganzen Linie: bei Schiff, Zug, Flugzeug und Rübenlaster. Wenn Sie noch ein Teenager sind, haben Sie eine gute Entschuldigung. – Und die besten Aussichten, im Jahr 2002 in eine Testkolonie auf dem Pluto deportiert zu werden. Wenn nicht, sind Sie wahrscheinlich ziemlich primitiv.

Charity

Ich stöhnte und gab mich meinen düsteren Gedanken hin. Und dann machte ich mich in einem Anfall von Masochismus über mein Horoskop her:

Gehen Sie in geschäftlichen Angelegenheiten vorsichtig vor; alte und neue Freunde spielen heute eine wichtige Rolle; vermeiden Sie Reisen und nehmen Sie sich vor allzu voreiligen Versprechungen in acht.

Auch das hob meine Laune nicht sonderlich. Ich beschloß, ein Nickerchen zu machen, und den Tag später noch mal von vorn zu beginnen. Ich wachte auf, als das Flugzeug mit einem dumpfen Schlag auf dem Rollfeld des McCarran Flughafens aufsetzte. – Einem Schlag, der einen hoffen, wenn auch nicht glauben läßt, daß der Pilot seine letzte Ausbildungsstunde bereits hinter sich hat. Ich steckte die Zeitung in die Tasche an der Rückseite des Sitzes vor mir, nahm mein Board case und ging aus dem Flugzeug hinaus zum großen Drängeln und Schlangestehen.
Meine erste Begegnung in Las Vegas läßt sich eigentlich nur mit dem Wort Frontalzusammenstoß umschreiben. Früher

mal hätte ich das wahrscheinlich einen unerhörten Zufall genannt, aber ich glaubte schon lange nicht mehr an Zufälle oder Horoskope. Als ich wieder einen klaren Kopf und einen klaren Blick hatte, sah ich mich nach dem Panzer oder was es auch immer gewesen war, was mich da niedergewalzt hatte, um. Lange, bevor ich das Ding sehen konnte, hörte ich schon seine Entschuldigungen.

Das Ding war ein Geschäftsmann, der als Schläger verkleidet war. Oder ein Schläger, der wie ein Geschäftsmann aussehen wollte. Gleiche Chancen für beide Möglichkeiten – obwohl ich eher auf die zweite getippt hätte. Jedenfalls war es keine Liebe auf den ersten Blick – was mich anbelangte. Der Panzer war gebaut wie ein angefetteter Footballer. Das Gleichgewicht hatte sich eindeutig von Kniebeugen zu Bier und Cheetos verschoben.

»Hey, das ist doch Katy. Katy, bist du das wirklich? Erinnerst du dich nicht mehr? Deck, Deck Hamilton.«

Ich sah in sein faltiges Brathähnchengesicht – harte dunkle Augen, geblähte Nasenflügel mit einem Kranz geplatzter Äderchen drum herum – und versuchte, Deck wiederzuerkennen. Es gelang mir nicht.

»Katy, ich bin's, Deck.«

Einzig und allein der Name Katy zwang mich, ihm zu glauben, und auch das nur, weil er noch aus längst vergangenen Zeiten stammt und ihn heute keiner mehr verwendet. Die, die ihn kannten, sind alle verschwunden oder tot.

»Meine Güte, Deck, du hast dich aber verändert.« Mir waren viele Dinge durch den Kopf gegangen, aber das war das einzige, was ich laut sagen konnte.

»Du überhaupt nicht.« Er sah mich kurz und prüfend an. »Und wenn, dann nur zu deinem Vorteil. Immer noch dieselben braunen, wippenden Locken, die grünen Augen und dieses umwerfende Lächeln. Du siehst großartig aus, Katy.«

»Die Leute sagen jetzt Kate zu mir, Deck. Oder Kat.«

»Ja, klar, hört sich logisch an. Ich bin immer noch derselbe alte Deck.«

»Der gute alte Deck.« Ich lächelte.

»Ja«, nickte er, und wir versanken einen Augenblick lang

in gemeinsamen Erinnerungen. »Verpiß dich, mein Lieber«, fuhr Deck dann plötzlich einen Jungen in Motorradfahrerkluft an, der ihm Kontra geben wollte, es sich dann aber vernünftigerweise anders überlegte. »So einen brauchen wir hier nicht«, sagte er zu mir.

»Das haben sie über dich auch immer gesagt.«

»Tatsächlich? Tja, vielleicht haben sie recht gehabt.« Jetzt stürmten die Erinnerungen wirklich auf mich ein; Erinnerungen an einen langen, dürren Jungen, der bloß aus Ellbogen und Knien bestand – und aus großen Fäusten mit groben Knubbelknöcheln. Er war neu in unserer Gegend, einer harten Gegend, wo niemand einem was schenkte und wo schon mal einer über die Klinge sprang, wenn er es herausforderte. Man war auf sich selbst gestellt, oder man hatte ältere Geschwister, die einen raushauten. Oder man war eben der letzte Dreck.

Gleich das erstemal, als die Kinder sich über Deck lustig machten, brüllte er sie an: »Wenn ihr mir dumm kommt, kriegt ihr eins auf den Deckel.« Er hielt Wort, und deshalb nannten wir ihn von da an Deck. Vor langer, langer Zeit war Deck mein Freund gewesen. Er hatte mich mehr als einmal verteidigt.

»Bist du grad angekommen, oder fliegst du weg, Kat?«

»Was? Ach so, ich bin grad angekommen. Bin geschäftlich hier. Und du?«

»Ich wohn' hier. Komm, ich nehm' dich mit in die Stadt. »Wo willst du hin?«

»Danke, Deck, aber ich muß mir ein Auto mieten.«

»Na schön. Aber wie wär's mit einem Essen morgen abend? – Ganz sentimental?« Ich überlegte. Warum eigentlich nicht? »Komm doch zuerst um sechs auf einen Drink in die große Bar im Glitterdome.« Ich nickte. Ich interessiere mich immer dafür, wie sich die Dinge entwickeln. Wie beispielsweise aus dem Jungen, den ich gekannt hatte, der Mann geworden war, der jetzt vor mir stand.

Später spielte ich innerlich wieder mal das altbekannte Spielchen »Was wäre wenn?« oder »Wenn ich das gewußt hätte...«, wünschte, ich hätte abgelehnt, und ging. Aber das hätte ich nicht fertiggebracht. Alte Freunde haben gewisse Rechte, und schließlich hatte Deck mich früher verteidigt. Um ehrlich zu sein: Ich hätte sowieso nicht nein gesagt. Ich hab' noch nie nein sagen können, wenn mich etwas interessiert.

»Neugier ist der Katze Tod«, sagte meine Mutter immer zu mir, wenn sie gerade einen lichten Augenblick hatte und sich mal für mich interessierte. Und sie hatte recht.

3

Liebe Charity,

ich bin da in was reingeraten, was mir über den Kopf wächst. Wenn ich etwas unternehme – was ich eigentlich sollte –, verrate ich damit einen Freund. Wenn nicht, könnten furchtbare Dinge passieren. Egal, was ich mache: Es gibt große Schwierigkeiten. Bitte helfen Sie mir!

Eine völlig Verängstigte

Liebe Verängstigte,

für Leute wie Sie hat man Sprichwörter wie »Erst denken, dann reden« oder »Wie man sich bettet, so liegt man«, eingeführt. Viel Glück, und meiden Sie fürs erste alle dunklen Gassen.

Charity

Wir verabschiedeten uns, Deck und ich, und ich ließ mich von einer Woge von Menschen zum Mietwagenschalter hinüberspülen. Ich atmete ein paar Mal tief durch und hoffte, daß die Leute vom Autoverleih ausnahmsweise mal alles so vorbereitet hatten, wie ich mir das vorstellte. Natürlich hatten sie das nicht. Ich sehnte mich einen nostalgischen Augenblick lang nach Deck und seinen Muskeln. Dann führte ich mit der Angestellten eine hitzige Diskussion darüber, daß ich das wollte, was ich bestellt hatte: Ja, es mußte wirklich das Economy-Modell sein, und ein Radio wäre schön. Am Ende schlossen wir einen Kompromiß – ich nahm, was sie mir gab.

Die Angestellte drückte mir die Papiere in die Hand und grunzte kurz etwas. Ich dankte ihr und lächelte, nur um ihr zu beweisen, daß ich noch immer genug Charakterstärke besaß, höflich zu sein.

Als ich nach draußen trat, fiel die hochsommerliche Hitze auf mich herab wie lichtdurchlässiges Ölzeug. Ich stolperte leicht gebeugt dahin und arbeitete mich keuchend durch die Luft voran, die etwa die Konsistenz von erhitztem Karamel hatte. Der Wagen war nicht gerade das beste Pferd im Stall, aber wenigstens fuhr er. – Obwohl ich mir, ehrlich gesagt, doch Hoffnungen auf eine etwas unauffälligere Farbe als Kanariengelb gemacht hatte. In meinem Beruf sind die Lieblingsfarben eher beige, grau und andere Ausdrucksformen des mittelständischen Amerika. Die Hoffnung gehört auch zu den Dingen, vor denen meine Mutter mich immer gewarnt hatte. Nach drei Anläufen sprang der Motor an und stotterte kränklich vor sich hin.

In der Nacht ist Las Vegas eine schöne Neonstadt voll strahlendem Glanz und Versprechungen. Die Hoffnung spielt dann in den flackernden Lichtern, dem Lachen, den Würfeln und dem sanften Klimpern der Eiswürfel unter dem alten Bourbon. Am Tag sieht die Sache anders aus. Das grelle Licht der Sonne kennt kein Erbarmen und keine Rücksicht. Die Versprechungen wirken jetzt so schmutzig und billig wie eine Zwölf-Dollar-Nutte. Und sie schweben über allen Kasinos, Motels, Hochzeitskapellen und Bars. Wenn ich in Vegas bin, möchte ich immer am liebsten gleich wieder nach Hause.

Ich quartierte mich in ein bescheidenes Motel mit dem Namen Pink Flamingo ein. Das ging auf Charitys Spesenrechnung, und die wollte ich nicht überstrapazieren. Hier hatte sich ein einfallsloser Innenausstatter austoben dürfen, dem offenbar weder Geschmack noch Feinheiten wichtig gewesen waren. Grelles Pink – das war der Anfang und das Ende seines farblichen Einfallsreichtums. Flamingos balancierten auf einem Bein über dem Bett, tanzten quer über die Wände, fischten in der Dusche herum und zwinkerten mir vom Toilettensitz aus zu. Es war zu furchtbar, um wahr zu sein. Ich gab jede Hoffnung auf ein Nickerchen auf und beschloß statt dessen, die Finanzlage von Charitys baldigem Exmann Sam zu erkunden. Erst die Arbeit, dann das Vergnügen.

Ich hatte einen Stadtplan mitgenommen und brauchte nicht lange, um mich zu orientieren und herauszufinden, wo das Gerichtsgebäude war. Aber hinzukommen war eine andere Sache.

Irgend jemand hatte wohl die Fahrschulwoche ausgerufen, denn die Straßen wimmelten von Idioten, die unbedingt zeigen mußten, was sie nicht konnten, besonders auf der Freemont Street. Ich bog zweimal falsch ab, bevor ich endlich am Ziel war, und stellte den Wagen in der Sonne ab. Keine andere Wahl. Die Hitze kräuselte und wellte die Luft bereits. Vielleicht auch mein Gehirn.

Das Gerichtsgebäude war paradiesisch kühl. Ich blieb stehen, um mich umzusehen. Ein Typ im Anzug rempelte mich an und brachte mich auf den harten Boden der Tatsachen zurück. Er entschuldigte sich nicht. Ich wurde von einer gierigen Masse von geleckten Anwälten aufgesogen. Ich schlängelte mich durch sie hindurch zur Auskunft. Dort erfuhr ich, daß das Büro des Assessors sich ein paar Häuser weiter, Ecke Third Street, befand. Ich ging zu Fuß. Es war nicht weit, aber wegen der Hitze unangenehm.

Das Büro des Assessors war die erste Station, die ich unter die Lupe nehmen wollte. Die Menschen verhalten sich normalerweise gemäß den Erwartungen. Es gehört schon etwas dazu, uns aus unserem eingefahrenen Gleis zu werfen, besonders, wenn uns die betreffende Gewohnheit in Fleisch und Blut übergegangen ist. Und Detektive verlassen sich auf diese Erkenntnis. Es ist leichter, einen neuen Namen anzunehmen, als die Art und Weise zu verändern, wie man geht oder sich räuspert. Oder sein Geschäftsgebaren. Sam hatte in der Vergangenheit viele Grundstücke als Spekulationsobjekte erworben und entweder bebaut oder weiterverkauft, gewöhnlich mit Gewinn. Deshalb vermutete ich, daß er sein Geld in Vegas eher in Immobilien als in Siebzehn und Vier oder Würfelspielen angelegt hatte.

Im Büro des Bezirksassessors saß eine junge Frau auf einem hohen Stuhl hinter der Theke. Ihre Haarfarbe – wasserstoffblond – entstammte wohl eher der Tube als Mutter Natur. Sie hatte einen riesigen Pickel am Kinn, der auf und ab wippte, während sie ihren Kaugummi bearbeitete und Blasen machte. Würde und Gewicht des Rechtssystems waren noch nicht bis zu ihr vorgedrungen.

Ich erklärte ihr, was ich wollte, und gab ihr ein paar Namen

– den von Sam und die der Leute, die er angerufen hatte. Ich schrieb sie auf und gab ihr den Zettel. Sie starrte mich eine ganze Weile ausdruckslos an und erhob sich dann von ihrem Stuhl. Jetzt war ich an der Reihe, sie anzustarren. Oben hatte sie Größe achtunddreißig und unten ungefähr fünfzig, wie eine Teetasse auf einem Panzer.

Sie watschelte nach hinten, und dann passierte erst mal einige Zeit gar nichts. Nicht eben ein vielversprechender Anfang. Aber ich konnte immer noch hören, wie sie mit ihrem Kaugummi Blasen machte und sie wieder zerplatzen ließ. Also gab ich die Hoffnung nicht auf. Schließlich kam sie mit meinen Informationen wieder zum Vorschein. Volltreffer. Sam hatte tatsächlich Land gekauft. Und einer der anderen auch. Die Flurnummern ließen darauf schließen, daß die Grundstücke im selben Gebiet lagen. Wir schauten die Nummern der umliegenden Grundstücke auf einem Plan nach, und ich bat sie, mir die Eigentümer herauszusuchen. Noch mehr Namen, Adressen und Kaugummi. Sie seufzte laut, spuckte den ausgekauten Kaugummi aus und steckte sich einen neuen Streifen in den Mund.

Als ich das Büro des Assessors verließ, hatte ich Informationen über eine ganze Menge Grundstücke und etliche Namen. In meinem Kopf formte sich ein Bild heraus.

Ich ging wieder zum Gerichtsgebäude und Standesamt zurück. Dort schlug ich im Heiratsregister nach. Die Namen verbanden sich. Ein Teil des Grundes gehörte ganz offiziell dem Unternehmen New Capital Ventures. Das meiste davon war auf die Namen von Privatpersonen, darunter auch Sam, eingetragen. Etliche der anderen Eigentümer hatten in irgendeiner Form selbst mit New Capital Ventures zu tun oder waren mit jemandem verheiratet, der mit dem Unternehmen in Verbindung stand. Und die Angehörigen der letzten Gruppe waren im allgemeinen unter ihren Mädchennamen aufgelistet. Interessant.

Es lief auf folgendes hinaus: New Capital Ventures kontrollierte eine ziemliche Menge Grund und wollte nicht, daß das bekannt wurde. Das Unternehmen verbarg sich hinter den Namen von Kleinanlegern. Das war kein sonderlich einfallsreicher oder eleganter Trick – damit konnte man niemanden allzulange an der Nase herumführen –, aber bei einem flüchtigen Blick konnte man schon darüber hinweglesen. Es hatte mich vier Stunden, ein paar Formulare und etliche Gebühren gekostet, um es herauszufinden. Nicht zu vergessen den Kaugummi.

Alles in allem war der Nachmittag recht ergiebig gewesen. Sam war nicht so clever, wie er dachte. Oder vielleicht war einfach ich cleverer. Wie auch immer – jedenfalls hatte ich gute Laune. Als das Gerichtsgebäude um fünf schloß, ging ich beschwingt hinaus, drosselte aber schnell mein Tempo, als mir die Hitze entgegenschlug, und kroch dem kanariengelben Wagen entgegen. Dann fuhr ich ins Pink Flamingo Motel zurück.

Dort zwang ich mich zu Kniebeugen, Dehnungs- und Yogaübungen. Dann ging ich zum Swimmingpool hinaus, schwamm zwanzig Minuten und legte mich in die Sonne. Damit hatte ich noch zehn Minuten zum Duschen und Anziehen. Ich hatte nur ein Kleid dabei, das fast als Cocktailkleid durchgehen konnte, also war die Entscheidung nicht sonderlich schwer. Es war grell pink; ich paßte toll zu den Flamingos.

Ich hätte mir keine Gedanken machen müssen, daß ich den Glitterdome nicht finden würde. Las Vegas ist eine ziemlich übersichtliche Stadt. Ich stellte den Wagen ab, wich dabei den abschätzigen Blicken der pickeligen Parkwächter aus und machte mich auf den Weg zur Bar. Es war dunkel dort, und die Gesichter wandten sich mir zu: die harten, abschätzenden Blicke der Männer, die nach verfügbaren Frauen suchen und sich fragen, ob man auch dazu gehört; die vagen Blicke der Spieler, die sich nichts aus Menschen machen, nur aus Zahlen – 21, 7, 11; die verschlagenen Blicke der Opportunisten, denen nichts heilig ist und denen nichts entgeht.

Ich setzte mich an die Theke, erwiderte den leeren Blick des Barkeepers und bestellte ein Bier vom Faß. Ich wollte gerade zahlen, als Deck sich neben mich setzte und die Ellbogen auf dem Tresen aufstützte.

»Ich mach' das schon«, sagte er und schob mir das Geld

wieder zurück. Verdammt. Ich hätte mich durchsetzen sollen. »Und einen Crown, Joe.«

»Okay, Deck. Mit Wasser?«

»Nein, keine Zeit. Trink aus, Kat. Wir gehen zu einem richtigen Ereignis, einem echten Stück Las Vegas. Das Abendessen muß noch ein bißchen warten.«

Na schön, ich war flexibel. Ich ließ den größten Teil des noch kühlen Biers stehen und nahm Decks Arm, den er mir hinstreckte. Die Leute machten eine Gasse frei, als wir hinausgingen. Wegen Deck, nicht wegen mir. Die Macht der Muskeln.

»Du siehst großartig aus, Kat.« Sein harter Blick wurde sanft. Einen Moment fand ich darin den kleinen Jungen, dann war das Bild wieder verschwunden. Aber ich war froh, daß ich es überhaupt entdeckt hatte. »Ist das schön, dich wiederzusehen.«

Wir verließen den Glitterdome und stiegen in das neueste Lincoln Mark VII Modell. Der Wagen war weiß und die Polster mit Handschuhleder bezogen. Weder Vogel noch Insekt hatte es gewagt, das Auto zu beflecken. Ich machte mich darin um etliches besser als in dem kanariengelben Ungetüm, daran bestand kein Zweifel. Wir hielten vor einem eleganten Hotel, wo mir die Tür mit einer Hochachtung aufgehalten wurde, wie sie Besitzern von kanariengelben Autos normalerweise nicht entgegengebracht wird. Wir gingen hinein und betraten ein riesiges Foyer.

Irgend jemand hatte das Hotel Eden genannt, obwohl ich mir unter Eden immer etwas Kleines, Gemütliches vorgestellt hatte. Hoch über uns wölbten sich die Dachfenster, und neben uns plätscherte, tröpfelte und rieselte es in Springbrunnen und Teichen. Trotz der Wüste rund um die Stadt herum wuchsen hier munter Palmen, Farne und alle tropischen Pflanzen, die das Herz begehrte. Irgendwo stand ein Baum mit riesigen roten Äpfeln – künstlich und genau im Stil von Vegas. Ich konnte zwar weder Adam noch Eva entdecken, aber dafür sah ich jede Menge Schlangen. Dazu brauchte man weder das geübte Auge des Reporters noch den Spürsinn des Detektivs.

»Herzlich willkommen zur Auktionsvorschau.«

»Eine Auktionsvorschau?« Das kam mir seltsam vor. »Das sieht dir überhaupt nicht ähnlich.«

»Findest du? Weißt du, der Schein trügt manchmal, Kat, besonders in einer Stadt wie Las Vegas.« Gutes Argument. Und vor allen Dingen eins, das ich nur zu oft vergaß. Ich nahm mir vor, mir das fürs nächste Mal zu merken. – Das mache ich ziemlich oft.

»Was wird denn versteigert?«

»Antiquitäten und Kunst. Es ist *das* gesellschaftliche Ereignis des Jahres. Jeder, der was auf sich hält, ist da. Ich muß mich auch sehen lassen, und danach können wir zum Essen gehen.« Er begrüßte ein paar Leute, die aussahen wie Schwachsinnige in Anzügen. Ich machte mir so meine Gedanken.

»Sind das wichtige Leute?« Er zuckte mit den Achseln und wich meinem Blick aus, während er mich am Ellbogen nahm. Er murmelte etwas, daß das Geschäftsfreunde wären. Ich sah mir die Gesichter aus Industrie und Showbiz an, alle auf Hochglanz à la Las Vegas herausgeputzt.

»Schau dir mal das Gemälde da an. Was hältst du davon?«

Mir kam es vor wie ein Albtraum in gelber Kotze, aber weil mir diese Äußerung nicht als sonderlich angebracht erschien, hielt ich lieber den Mund. Statt dessen konzentrierte ich mich auf einen kleinen, kahlen Mann in limonengelber Golfkleidung mit einer Rothaarigen in einem knallengen Leopardenkleid. Sie war fast einen Kopf größer als er, aber sie lachten und sahen einander in die Augen. Sie beugte sich zu ihm herunter und blies ihm ins Ohr.

»Las Vegas«, murmelte ich ein wenig ungläubig.

Zwei spärlich bekleidete und üppig geschminkte Frauen kamen auf Deck zu und fingen an, mit ihm zu flirten und ihn zu betatschen. Sie waren ungefähr so zurückhaltend wie eine rollige Katze, und Deck schien die Situation peinlich zu sein. Neben ihnen sah ich vermutlich aus wie ein Bauernmädchen beim ersten Rendezvous: frisch und gesund wie Mais und Vollkornbrot. Deck gab sich nicht die Mühe, uns einander vorzustellen. Da ich mir ein wenig ausgeschlossen vorkam, konzentrierte ich mich wieder auf das limonengrüne Leopardenpaar. Abgesehen von dem ›L‹ schienen sie nichts gemein zu haben. Ob die Alliteration allein schon eine geglückte Beziehung garantierte? Ich bezweifelte es.

Ich begann, mich zu langweilen und sah mir ein anderes Bild an – so etwas wie Raketen im Zeitsprung. Es war ganz in Blau gehalten, mit aggressiven Sternen in Orange und Gelb. Ich fragte mich, was der Maler wohl für ein Mensch war, wenn er die Welt so sah. Ich fragte mich außerdem, ob ich ihn gern kennenlernen würde. Und ich fragte mich, ob ich schon zu lange in Las Vegas war.

»Gefällt Ihnen das?«

Ich drehte mich um. Neben mir stand ein großer, gutaussehender Mann um die Fünfundvierzig. Er sah aus, als hätte er schon alles, was man mit Geld kaufen kann, und als würde ihn dieser Zustand noch nicht langweilen. Und er hatte umwerfende Grübchen.

»Nein. Und Ihnen?«

Er schüttelte den Kopf und lächelte. Die Grübchen wurden noch ausgeprägter. Grübchen kann ich einfach nicht widerstehen.

»Aber es ist modern.«

»Aha.«

Er warf den Kopf zurück und lachte. »Sieht fast so aus, als ob Sie das nicht so sonderlich beeindruckt.«

»Nein.«

»Und was beeindruckt Sie dann?«

»Viele Dinge. Über die meisten davon würde man sich beim Smalltalk nicht unterhalten.«

Er lachte wieder. »Ich hole Ihnen einen frischen Drink. Und würden Sie mir dann einen Augenblick Gesellschaft leisten? Wir könnten uns über die Dinge unterhalten, die normalerweise nicht beim Smalltalk vorkommen.« Das taten wir zwar nicht, aber immerhin verbrachten wir angenehme zehn Minuten miteinander.

»Kat«, sagte Deck, der plötzlich wieder aus der Menge auftauchte und mir die Hand auf die Schulter legte. »Tut mir leid, daß ich dich hab' warten lassen. Hallo, Don«, fügte er dann hinzu und begann, mich in die andere Richtung zu steuern.

»Willst du mich nicht vorstellen, Deck? Dein Freund und ich – wir haben uns noch nicht offiziell kennengelernt.«

»Don Blackford, Kat Colorado«, sagte Deck zögernd und mit unhöflicher Stimme.

»Erfreut, Miß Colorado. Ich hoffe, ich werde irgendwann noch das Vergnügen haben, mich weiter mit Ihnen zu unterhalten.«

Ich lächelte und murmelte die üblichen Belanglosigkeiten. Die Geschichte mit Don versprach beides: Spaß und Ärger. Und – natürlich – fühlte ich mich von ihm angezogen. Deck zog mich weg.

Die spärlich bekleideten Frauen gingen wieder an uns vorbei und lächelten Deck zu. Sie ließen uns in einer Wolke aus teurem Parfüm und Erotik zurück. Ich fragte Deck nach ihnen, aber er ignorierte diese Fragen. An Orten wie Las Vegas bin ich mir nie so ganz sicher, ob ich träume oder wache. Wir schoben uns weiter durch die Menschenmenge und sahen uns die anderen Stücke an.

»Erzähl mir von ihm, Deck.«

»Von Don Blackford?« Ich nickte. »Er ist 'ne große Nummer in Las Vegas. Hat seine Finger in fast allem drin – Kasinos, Immobilien und alles, was du dir sonst noch denken kannst.«

»Und wie ist er so?« fragte ich. Ich war überrascht, als Deck mich ziemlich finster ansah.

»Vergiß ihn, Kat, okay?«

»Warum?«

»Darum.«

Ich zuckte mit den Achseln. Deck war schon immer stur gewesen. Ich merkte, daß ich aus ihm nichts mehr herausbekommen würde.

»Was ist das überhaupt für eine Auktion?«

Er entspannte sich wieder. »Dieses Jahr geht es darum, Geld für ein neues Kulturzentrum zusammenzubringen. Letztes Jahr war es für einen neuen Flügel im Krankenhaus, und das Jahr davor waren's Stipendien. Die Sache hat sich im Laufe der Zeit ausgeweitet.«

»Und wer ist der Sponsor?«
»Die ganze Kommune und natürlich unsere Vereinigung.«
»Was für eine Vereinigung?«
»Geschäftsleute«, sagte er unbestimmt. Ich konnte mich nicht entsinnen, daß Deck als Kind jemals unbestimmt gewesen wäre.

»Was für Geschäftsleute?«
»Du hörst dich an wie ein Reporter, Kat. Du mußt dich nicht an jedem Detail festbeißen und über alles Fragen stellen.« Er lächelte mich an. Es war kein nettes Lächeln. Dafür hätte er nirgends einen Preis bekommen. Auf einer Auktion hätte keiner etwas dafür geboten.

»Schließlich war ich mal bei der Zeitung.«
Er zuckte mit den Achseln und hatte das Gesicht immer noch zur Grimasse verzogen. »Zu viele Fragen können Ärger bringen. Das weißt du doch.«

Ich starrte ihn an, ohne zu lächeln. Ich war nicht von gestern, und ich wußte, woher der Wind wehte. Er hatte mir nicht gerade viele meiner Fragen beantwortet und mich auch seinen Freunden und Kollegen nicht vorgestellt. Ich überlegte mir kurz, ob es klug wäre, ihm zu sagen, was ich dachte. Aber das half nicht viel. Wenn's um Elefanten im Porzellanladen geht, bin ich meist der Elefant.

»Du hast dich ziemlich verändert, Deck. Ich weiß nicht, ob mir das gefällt.«

»Hallo, alter Freund.« Ein Typ in einem glänzend grünen Anzug mit breiten Aufschlägen klopfte Deck auf die Schulter, ein bißchen zu fest, wie Männer das oft tun, wenn sie einander auf den Arm nehmen wollen. »Nicht schlecht«, sagte er mit einem Seitenblick auf mich, »aber nicht unbedingt dein Stil, Deck.«

Ich sah mir seinen Ganovenanzug an. »Und was verstehen Sie von Stil?« fragte ich ihn in hartem, kaltem Tonfall, der ihn auf hundertachtzig brachte. Aber er versuchte, sich nichts anmerken zu lassen. Deck lachte und nahm mich am Arm.

»Komm, Frank, leg dich lieber mit jemandem von deinem eigenen Kaliber an. Große Mädels sind dir doch immer schon überlegen gewesen.« Der Kerl starrte uns nach, als wir gingen. Er sah so aus, als würde er mich nicht so schnell wieder vergessen, auch wenn ich mir das wünschte. Ich bereute meine vorlaute Bemerkung schon. Die Bemerkung und die nachfolgende Reue sind ziemlich typisch für mich.

Deck baute sich vor einem Kellner mit einem halbleeren Tablett mit Sektgläsern auf, nahm zwei, gab mir eines, trank seines auf einen Zug aus und nahm noch eines. Ich folgte seinem Beispiel. Man muß eben mit den Wölfen... Dann sahen wir uns weiter die Ausstellungsstücke an und unterhielten uns wie gute alte Freunde über die Vergangenheit.

Er erzählte mir von sich selbst, legte sich dabei aber nie fest, auch wenn ich ihn festzunageln versuchte.

»Ach, Kat, erinnerst du dich noch, wie das war, als wir Kinder waren und kein Geld hatten? Ich hab' mir damals geschworen, daß ich's denen allen zeige und zu Geld und Macht komme. Ich hab' für New Capital Ventures gearbeitet und...«

Den Rest des Satzes bekam ich nicht mehr mit. Ich war an dem Tag schon zu oft über New Capital Ventures gestolpert. Plötzlich hatte ich das Gefühl, daß ich allein sein und mir ein paar Dinge durch den Kopf gehen lassen wollte. Ich machte den ersten Schritt und verschwand in die Toilette.

4

Liebe Charity,

eine Freundin von mir wollte mal eine Nachbarin besuchen und fand sie mausetot in ihrer Wohnung. Sie holte den Arzt und die Polizei und blieb einfach sitzen. Ich bin der Meinung, daß es krankhaft ist, bei den Toten zu bleiben. Blumen zum Begräbnis tun's auch. Sie sagt, das ist eine Frage des Anstandes und des Rechtsempfindens. Wir liegen uns deswegen die ganze Zeit in den Haaren und bitten Sie, den Streit zu schlichten.

Eine Genervte

Liebe Genervte,

Ihre Freundin hat recht. Die Konventionen, auf denen sich unsere Gesellschaft gründet, darf man nur in Zeiten des Krieges und großer Not außer acht lassen. Und Blumen haben damit nichts zu tun.

Charity

Eine Rose ist vielleicht eine Rose ist vielleicht eine Rose ist vielleicht eine Rose, aber eine Toilette ist nicht gleich eine Toilette. Toiletten variieren von den stinkenden Kabinen, in die keine Frau bei gesundem Verstand je einen Fuß setzen würde, bis zu prächtigen, luxuriösen Suiten. In Las Vegas gibt es ein paar großartige Toiletten, die von Versailles oder San Simeon inspiriert wurden. Die, in die ich gerade eintrat, konnte man fast schon großartig nennen. Spiegel, Kristallüster und Blumen überall im Vorraum und rosa Marmor, weiße Fliesen und parfümierte Seife in der Toilette selbst.

Der Raum hatte nur einen Makel, ein Detail, das nicht hierher paßte: die Leiche auf dem Boden. Das Blut paßte nicht zu dem rosa Marmor. Und Blut gab's genug – Spritzer, Pfützen, unleserliche Rorschachkleckse überall.

Die Umstände machten mich zur guten Bürgerin. Ich würde gerne behaupten, daß ich das immer bin, aber das stimmt nicht. Diesmal hatte ich jedoch keine andere Wahl – ein unbemerktes Entkommen war nicht möglich. Eine übergewichtige Frau mittleren Alters, die einen Handschuh trug, um so die Spielmaschinen besser bedienen zu können, war nach mir in die Toilette gekommen und schrie, was das Zeug hielt. Ihr Kreischen hallte von dem rosafarbenen Marmor wider, klirrte ein wenig in meinem Kopf hin und her und bremste mich ein bißchen. Es hatte keinerlei Sinn, sie zu beruhigen. Ich versuchte es ein paar Mal und ging dann. Draußen im Foyer sah ich mich nach einem Hausdetektiv oder einem Hotelangestellten um. Das dauerte nicht lange. In Kasinos dauert so etwas nie lange, und Schreie treiben sie ohnehin schnell aus dem Gebälk.

»In der Toilette liegt eine Leiche. Ich hole die Polizei.«

Damit wollte ich mich aus dem Staub machen, aber zu meiner Überraschung war er schneller als ich. Er packte mich am Ellbogen, und wir gingen beide in die Toilette. Das war seine Einsachtzig-hundert-Kilo-Idee, nicht meine. Er warf einen Blick auf die Angelegenheit und holte dann sein Funkgerät heraus. Mit dem Fuß – Größe Schuhkarton – hielt er dabei die Tür zu.

»Stopfen Sie der Fetten das Maul, ich versteh' ja mein eigenes Wort nicht.«

Ich führte sie zu einem Sofa im Vorraum, setzte sie darauf und drückte ihr ein Kissen ins Gesicht. Sie packte es, hielt es fest und schluchzte hinein. Schon bald gesellten sich Rouge, Rotz und Mascara zu dem gedämpften Roséton. Ich ging wieder zu der Leiche auf den rot-weißen Bodenfliesen hinüber.

Sie war jung, vielleicht Mitte zwanzig, eher unauffällig. Sie sah aus wie ein Mädchen, das immer am Rande des Lebens steht und sich nie selbst beteiligt. Sie trug einfache, konservative und nicht besonders teure Kleidung. Man hatte ihr die Kehle durchgeschnitten.

Neben der Leiche lag ein blutverschmierter Regenmantel. Nach Schnitt und Größe zu urteilen, war es ein Herrenmantel. Ich fragte mich, wer das Mädchen wohl war und warum man sie umgebracht hatte. Ich erinnerte mich nicht, sie im Eden Room gesehen zu haben, aber sie konnte durchaus dort oder im Kasino oder in einem der Restaurants oder einer Bar gewesen sein. Die Toilette war ziemlich zentral gelegen.

»Kommen Sie raus da.« Der Hausdetektiv stand neben mir und machte eine ärgerliche Geste mit der einen Hand, während er sein stotterndes Funkgerät in der anderen hielt. »Setzen Sie sich neben die Fette.« Das war nicht gerade einfühlsam, und sie fing wieder an zu heulen. Sie schluchzte und verdrehte die Augen, bis das Weiße zu sehen war. Ich ging zu ihr hinüber und nahm sie fest in den Arm.

»Hören Sie auf. Beruhigen Sie sich.«

Sie sah mich mit weit aufgerissenen Augen an und flennte vor sich hin. »Ich heiße Myrtle«, brabbelte sie. »Ich bin aus Minnesota, und das ist das Schlimmste, was mir je passiert ist. Schlimmer als der Tornado oder Harrys Herzanfall oder der Autounfall oder...«

Ich tätschelte ihren Arm, um sie zu beruhigen, und hoffte, daß die Polizei bald kommen würde. Sie faselte weiter. Ich hörte nicht hin.

»Sagen Sie ihr, sie soll den Mund halten.« Er hatte zu viele alte Gangsterfilme gesehen, das merkte man sofort. Ich hörte ihm auch nicht zu. Das einzige, was ich nicht ignorieren konnte, war das tote Mädchen – Hoffnungen, Träume und Möglichkeiten in einer Blutlache um sie herum.

Kurze Zeit später traf die Polizei ein. Als erstes stutzten die Beamten den Hausdetektiv auf eine erträgliche Größe zurecht. Ich sah ihnen dabei voll unverhohlener Befriedigung zu. Dann widmeten sie sich mir.

»Sie haben die Leiche gefunden?«

»Ja, zusammen mit dieser Dame.«

»Was haben Sie hier gemacht?« Ich sah ihn an und fragte mich, ob Polizisten wohl nie müde würden, sich nach den alleroffensichtlichsten Dingen zu erkundigen. Mir geht es nämlich so, selbst wenn nicht alles immer so offensichtlich ist und wenn hinter dem Offensichtlichen ab und an auch noch weniger Offensichtliches steckt. Aber bei mir war das natürlich etwas ganz anderes.

»Ich wollte auf die Toilette, was mich daran erinnert...« Er schnitt mir kühl das Wort ab. Er hatte ja nicht die ganze letzte Stunde Sekt getrunken.

»Name. Adresse.« Das war ein Befehl, keine Frage. Ich antwortete. »Was haben Sie in dem Gebäude gemacht?«

»Ich bin mit einem Freund da, um mir die Auktionsvorschau anzusehen.«

»Und was machen Sie in Las Vegas?« Ich hatte gehofft, daß er diese Frage nicht stellen würde.

»Ich bin teils zum Vergnügen, teils aus geschäftlichen Gründen hier. Ich erkundige mich für eine Klientin über Immobilieninvestitionen.«

»Sie sind also im Immobiliengeschäft?«

»Eigentlich nicht.« Ich hatte auch gehofft, daß er diese Frage nicht stellen würde.

»Was soll das heißen: eigentlich?« In seiner Stimme war ein Anflug von Sarkasmus zu hören.

»Ich bin Privatdetektivin.« Mir war klar, daß ihn das nicht sonderlich beeindruckte und mir auch nicht groß Pluspunkte einbrachte. Ich holte eine Fotokopie meiner Zulassung aus der Handtasche. Er musterte mich eingehend, sah sich das Dokument genau an und gab es mir zurück. Dann stellte er mir eine Menge Fragen über das Mädchen und den Mord, die ich alle nicht beantworten konnte. Er nahm meine hiesige Adresse auf, sagte mir, ich solle die Stadt in den nächsten paar Tagen nicht verlassen, ohne ihm Bescheid zu sagen, gab mir seine Karte und ließ mich gehen.

Ich war in Nullkommanichts draußen. Deck wartete schon auf mich.

»Kat, was ist denn los?«

»Eine Toilette, Deck, schnell!« preßte ich mit verzweifelter Stimme hervor.

»Okay, aber...«

»Toilette!«

»Da hinunter und dann links.« Ich raste los, während Deck mir in vernünftigerer und gesetzterer Geschwindigkeit folgte. Ich riß die Tür fast aus den Angeln und hatte die Unterhose in Rekordzeit heruntergezogen. Solche Situationen haben wenig mit Würde zu tun. Danach wusch ich mir ziemlich lange die Hände, obwohl ich nicht mit dem Blut in Berührung gekommen war und man Erinnerungen ohnehin nicht mit Seife abwaschen kann. Ich kam mir vor wie Lady Macbeth, nur unschuldig und im Vollbesitz meiner geistigen Kräfte. Ich atmete ein paar Mal tief durch und ging hinaus.

»Kat...«

»Ich brauch' einen Drink, Deck.« Ein Blick in mein Gesicht überzeugte ihn.

»Da lang.« Er legte mir den Arm um die Schulter und gab mir ein paar beruhigende Klapse, während wir gingen. In Las Vegas hat man nie sehr weit bis zur nächsten Alkoholquelle. Ich ging schnurstracks auf die Theke zu und kletterte auf einen Hocker, um möglichst schnell einen Drink zu bekommen.

»Einen doppelten Rémy und einen Pacifico«, sagte Deck. Der Barkeeper stellte mir den Cognac hin. »Trink das, Kat.« Decks Stimme klang sanft. Normalerweise habe ich damit keine Probleme, aber während ich trank, zitterte ich am ganzen Körper. Dann bat ich um ein Glas Weißwein. Deck wartete geduldig.

»Ich hab' eine Leiche gefunden.« Seine Augenbrauen hoben sich um den Bruchteil eines Millimeters. »Eine junge Frau. Man hat ihr die Kehle durchgeschnitten. Ich habe auf die Polizei warten müssen, um eine Aussage zu machen.«

»Hast du sie vorher schon mal gesehen?«

»Nein. Jedenfalls habe ich versucht, mich zu erinnern, ob sie bei der Auktionsvorschau war. Vielleicht war sie da, ich weiß nicht. Aber ich glaube nicht«, fügte ich abwesend hinzu und merkte, wie unprofessionell ich mich anhörte. Ich trank den letzten Schluck Wein und merkte, wie unprofessionell ich aussah.

Ja stimmt, ich bin Privatdetektivin, aber Mord ist nicht mein Ressort. Meistens erledige ich die Lauferein für Lobbyisten oder Anwälte, trage die Unternehmensgeschichte für Fusionen zusammen oder stelle Nachforschungen über Versicherungsbetrügereien an. Ab und an finde ich Vermißte, aber keine Toten. Die letzte Tote, die ich gefunden hatte, war meine Mutter. Nach der Abschlußfeier der High School war ich heimgekommen, und da lag sie am Fuß der inneren Treppe: sternhagelvoll und mit gebrochenem Genick.

Das hatte mich damals ganz schön mitgenommen. Und es nahm mich auch jetzt noch mit.

Deck bestellte noch eine Runde.

»Ist mein Name gefallen?«

»Was?«

»Als du mit der Polizei gesprochen hast.«

»Nein.« Die Frage kam mir erst später seltsam vor.

»Gut. Ich halte mich lieber im Hintergrund.« Wir saßen eine Weile schweigend da, während ich den Wein in mich hineinkippte.

»Ich glaub', du solltest was essen, Kat.«

»Unmöglich, Deck.« Ich spürte, wie sich mir der Magen hob.

»Es wäre aber besser.«

»Ja, aber ich kann nicht.«

»Dann mach langsam mit dem Wein, Mädchen.« Das tat ich, und wir redeten eine ganze Weile nicht viel. Dann sagte ich ihm, ich wolle in mein Zimmer zurück und ein bißchen schlafen. Ich wußte, daß ich meinen Rausch ausschlafen konnte. Über alles andere war ich mir nicht so sicher. Ich wollte nicht, daß Deck mich zu meinem Wagen zurückfuhr, also holte er einen Zwanziger heraus und bestand darauf, mir die Taxifahrt zu zahlen. Ich sagte danke und nahm an, weil ich zu müde war, um noch groß mit ihm zu diskutieren.

Er gab mir seine Visitenkarte und drückte mich so fest an sich, daß er mir dabei fast ein oder zwei Rippen brach. »War ein toller Abend, Kat. Na ja, wenigstens der größte Teil«, verbesserte er sich. »Ich freu' mich schon auf ein Abendessen mit dir, oder vielleicht sogar mehrere. Laß uns doch wieder da anfangen, wo wir aufgehört haben, und gute Freunde sein.«

»Ich weiß nicht so recht, Deck.« Er sah überrascht aus, wie ein kleiner Junge, der gerade eine auf die Finger bekommen hat und nicht so recht weiß, warum. Einen Augenblick lang hätte ich schwören mögen, daß seine Unterlippe zu zittern begann. Aber das war dumm – ein Rückgriff auf eine gemeinsame Vergangenheit, die eigentlich gar nicht existierte.

»Wir können nicht noch mal von vorn anfangen. Wir haben uns damals als Kinder gekannt – das ist lange her. Es war schön, dich wiederzusehen, aber ich glaube, wir sind jetzt zu unterschiedlich, um noch enge Freunde zu sein. Wir passen einfach nicht zusammen. Wir sind Teile aus verschiedenen Puzzles.«

»Aber Kat, warum denn? Ich bin Geschäftsmann und du bist...« Die Frage hing in der Luft.

»Eine kleine Privatdetektivin aus Sacramento. Ich hab' gerade erst angefangen und komme eben so über die Runden. Manchmal denke ich mir, ich hätte den Job in der Bar nie aufgeben sollen.«

»Du bist Barkeeperin?«

»War, Vergangenheit.«

»Ich hab' das immer für einen tollen Job gehalten, Kat. Was ist in einem Stinger, Kat?«

»Brandy, weiße Crème de Menthe.« Wir gingen hinaus. Er pfiff leise vor sich hin, und mir ging der Refrain von ›Twilight Zone‹ nicht mehr aus dem Kopf. Wäre ich klug gewesen, hätte ich das als Omen verstanden und mich ein für allemal aus dem Staub gemacht. Mach dich auf die Socken. Renn wie ein Hase. See you later, alligator. Natürlich tat ich es nicht.

»Und wie sieht's mit einem Top-shelf Margarita aus, Kat? Ich wette, den kennst du nicht, was?«

»Gold, Grand Marnier, Sweet and Sour und Limone – mit Salzrand und Limonenscheibe.«

»Und ein Rusty Nail?«

»Was ist das für ein Spiel, ›Frag den Barkeeper aus‹? Hör auf damit, Deck.« Es war ein harter Tag gewesen, und mir knurrte der Magen. Er sah mich betreten an.

»Tut mir leid. Ich hab' das Spiel immer mit 'nem Freund von mir gespielt. Seit er gestorben ist, hab' ich nicht mehr dran gedacht. Weißt du, ich hab' nicht so viele Freunde.«

»Nur Geschäftsfreunde?« fragte ich. Er warf mir einen Blick zu, und sein Gesicht verhärtete sich. »Ja, das ist nicht das gleiche. Deswegen ist mir die Freundschaft und die alte Zeit wichtig.«

Die alte Zeit. Plötzlich hatte ich eine Eingebung. »Deck, die kleine Katze, das warst doch du, oder?«

»Wovon redest du?« Er sah mich an, als hätte ich den Verstand verloren, und vielleicht hatte ich das auch.

»Wir waren damals ungefähr zehn... die kleine schwarze Katze auf Mary Beths Veranda... erwürgt... das warst doch du, oder?«

Langes, häßliches Schweigen. Seine Stimme verhärtete sich genauso wie sein Gesicht. Dann wurde er ganz rot und weiß, und die Bartstoppeln hoben sich dunkel ab. Er sah nicht aus wie ein Geschäftsmann. »Das ist lange her, und ich bin nicht stolz darauf.«

Danach wollte ich gehen und tat es auch. Wir verabschiedeten uns, und ich sagte ihm vage zu, bald mit ihm zum Abendessen zu gehen. Gott allein weiß, warum... aber nein, ich weiß, warum. Ich sehe noch immer das verzerrte Gesicht meiner Mutter vor mir, als sie fauchte: »Neugier ist der Katze Tod.« Ich habe meiner Mutter noch nie gern recht gegeben.

Tote Katzen. Ich zitterte. Ich hatte das Gefühl, daß es hier um etwas ging, wovon ich keine Ahnung hatte. Um hohe Einsätze. Und ich hatte das Gefühl, ich würde es bald herausfinden. Ich war mir nicht so sicher, ob ich das wollte.

5

Liebe Charity,

alle sind gegen meine Berufswahl. Meine Mutter, mein Vater, meine beste Freundin, mein Verlobter. Warum sollte eine Frau nicht bei der Müllabfuhr arbeiten? Das Geld stimmt. Sie drohen mir, daß sie nie wieder mit mir reden, wenn ich mir die Sache nicht aus dem Kopf schlage und Kindergärtnerin werde. Was soll ich machen?

Eine Verzweifelte

Liebe Verzweifelte,

mit wem müssen Sie vierundzwanzig Stunden am Tag zurechtkommen? Mit Ihrer Mutter, Ihrem Vater, Ihren Freunden, Ihrem Verlobten? Nein. Mit sich selbst. Machen Sie mit Ihrem Leben, was Sie wollen.

Charity

P. S.
Vielleicht sollten Sie einfach mal sagen, daß es auch noch viel schlimmer hätte kommen können. Sie könnten zum Beispiel Privatdetektivin sein.

Ich schlief lange am nächsten Morgen, zum Teil, weil mich der Wein ein bißchen aus dem Gleis geworfen hatte, und zum Teil, weil der Schlaf jedesmal, wenn ich aufwache, sehr viel attraktiver schien als die Realität. Es beunruhigt mich, wenn das passiert. Schließlich stand ich auf und schwamm eine halbe Stunde lang im Flamingo-Pool. Dann kaufte ich eine Zeitung, frühstückte – eine Kopfwehtablette, vier Tums und ein Ginger-Ale, mehr brachte ich nicht hinunter – und überflog die Zeitung auf der Suche nach einem Bericht über das tote Mädchen. Nichts.

Ich nahm ein Taxi, um meinen Wagen vom Glitterdome abzuholen. – Ich war am Abend vorher gerade noch so vernünftig gewesen, nicht mehr selbst zu fahren. – Dann machte ich mich auf den Weg in die Stadt, zu dem Makler, mit dem Sam Geschäfte gemacht hatte. Ich hatte dort um halb elf einen Termin, den ich schon von Sacramento aus vereinbart hatte.

Die Leute dort waren freundlich, bis ich ihnen genau auseinandersetzte, warum ich da war. So genau, wie es die Geschichte erlaubte, die ich mir ausgedacht hatte. Ich saß in einem dick gepolsterten Sessel auf der einen Seite eines teuren Schreibtischs mit Applikationen aus echtem Leder und sah den geleckten, fetten jungen Mann mit der Rolex mir gegenüber an. Er war zu jung für das alles: für das Fett, das Geleckte und die Rolex. Dann stürzte ich mich in meine Geschichte.

»Ich vertrete eine Gruppe von Investoren in Sacramento. Wir haben schon einige Geschäfte mit Sam Collins gemacht und stehen momentan wieder kurz vor einem Abschluß mit ihm. Soviel ich weiß, ist er hier an einer sehr aussichtsreichen Sache dran: New Capital Ventures. Wir sind interessiert. Was können Sie mir darüber sagen?«

»Nichts. Ich meine, ich habe noch nie was von Sam, ähm, Mr. Collins, gehört.«

»Vielleicht ist jemand anders hier für die Sache zuständig, und ich sollte mich an die betreffende Person wenden.« Ich sagte das in ziemlich spitzem Tonfall.

»Nein, nein. Niemand hat von ihm gehört.«

Ich zog die Augenbrauen hoch. »Und das wissen Sie so genau, ohne nachzufragen?« Er wurde ein bißchen rot. »Wir machen keine solchen Geschäfte«, fügte er bestimmt hinzu.

»Welche Geschäfte? Ich habe noch nichts Genaues erwähnt und Ihnen auch kein Angebot gemacht.«

Er kam ein wenig ins Stottern. Ich bearbeitete ihn weiter. »Was ist mit New Capital Ventures? Was wissen Sie über das Unternehmen?«

»Nichts.«

»Nichts?« Ich sagte das in höflichem Tonfall, zog dabei aber die Augenbrauen zweifelnd hoch.

Das machte ihn wütend. Es muß furchtbar sein, wenn man eine Rolex am Arm hat und sich so doof aufführt. »Tut mir leid, ich kann Ihnen nicht helfen.« Er stand auf. »Entschuldigen Sie mich. Ich muß in eine Sitzung.«

Ich lachte ihn an. Er verkniff sich einen Kommentar, aber ich spürte die Schimpfworte förmlich in der Luft hängen. Genau das ist das Problem, wenn man eine Rolex trägt, bevor man dazu reif ist. Ich ging. Inzwischen war es zwanzig vor elf, und ich hatte nichts Neues erfahren.

Um halb zwölf hatte ich einen Termin bei einem Bauunternehmen nicht weit von dem Makler entfernt. Mein Magen fühlte sich wieder etwas stabiler an, also kaufte ich mir ein großes Glas Milch und noch ein paar Tums. Ich liebäugelte mit einem Doughnut, hielt mich aber zum Glück zurück. Doughnuts sind ein Ersatzessen. Sie sehen immer besser aus, als sie tatsächlich sind. Ich habe das Spielchen schon ein paar hundert Mal mitgemacht. Deshalb weiß ich es. Was ich allerdings nicht weiß, ist, warum ich es erst ein paar hundert Mal habe ausprobieren müssen, warum ich es nicht gleich gelernt habe.

Um elf Uhr neunundzwanzig betrat ich das große Büro des Trainor Construction und wurde sofort empfangen. Ein Mann, der sich als Mike Bolt vorstellte, bot mir Kaffee und ein Doughnut an. Ich entschied mich für den Kaffee und focht innerlich einen erneuten Kampf gegen das Doughnut. Irgendwo tief drinnen in mir muß so etwas wie ein Doughnut-Gen sitzen.

Mit Mike spielte ich im Grunde genommen das gleiche Spielchen. Er ließ sich überhaupt nichts anmerken, er zuckte nicht einmal mit der Wimper. »Sam Collins? Ich fürchte, der Name sagt mir nichts, aber lassen Sie mich schnell unsere Akten durchsehen.« Er ging zu einer Aktenkartei hinüber und schaute geschäftig ein paar Ordner durch. Dabei machte er immer wieder mal eine Pause und sagte so etwas wie aha, so so oder ähnliches. Ich kaufte ihm das Ganze keine Sekunde ab, aber immerhin zog er eine viel bessere Show ab als sein Vorgänger. Er schloß die Kartei.

»Tut mir leid.« Er schüttelte den Kopf bedauernd. »Wie ich

gesagt habe. Wir haben noch nie mit einem Sam Collins Geschäfte gemacht. Wir nehmen für unsere Projekte sowieso nur selten Geld von Außenstehenden auf. Unsere Finanzierung ist vorwiegend auf Geldgeber hier am Ort beschränkt, die wir schon jahrelang kennen.«

»Was wissen Sie über New Capital Ventures?«

Er dachte einen Augenblick nach. »Ich habe den Namen schon mal gehört, aber das ist auch so ziemlich alles. Wir haben noch nie Geschäfte mit dem Unternehmen gemacht. Tut mir leid, ich wünschte, ich könnte Ihnen helfen.« Er warf einen schnellen Blick auf seine Uhr. »Noch etwas?«

Ich reagierte wie gewünscht und verneinte. Es hatte keinen Sinn, auf stur zu schalten. »Danke, Sie waren sehr liebenswürdig.« Wir verabschiedeten uns mit einem höflichen Händedruck, und ich ging. Das wurde langsam zur Gewohnheit. Bolt hatte den Telefonhörer in der Hand, noch bevor ich ganz durch die Tür war. Interessant.

Es war jetzt elf Uhr siebenundvierzig. Ich hatte zwar keine neuen Informationen, dafür aber Hunger.

Der Wagen war wie eine gelbe Zelle in der Hölle, und die Klimaanlage brauchte eine Weile, bis sie so etwas wie Kühlung zustande brachte. Ich machte mich auf die Suche nach etwas Bodenständigem, kein Schnellimbiß und auch nichts für die Schickeria. Als ich es endlich fand, war mir ziemlich heiß. Die Bluse klebte feucht am Rücken, und ich mußte den Rock von den Beinen wegklopfen und mir die Haare aus dem Gesicht bürsten. Es war letztlich nicht so viel heißer als in meiner Heimatstadt, aber alles über 40 Grad ist heiß, egal, ob man nun daran gewöhnt ist oder nicht.

Die kühle Luft der Klimaanlage überrollte mich wie eine Welle, als ich in das Restaurant trat, und ich bekam sofort eine Gänsehaut. Es war ein altmodisches kleines Café. Ich setzte mich auf einen Stuhl an der Theke und bestellte bei Sis. Sie war keß und frech und gegen alles, woran ihre Eltern glaubten. Das war deutlich zu sehen. Der weiße Arbeitsrock war an der Taille ein paar Mal umgeschlagen, um ihn kürzer zu machen und die langen braunen Beine besser zur Geltung kommen zu lassen. Ich sagte ihr, was ich wollte, sie blitzte mit den weißen Zähnen und stellte mir das größte Glas Eistee vor die Nase, das ich je gesehen hatte. Ich trank ein Drittel davon auf einen Zug aus und machte erst dann langsamer, um die Zitrone auszupressen.

Ich hatte Zeit zum Nachdenken, bis mein Sandwich und der Kartoffelsalat zielsicher über die Theke auf mich zuschlitterten. Charity hatte recht. Sam hatte das Geld, und er hatte es nicht beim Spielen verloren, wie er behauptet hatte. Er hatte zumindest einen Teil davon in Immobilien investiert. Wußte Sam wohl, was er da tat?

Daß New Capital Ventures mit der Sache zu tun hatte, war klar, auch wenn das Unternehmen selbst seine Beteiligung nicht an die große Glocke hängte. Unter dem Namen der Gesellschaft, unter dem von einzelnen Partnern und sogar unter dem Mädchennamen der jeweiligen Ehefrauen wurden Grundstückskäufe immer in derselben Gegend getätigt. Zufall? Das glaubte ich nicht. Welche Verbindung bestand zwischen Sam und New Capital Ventures? Was ging hier vor sich, und warum war die Sache so geheim? Würden die Demokraten dieses Jahr die Wahl gewinnen? Wie viele Engel können auf der Spitze einer Nadel tanzen? Zum Teufel damit.

Am Nachmittag hatte ich einen Termin mit einer Investmentgesellschaft, aber wahrscheinlich würde ich mir nicht die Mühe machen hinzugehen. Zum Teufel auch damit; Sams Name brachte mich nicht weiter. Wenn es mir gelang, zwischen den Zeilen zu lesen, würde sich dort sicher eine Geschichte finden lassen, dessen war ich mir sicher. Doch so weit war ich noch nicht.

Aber trotzdem hatte ich die Antworten bekommen, die ich wollte. Es gab noch viele neue Fragen, doch die, die Charity gestellt hatte, waren beantwortet. Alles andere war ganz einfach und klar. Es war Zeit, daheim Bericht zu erstatten. Ich tunkte die Brotkruste in den Kartoffelsalat und schlürfte zufrieden den restlichen Eistee auf.

Ich gab der kessen, frechen Bedienung ein gutes Trinkgeld. Ich war auch schon mal keß und frech gewesen. Ich wollte gerade aufstehen, als ich einen Einfall hatte und mich wieder setzte. Ich konnte zwar nicht zwischen den Zeilen lesen, aber ich konnte meiner Eingebung folgen.

Kessie schob des Trinkgeld ein und grinste mich an. »Danke. Frauen geben normalerweise nicht so viel.«

»Kenn' ich«, sagte ich. »Ich habe selber lange hinter der Bar gestanden.«

Sie nickte. »Das erklärt vieles.«

»Wo geht man denn hier in der Stadt hin, wenn man Spaß haben will?«

»Was für Spaß?« fragte sie und musterte mich dabei.

»Nun ja«, antwortete ich, »was Nettes, wo eben alle hingehen...« Ich verbannte den Rest des Satzes mit einem Achselzucken in jene Regionen unausgesprochener Worte, in denen Floskeln, Konjunktionen und Fragezeichen ziellos dahintreiben.

Sie lachte und sah mich lange an. Das Informationsnetz aus Barkeepern, Kellnerinnen und allen Leuten, die auf Trinkgeldbasis arbeiten, ist unbezahlbar: Darüber können Sie in jeder Stadt alles herausfinden, was Sie wissen wollen.

Sie sagte es mir.

Ich beschloß, den Nachmittag freizunehmen und zu spielen. Vielleicht hatte ich am Spieltisch mehr Glück. Aber ich täuschte mich.

6

Liebe Charity,

schickt es sich, wenn ich einen Jungen anrufe? Meine Mutter sagt, Mädchen rufen keine Jungen an, und Damen keine Herren.

Eine Nachdenkliche

Liebe Nachdenkliche,

Mädchen machen, was ihnen ihre Mütter sagen. Damen machen, was ihnen die Gesellschaft sagt, Frauen entscheiden selbst.

Charity

P. S.
Das gleiche gilt für Jungen, Herren und Männer.

Sich in einer Bar gut zu benehmen, ist eine Kunst. Es ist nicht damit getan, einfach rückwärts von einem Baumstamm – oder hier eher von einem Barhocker – herunterzufallen. Die meisten Leute, besonders Frauen, haben keine Ahnung davon. Mit meinen Erfahrungen hinter der Theke (sieben Jahre, zwei Monate und drei Tage, aber wer wird so etwas schon zählen?) sollte ich eigentlich einen Kurs darüber abhalten. Volkshochschulkurs Nr. 101: ›Trinken mit Stil‹.

So saß ich also da und trank mit Stil. Das Restaurant war genau so, wie die Kellnerin in dem Café es mir geschildert hatte, und wahrscheinlich auch die Gäste. Ich muß zugeben, daß sie nicht ganz mein Fall waren. Mir sind Leute lieber, die aussehen, wie wenn sie selbst tanken, es ernst meinen, wenn sie lächeln, und ab und an auch mal kleine Katzen streicheln.

Das Lokal füllte sich allmählich. Es war ein elegantes Steakhouse mit abgetrenntem Eß- und Barbereich. Eine schwere alte Holztheke mit einem Messinggeländer zog sich fast durch die ganze Cocktaillounge. Hinter der Theke reflektierten Spiegel dumpf den Raum und die meisten Gäste. In allen Winkeln standen Pflanzen, die bei dem künstlichen Licht verzweifelt versuchten, eine Photosynthese zuwegezubringen. – Ein harter Job; ich hatte Mitleid mit ihnen.

Ich schwang mich sanft auf meinen Barhocker herum, um einen Blick auf den Raum zu werfen, und fragte mich, wie der Mann, mit dem ich mich treffen sollte, wohl aussah.

Ich hatte Tom Marovic von der *Sacramento Bee* am Nachmittag angerufen. Tom und ich konnten ehrlich miteinander sein. Wir hatten lange zusammengearbeitet, einander rausgehauen und uns schon mal gegenseitig zur Minna gemacht. Tom ist seit fünfundzwanzig Jahren im Geschäft und kennt Leute im ganzen Land – eine wandelnde Goldmine.

»Ja, klar, Kat, ich kenn' ein paar Leute da«, hatte Tom gesagt, als ich anrief. »Was suchst du denn?«

»Ich brauche jemanden, der die Geschäftsleute am Ort kennt – auch die zwielichtigen –, außerdem die Kasinoszene, die Kommunalpolitik und Immobilien. Und er sollte was wissen über illegale Spieleinnahmen.«

Tom begann, mich auszulachen. »Du hast dich überhaupt nicht verändert, Kat. Bei dir sind die Augen immer noch größer als der Mund.«

»Tja, das wär's fürs erste. Hör mal, Tom...«

»Illegale Spieleinnahmen?« Er pfiff durch die Zähne. »Bei den Typen würde ich vorsichtig sein. Das ist nicht nur gefährlich, die kennen sich auch besser aus. Seine Stimme klang nachdenklich. »Kat, bist du noch dran? Hat dir die Katze die Zunge geklaut?« Mir lief es kalt den Rücken herunter beim Gedanken an Katzen.

»Ich bin noch dran, Tom, und ich versprech' dir, ich pass' auf.« Ich hoffte, daß das nicht als berühmter Schlußmonolog in die Geschichte eingehen würde.

»Na schön, okay. Ruf Joe Rider vom *Review-Journal* an. Beruf dich auf mich. Das ist ein fieser alter Kerl, aber er hat ein gutes Herz. Er weiß alles über die Stadt. Und was er nicht weiß, muß man auch nicht wissen.«

»Danke, Tom.«

»Sei vorsichtig.«

»Ich versprech's.«

Worte kosten nichts, und Versprechungen sind leicht gemacht. Ich verspreche mir selbst die ganze Zeit etwas. Erst letzte Woche habe ich mir versprochen, in Zukunft ein geregelteres Leben zu führen. Manchmal frage ich mich, warum ich nicht weiter bei der Zeitung geblieben bin. Die Bezahlung ist mies, aber wenigstens gibt's Sozialleistungen und Urlaub. Ich seufzte.

»Miß Colorado?« Ich schaute in das gebräunte, ledrige Gesicht eines stämmigen Mannes mittleren Alters mit harten Augen. Ich nickte, und der Blick wurde sanfter.

»Joe Rider.« Wir gaben einander die Hand.

»Schön, Sie kennenzulernen. Danke, daß Sie Zeit für mich haben.«

Er nickte. »Ist mir ein Vergnügen. Freunde von Tommy sind auch meine Freunde.«

Ich liebe Klischees. Irgendwie erzeugen sie immer gleich ein behagliches Gefühl. Es ist auch erstaunlich, wie oft Schriftsteller sie verwenden. Dabei sollten sie es eigentlich besser wissen.

»Ich hab' solchen Hunger. Ich könnt' 'nen ganzen Ochsen verdrücken. Und wie steht's mit Ihnen, Miß Colorado?«

Ich lachte. Der Kerl war mir schon sympathisch. »Sagen Sie Kat zu mir, Mr. Rider.« Er schüttelte den Kopf. »Dann sagen Sie aber auch Joe zu mir. Und vielleicht will ich doch keinen ganzen Ochsen.«

Der Barkeeper kam zu uns herüber. Joe bestellte einen Drink und bat ihn, uns einen Tisch zuzuweisen. »Erzählen Sie mir von Tom. Ich habe ihn schon eine Ewigkeit nicht mehr gesehen.« Wir unterhielten uns, bis wir am Tisch saßen und der Kellner unsere Bestellung aufgenommen hatte. Im allgemeinen ist eine Bar nicht der beste Ort für eine Unterhaltung. Zu viele Leute können einem zuhören, besonders der Barkeeper.

»Was können Sie mir über illegale Spieleinnahmen sagen, Joe?« fragte ich, als ich eine Gabel voll Salat in den Mund schob. »Mmm«, fügte ich hinzu, und er hob die Augenbrauen. »Das war ein großes Stück Käse«, erklärte ich ihm.

»Illegale Spieleinnahmen? Sie kommen aber wirklich gleich zur Sache. Das bedeutet, daß man Geld von oben wegnimmt, wie die Sahne von der Milch. Reiner Gewinn. Die Steuer erfährt nie was davon.« Ich nickte. »Man biegt es so hin, daß man genug einnimmt, um überzeugend zu wirken. Dann zieht man die Kosten und Auslagen ab und zahlt auf den Rest Steuer, was normalerweise nicht viel ausmacht, weil man das meiste ja schon abgeschöpft hat. Der Anreiz ist natürlich beträchtlich. Und die Strafen auch. Der Staat sieht Steuerhinterziehung nicht so gern.

Es gibt verschiedene Methoden. Zu den einfachsten gehört die mit der Hierarchie in Pyramidenform. An der Spitze steht ein Einzelner. Er gibt die Anweisungen, hat alles unter Kontrolle und weiht niemanden sonst ganz ein. Er ist der einzige, der alles über die Einkünfte und den Kapitalfluß weiß und hat deshalb die Zügel in der Hand.«

Ich hörte aufmerksam zu. »Passiert das oft, Joe?«

»Es passiert. Reingewinne sind schließlich für jeden attraktiv.« Der Kellner brachte uns das Essen. Ich versuchte, mich damenhaft zu geben und mich nicht sofort über meinen gegrillten Lachs und die Pellkartoffeln herzumachen.

»Okay. Sobald man das Geld abgeschöpft hat, muß es gewaschen werden, nicht wahr?«

»Genau. Besonders, wenn's um viel Geld geht. Natürlich kaufen sich die Kerle jede Menge Luxusvillen, Superautos und Diamanten – cash auf den Tisch des Hauses.«

»Ich weiß, daß es verschiedene Methoden der Geldwäsche gibt. Grundstückskäufe sind vermutlich eine davon, und wahrscheinlich nicht die schlechteste.«

»Ja. Am besten macht man's nicht selbst, sondern schaltet eine Briefkastenfirma zwischen.«

»Sowas wie New Capital Ventures vielleicht?«

Er stieß einen Pfiff aus. »Jetzt sind Sie grade einen halben Tag da und haben das schon rausgefunden. Tja, ich glaube, Sie haben recht. Aber ich könnte es nicht beweisen, und ich würde es Ihnen auch auf keinen Fall raten. Ich würde denen an Ihrer Stelle nicht auf die Zehen treten, Kat.« Er sagte das ziemlich bestimmt, und nach dem zu urteilen, was ich bis jetzt herausgefunden hatte, konnte ich ihm nur zustimmen. Ich häufte saure Sahne auf den letzten Bissen Kartoffel und schob ihn in den Mund.

»Ich gebe Ihnen jetzt ein paar Namen, Joe«, sagte ich nach langem Kauen.

»Nachtisch?« fragte der Kellner. Ich schüttelte den Kopf.

»Bloß Kaffee.«

»Zwei.«

»Don Blackford?«

»Ihm gehören Kasinos, Grundstücke und wer weiß, was sonst noch alles. Er ist jemand hier in der Stadt. Angesehen, aber nicht beliebt.«

»Jim Browning und Al Torrents?«

»Beide im Kasinogeschäft, ziemlich weit oben. Schwer zu sagen – sie reden nicht viel –, ob sie Manager sind oder Eigentümer/Manager, Teilhaber oder was auch immer. Sie können Gift drauf nehmen, daß sie schwer mit drin stecken.« Ich nickte und blies ein bißchen, damit der Kaffee sich abkühlte. Dann sagte ich Joe, was ich bisher herausgefunden hatte.

»New Capital Ventures hat erst vor kurzem sehr viel Geld in Grundstücke investiert. Das gleiche gilt für eine Gruppe von Einzelpersonen, darunter Browning und Torrents und ihre Frauen, die dafür ihren Mädchennamen verwendet haben. Außerdem sind noch ein paar andere verwickelt, die ich bis jetzt noch nicht ausfindig gemacht habe. Die Investitionen beziehen sich alle auf ungenutzten Grund gleich vor der Stadt.«

Ich nahm eine Landkarte aus meiner Handtasche und faltete sie auseinander. »Ich habe den Eindruck, daß ein einziges Geschäftsinteresse dahintersteckt, selbst wenn im Zusammenhang damit die unterschiedlichsten Namen auftauchen. Da.« Wir schoben Tassen und Besteck weg und breiteten die Karte aus. »Ich hatte nur die Flurnummern, deswegen ist das Ganze lediglich eine grobe Schätzung. Das Gebiet da im Osten der Stadt, das ich schraffiert habe, sagt Ihnen das was?«

Joe stieß wieder einen langen, leisen Pfiff aus. »Der ganze Grund ist aufgekauft worden?«

Ich nickte. »Ist er denn was wert?«

»Noch nicht. Letztes Jahr hat's einen Riesenkrach wegen genau dem Gebiet gegeben. Im großen und ganzen gibt es hier in der Stadt zwei Philosophien: die alte und die neue. Nach der alten würde man klotzen, einen Golfplatz mitten in der Wüste anlegen und sich den Teufel um alles andere scheren. Nach der neuen würde man erst mal die Kosten berechnen, nicht nur das Geld, sondern auch das Wasser hier im Wüstengebiet. Die Frage ist, ob man lieber Luxuswohnungen für ein paar Reiche hinstellen oder den Grund so aufteilen soll, daß alle was davon haben. Verstehen Sie?«

Ich verstand. Die gleichen Fragen waren im ganzen Westen aktuell. Und die Auseinandersetzungen waren verbittert. Die Philosophie des ›kauf jetzt – zahl später‹ hat nichts mit umsichtiger Planung gemein. Das sind zwei völlig verschiedene Sprachen.

»Eine Gruppe von Investoren und Maklern wollte eine Luxuswohnanlage mit Golfplätzen, Swimmingpools, Tennisplätzen und all so was hinstellen. Das sind Leute, die zwar in der Wüste leben, aber trotzdem bei ihrer Vorstellung vom guten Leben keine Kompromisse wie Wassersparmaßnahmen oder gründliche Planungen eingehen wollen. Ich glaube, sie haben auch nicht so richtig mit der Stärke der – wie soll ich sagen – ökologischen Fraktion gerechnet.

Daraus ist dann eine ziemlich unschöne Geschichte geworden. Was? Nein, keinen Kaffee mehr.« Er winkte dem Kellner ab. »Die Beteiligten befinden sich jetzt in einer Pattsituation. Aber ich würde sagen, die Sache ist noch nicht ausgestanden. Es gibt zu viele Anschuldigungen. Man hat im Hinblick auf den Planungsausschuß und den Stadtrat von Erpressung, Korruption und Manipulation bei der Ausweisung von Bauland gemunkelt. Es gingen Gerüchte über gekaufte Stimmen und nicht ausgewiesene Spenden. Nichts davon hat sich nachweisen lassen, aber es ist ein schaler Nachgeschmack geblieben.«

Als die Rechnung kam, wollte Joe mich nicht zahlen lassen. »Keine Chance, Kat. Nicht bei einer Freundin von Tommy, heute nicht.« Ich bedankte mich und machte mir meine Gedanken über die Freundschaft. Joe stand auf, und wir gingen wieder zur Bar zurück. »Noch einen letzten Drink?« fragte er, und ich nickte. Wir saßen schweigend an einem Tisch und warteten auf die Drinks.

»Sie haben mir Stoff zum Nachdenken gegeben, Joe«, sagte ich schließlich.

»Was haben Sie mit dem Ganzen zu tun?« Ich erzählte ihm von Charity und Sam. »Sam Collins. Sagt Ihnen der Name was?« Joe schüttelte den Kopf. »Er ist Makler, hat oft in der Gegend von Sacramento zu tun. Er hat auch Grund gekauft.«

»Tatsächlich«, meinte Joe sanft. »Da ist was im Busch, Kat. Wenn die Kerle den ganzen Grund aufkaufen, wissen die sicher was, was wir nicht wissen. Darauf können Sie Gift nehmen. Ich würde dem gern nachgehen.«

»Prima. Ich hatte gehofft, daß Sie das sagen würden. Sie haben Zugang zu Informationen, an die ich nie kommen würde.«

»Wollen Sie die Sache als Aufhänger für eine Geschichte verbraten?«

»Nein, das ist rein zum Privatvergnügen. Ich will lediglich Sam an den Kragen und Charity dabei helfen, ihr Leben wieder in den Griff zu kriegen.« Als die Drinks kamen, griff Joe nach seiner Brieftasche.

»Kommt gar nicht in Frage.«

Joe schüttelte den Kopf. »Das geht auf Spesen, Kat, bei einer solchen Geschichte.« Er zahlte und holte eine speckige Visitenkarte hervor. »Wo wohnen Sie?« Ich sagte ihm die Adresse, und er nickte. »Sauber und anständig. Wenn Sie Probleme bekommen oder sich nicht sicher fühlen, rufen Sie mich oder meine Frau an und kommen zu uns raus. Sie können jederzeit bei uns bleiben.«

»Probleme? Ach was, Joe.«

»Ich nehm' das nicht auf die leichte Schulter, und Sie sollten es auch nicht. Sie sind lange genug im Geschäft. Sie kennen die Gefahren. Passen Sie auf sich auf, Mädel, ich fang' langsam an, Sie zu mögen.« Er trank seinen Whisky aus, zwinkerte mir zu und drückte mir aufmunternd die Schulter. »Wir hören morgen oder so voneinander. Soll ich Sie hinausbegleiten?«

Ich schüttelte den Kopf. »Ich trink' erst noch meinen Irish Coffee aus und denk' dann ein bißchen über morgen nach.« Ich sah ihm zu, wie er hinausging. Ich fing auch an, ihn zu mögen.

Die Sahne auf meinem Irish Coffee war dick und frisch geschlagen – wie ein richtiger Nachtisch. Ich leckte mir den Sahneschnurrbart von den Lippen. Dann machte ich mich an meine Pläne für den nächsten Tag. Ich begann, geistig einige Punkte abzuhaken: etwas über Sams gegenwärtige Projekte herausfinden, zu dem betreffenden Stück Land hinausfahren, mit einem Makler sprechen –. Plötzlich riß mich das Scharren eines Stuhls aus meinen Gedanken.

»Hallo.« Ein großer, flotter, aalglatter Bursche mit einem Toupet und einem für teures Geld regulierten Kiefer schenkte mir sein strahlendstes Grinsen. »Ich hoffe, Sie haben nichts dagegen, wenn ich mich zu Ihnen geselle. Sie sind um etliches hübscher als die Typen da.« Damit winkte er ein paar Männern zu, die ihm auf dem Weg hinaus zurückwinkten. Einer von ihnen kam mir bekannt vor, aber bei dem trüben Licht konnte ich ihn nicht so recht einordnen.

»Eigentlich schon.«

»Eigentlich was?«

»Eigentlich habe ich schon was dagegen.«

Er zuckte mit den Achseln. »Ich habe uns Drinks bestellt.« Der Barkeeper kam zu unserem Tisch herüber. »Hätten Sie gern einen Drink, Miß? Der Herr hier möchte Ihnen einen spendieren.«

»Nein, danke.« Ich lächelte ihm dankbar zu. »Ich trinke nur noch aus und geh' dann nach Hause. Ich würde gerne ein bißchen allein hier sitzen und nachdenken«, fügte ich an den Kieferregulierten gewandt hinzu. Der Kellner und ich warteten darauf, daß er verschwand. Das tat er, wenn auch nicht mit viel Anstand. Ich leerte mein Glas und ging im Kopf meine Liste bis zum Ende durch.

Draußen erwartete mich ein wunderschöner, klarer Abend, nicht zu warm. Es waren sogar einige Sterne am

Himmel. Plötzlich hörte ich hinter mir ein Geräusch. Ich bewegte mich schneller und versuchte, einen Wagen zwischen mich und das Geräusch zu bringen. Dann drehte ich mich um und sah, wie der Kieferregulierte mir mit häßlichem Grinsen folgte.

»Ich mag widerspenstige Mädels. Das macht mich ganz scharf«, sagte er mit sanfter Stimme. Diese sanfte Stimme jagte mir Schauer den Rücken hinunter. Dann fiel mir ein, wo ich seinen Freund schon gesehen hatte. Es war der Kerl im Ganovenanzug bei der Auktionsvorschau, der, dem ich über den Mund gefahren war.

»Hauen Sie ab, oder ich fang' an zu schreien.« Das Restaurant war nicht weit weg, der Parkplatz war hell beleuchtet. War wohl am besten, zum Restaurant zurückzurennen, dachte ich mir, obwohl ich alles andere als gute Laufschuhe an den Füßen hatte.

»Hallo, Sie da!« rief ich über die linke Schulter des Widerlings. »Hilfe!« schrie ich.

Es funktionierte. Er drehte sich um. Ich fing an zu rennen.

7

Liebe Charity,

Meine Mutter und ich streiten uns ständig über Tischmanieren, ob man alten Leuten die Tür aufhalten soll, übers Bitte- und Dankesagen. Sie sagt, das ist wichtig. Ich finde das blöd und weibisch. Was sagen Sie dazu?

Bobby in Bakersfield

Lieber Bobby,

Manieren sind nie blöd. Nur die Leute, die keine haben.

Charity

Ich hätte es geschafft, wenn da nicht diese Unebenheit im Gehsteig gewesen wäre. Mit meinen hohen Stöckeln kam ich dadurch aus dem Gleichgewicht, und ich verlor gerade so lange an Tempo, daß er mich einholte. Er packte mich am Arm und stieß mich gegen die Seite eines Autos. Ich ließ die Handtasche fallen, um die Hände frei zu haben.

»Mensch, sind Sie aber hartnäckig.« Ich war ein wenig außer Atem; er hätte mir keinen so starken Stoß zu versetzen brauchen. Der Machismo ist gewöhnlich ein ziemlich häßlicher Charakterzug. »Na schön, ich trink' also was mit Ihnen. Gehn wir rein und reden drüber.«

»Wir gehn woanders hin und reden drüber.«

Ich zuckte mit den Achseln. »Also gut. Kann ich wenigstens meine Handtasche aufheben?« Ich deutete auf den Boden.

»Erlauben Sie«, sagte er, etwas gnädiger gestimmt, und bückte sich. Als er sich wieder aufrichtete, knallte ich ihm mein Knie unters Kinn. Richtig fest. Der Aufprall warf seinen Kopf zurück, und sein ganzer Körper begann zu schwanken. Dann versetzte ich ihm einen Tritt in den Unterleib. Richtig fest. Genau wie meine Mutter es mir beigebracht hatte. Das Timing war perfekt, und ich sah mit ziemlicher Genugtuung zu, wie er sich auf dem Boden zusammenkrümmte.

Einige Menschen kamen aus dem Restaurant. Aus den Augenwinkeln glaubte ich, noch eine, vielleicht auch mehrere Bewegungen zu sehen. Ich bückte mich, hob meine Handtasche auf und legte einen Zahn zu. Mein Zeh tat mir weh, und ich war nicht so schnell wie sonst. Eine kleine Gruppe von Menschen tauchte auf. Wo hatten sie gesteckt, als ich sie brauchte?

»Was ist passiert?«

»Was ist los mit ihm?«

Ich zuckte mit den Achseln und wollte mich aus dem Staub machen.

»He, Sie da!«

»Ich kenne ihn nicht einmal«, sagte ich über die Schulter nach hinten und ging weiter, jetzt ein bißchen schneller.

»Stehenbleiben. Polizei.« Ich seufzte und blieb stehen. Es war zum Heulen. Vielleicht war das tatsächlich ein Polizist, aber jedenfalls kein uniformierter. Er fing an, mit den anderen Leuten zu reden, und ich versuchte, mich zu verdrücken. »Stehenbleiben«, fuhr er mich wieder an, also blieb ich stehen. Er stellte schon sehr bald fest, daß sie keine Ahnung hatten und sagte ihnen auf freundliche Art und Weise, daß sie verschwinden sollten. Also blieben nur noch ich und der Kerl auf dem Boden übrig, der – wie ich mit Freude bemerkte – noch immer nicht zu einem zusammenhängenden Satz, geschweige denn zu etwas anderem, in der Lage war.

»Also?« fragte er.

»Also was?« fragte ich zurück.

»Hören Sie, Miß, ich bin Polizist. Was geht hier vor sich?«

»Ja, und ich bin der Weihnachtsmann.« Er sah mich an. »Na schön, Sie sind also Polizist. Zeigen Sie mir doch mal Ihren Ausweis.« Er zeigte ihn mir; er schaute echt aus.

»Also«, sagte ich, während wir zusahen, wie sich der Kerl auf dem Boden wand. »Ich glaube, er hat Magenkrämpfe, und ich muß jetzt gehen. Meine Mutter erwartet mich.« Ich wollte weggehen, doch er packte mich knapp über dem Ellbogen am Arm. Er drückte nicht fest zu, aber ich spürte, daß er durchaus noch mehr Kraft hatte.

»Denken Sie sich was anderes aus.« Er lächelte nicht dabei. Und ich auch nicht.

»Ich bin geschäftlich in der Stadt. Er hat mich in der Bar angesprochen und dann beschlossen, die Bekanntschaft fortzusetzen, ohne daß ich ihn dazu ermutigt hätte. Dann ist er mir nach draußen gefolgt und hat mehr als nur Worte benutzt, um mich zu überzeugen. Deshalb habe ich mein Knie eingesetzt, um die Unterhaltung zu beenden. Kann ich jetzt gehen? Ich muß noch meine Katze füttern.« Verdammt, schon wieder Katzen.

»Wollen Sie Anzeige erstatten?« Er hielt mich immer noch am Arm fest.

Ich schüttelte den Kopf. »Wir sind quitt.« Er ließ mich los.

»Und Sie, brauchen Sie einen Notarztwagen?« Der Kerl krümmte sich immer noch am Boden, aber irgendwie schaffte er es, den Kopf zu schütteln. »Dann stehen Sie auf.« Der Polizist zog ihn hoch und lehnte ihn gegen einen Trans-Am-Bus, redete noch kurz auf ihn ein und wandte sich dann wieder mir zu. Wir setzten uns in Bewegung.

»Gehen wir hinein und trinken wir noch was.«

Ich seufzte. Mein Gott, das war wohl nicht meine Nacht. Vielleicht lag das am Vollmond. Ich schaute hoch, aber ich konnte den Mond nicht sehen. »Ich hab' Ihnen schon gesagt, daß ich gehen muß: Heut ist der Tag, wo ich mir normalerweise die Haare wasche.« Er packte mich wieder am Arm und schob mich einfach in die Richtung, in die er wollte.

»Hören Sie mal, mein Lieber, bloß weil Sie Polizist sind und zufällig zur falschen Zeit hier auftauchen, heißt das noch lange nicht, daß ich mit Ihnen was trinken muß. Das steht in keinem Gesetz der Welt, und Sie können ruhig aufhören, sich aufzuspielen.«

»Nein, Ma'am«, seufzte er, »das steht wirklich in keinem Gesetz. Aber ich kann Ihnen ein bißchen was über diesen Narren erzählen. Er ist nicht die beste Gesellschaft, und ein Unglück kommt selten allein. Seine Freunde sind hier irgendwo. Ich könnte Sie zu Ihrem Auto bringen, und Sie könnten es dann nach Hause schaffen oder auch nicht. Sie könnten die Nacht durchschlafen oder auch nicht. Wenn die bei Ihnen vorbeischauen, wollen sie Ihnen jedenfalls nicht bloß einen Drink anbieten.« Mir lief es unwillkürlich kalt den Rücken hinunter.

»Ein Drink ist eine gute Idee«, sagte ich und versuchte dabei, zuversichtlich und locker zu klingen, obwohl mir überhaupt nicht so zumute war. Ich streckte ihm die Hand hin. »Kat Colorado, freut mich, Sie kennenzulernen.«

»Hank Parker.« Fast wäre ihm ein Lächeln entschlüpft, und wir gaben uns die Hand.

»Kat – das ist ein ungewöhnlicher Name.«

»Eigentlich heiße ich Kate. Kat ist ein Spitzname.«

»Kate, nicht Katherine?«

»Kate. Meine Mutter hatte eine literarische, aber ziemlich beschränkte Fantasie. Und einen noch beschränkteren Mutterinstinkt, denn sie hat mich nach Kate in *Der Widerspenstigen Zähmung* benannt.«

»Und, sind Sie widerspenstig?«

»Nein, aber ich bin auch nicht gerade zahm.«

Jetzt lachte er.

»Und warum Colorado?« Ich spürte, wie ich mich verkrampfte, und das machte mich wütend. Ich hatte gedacht, daß ich darüber hinweg war. Es war dunkel, aber er bemerkte meine Reaktion. Polizisten werden dafür bezahlt, daß sie alles merken.

»Tut mir leid. Vergessen Sie's«, sagte er.

»Macht nichts. Ich hab' die beschränkte literarische Fantasie meiner Mutter schon erwähnt. Ich bin ein uneheliches Kind, in Sacramento zur Welt gekommen. Sie wollte mich eigentlich nicht, deshalb hat sie mir nicht ihren Namen gegeben. Und sie konnte sich nicht mehr so genau an den Mann erinnern. Aber sie glaubte, daß er aus Colorado war, also nannte sie mich Colorado.« Ich zuckte mit den Achseln. Schweigen.

»Wissen Sie, das macht nichts«, sagte er sanft.

»Nein, stimmt.« Ich atmete tief durch. »Hab' ich mich schon bei Ihnen bedankt?«

»Nein.«

»Dann betrachten Sie das jetzt als Dank.«

Er lächelte, und wir machten uns auf den Weg zurück zum Restaurant. Dort kletterten wir auf zwei Barhocker. Für mich war das inzwischen nichts Neues mehr. Ich hatte das Geld schon in der Hand. »Die erste Runde geht auf mich.« Er machte den Mund auf. »Und wenn Ihnen das nicht paßt, können Sie allein trinken.« Er nickte und begrüßte den Barkeeper.

»Die Drinks können warten, Ted. Nimm dir ein paar Jungs und schau dir den Kerl genau an, der auf dem Parkplatz gegen einen Trans-Am-Bus gelehnt steht. Und seine Freunde, falls die auch in der Nähe sind. Ich will, daß du dir ihre Gesichter merkst.« Ted sah Hank an, ging schnell hinaus und war fast genauso schnell wieder da.

»Er hat nicht so besonders ausgeschaut, aber ich würde ihn wiedererkennen. Was ist passiert?«

»Er ist mir ins Knie gelaufen«, erklärte ich. Der Barkeeper grinste.

»Er hat die Dame auf dem Parkplatz ein bißchen rauh angefaßt. Ist nicht unbedingt jemand, der hier bei dir im Lokal sitzen sollte.«

»Nein, wir kümmern uns drum. Was hätten Sie denn gern, Miß, Hank? Das geht auf Kosten des Hauses.«

»Kat«, verbesserte ich ihn, bedankte mich und bestellte einen Irish Coffee. Und in Nullkommanichts leckte ich mir schon wieder einen Sahneschnurrbart von den Lippen. Das war wie ein Déjà-vu-Erlebnis oder eine sofortige Wiederholung. Der Abend bekam allmählich etwas Bizarres, Übernatürliches. Im Hintergrund hörte ich Jimmy Buffet »Why Don't We Get Drunk and Screw?« singen.

Ich atmete tief durch und sah mir Hank genauer an. Sogar jetzt noch kommt mir das Wort ›Schrank‹ in den Sinn. Er ist über einsachtzig groß, hat dunkle, lockige Haare, braune Augen, einen Schnurrbart und breite Schultern. Er ist stämmig und gut gebaut. Und im Moment starrte er gerade mißmutig in seinen Drink.

»Sie sorgen an Ihrem freien Abend wohl öfter für Ruhe und Ordnung auf dem Parkplatz, was?«

»Was? Ach so. Sie sind ganz gut allein zurechtgekommen. Ich hab' Ihnen hinterher nur noch ein bißchen beim Saubermachen geholfen.« Er starrte wieder in sein Glas.

»Hören Sie, fühlen Sie sich bloß nicht verpflichtet, mir noch weiter Gesellschaft zu leisten. Ich komm' schon zurecht.«

Er schüttelte sich wie ein großer Hund und nahm mich jetzt wieder bewußt wahr. »Tut mir leid. Ich bin momentan mit den Gedanken woanders. Also...« Er ging innerlich die verschiedenen Möglichkeiten des Smalltalk durch. »Was machen Sie?« Er war bei der offensichtlichsten Frage gelandet.

»Ich ähm bin... Beraterin.« Das lag nahe genug an der Wahrheit. Ich hatte keine Lust, mich bei einem Polizisten in Las Vegas auf nähere Erklärungen einzulassen.

Er sah mich an. »Für was?«

»Trends, solche Sachen.«

»Zum Beispiel?«

»Na ja...« Wir sahen einander an.

»Entweder Sie lassen sich was andres einfallen oder Sie sagen den Leuten gleich, daß sie das nichts angeht. Jedenfalls kauft Ihnen die Geschichte keiner ab.« Ich nickte bedrückt. Er hatte recht. Jetzt war ich an der Reihe, mißmutig in mein Glas zu starren.

»Können wir jetzt ohne Bedenken gehen, Schrank, ähm, ich meine Hank?« Ich spürte, wie ich rot wurde.

Er sah auf die Uhr. »Noch ein Drink würde nicht schaden.« Also tranken wir noch ein Glas. Diesmal bestellte ich ohne Sahne. Keine Schnurrbärte, Déjà-vus und Surrealitäten mehr.

Als wir gingen, sagte Ted, ich könnte jederzeit wiederkommen, er würde schon aufpassen, daß ich nicht mehr belästigt würde. Ich bedankte mich, aber irgendwie erschien mir der Gedanke nicht sonderlich reizvoll.

»Wir nehmen Ihren Wagen, und ich fahre.«

»Das ist wirklich nicht...«

»Sie glauben mir wohl immer noch nicht, was? In dieser Stadt kann's ziemlich rauh zugehen, Kat.«

»Na schön.« Ich zuckte mit den Achseln. »Und wie kommen Sie heim?«

»Ich lass' mich von einem Streifenpolizisten mitnehmen. Ist das Ihr Wagen?« fragte er mit verständlicher Verwunderung.

»Ist ein Leihwagen. Zu was Besserem hat's nicht gereicht.«

»Sie sind also nicht von hier? Hätt' ich eigentlich wissen müssen.«

»Wieso? Ich bin doch ganz schön braungebrannt.«

»Sie sehen ein bißchen zu gesund aus, nicht glatt genug.« Gut. Also zahlten sich das frische Obst, das Gemüse und der Joghurt doch aus. Und die Gymnastik. Ich lächelte selbstzufrieden.

»Wo kommen Sie her?«

»Aus Sacramento.«

Fast hätte er interessiert gewirkt. »Eine Schwester von mir wohnt da.« Jetzt versuchte ich, interessiert auszuschauen.

»Und sind Sie zum Spielen hier?« Es gelang ihm nicht ganz, den verächtlichen Tonfall zu unterdrücken.

»Nein, geschäftlich. Ich bin wirklich Beraterin.«

»Ich frage lieber nicht weiter, damit Sie nicht noch eine Lüge auf dem Gewissen haben. Wo fahren wir hin?«

Ich sagte es ihm. Er wählte eine Route, die jeder Logik, Vernunft und Kilometerzählung spottete. Ich glaubte es ihm, als er sagte, niemand könne ihm folgen, ohne daß er das merkte. Er lieferte mich und den kanariengelben Wagen vor meiner Haustür ab und ließ mich höflich vorgehen. Dann durchsuchte er den Raum nach Eindringlingen und fragte, ob er telefonieren könne, um jemanden herzubestellen, der ihn abholen würde. Gleich darauf ging er mit einem höflichen Händedruck. Außerdem gab er mir seine Karte und sagte, ich solle ihn anrufen, wenn ich in Schwierigkeiten wäre – er würde mir jederzeit bla, bla, bla. Ich überlegte mir die Geschichte mit dem Schrank noch einmal. Vielleicht paßte Hulk besser. Für einen Schrank lächelte er nicht genug.

Es war nach eins, als er ging. Ich war hellwach mit dem

ganzen Koffein im Körper und beschloß, Charity anzurufen. Sie war sicher schon vor Stunden ins Bett gegangen, aber was ging mich das an? Schließlich kommt sie auch mitten in der Nacht zu mir, wenn's ihr gerade einfällt.

»Wach auf, Charity, das ist ein Ferngespräch, und ich brauche ein paar Informationen.«

»Was, wer... Kat?«

»Du hast's erraten. Ich bin der Sache hier auf der Spur, und ich brauch' ein paar Auskünfte. Was macht Sam jetzt?«

»Woher soll ich das wissen? Kat, was soll der ganze Zirkus?«

»Nicht jetzt *im Moment*. Ganz allgemein und in der Arbeit.«

»Ich weiß es nicht. Du weißt doch, daß ich mich darum nie sonderlich gekümmert habe. Ich glaube, er hat eine Sache am Laufen in North Natomas, oder vielleicht war's auch in South Natomas«, sagte sie unbestimmt. »Oder vielleicht hat er die auch schon abgeschlossen, ich weiß es nicht.«

»Meine Güte, Charity, kannst du denn nicht ein bißchen mehr auf das achten, was rund um dich herum vorgeht?«

»Kat, das ist nicht fair! Außerdem kann ich das nicht. Wirklich nicht. Ich hab' genug damit zu tun, die Probleme anderer Leute zu lösen.«

»Es gibt keine Regel, die Problemlösern wie dir verbietet, den Stift zu zücken, aufzupassen, was ihre baldigen Exmänner machen, und ihre eigenen Probleme zu lösen.«

»Mein Gott, hast du aber schlechte Laune.«

Ich seufzte. Sie hatte recht. »Du hast recht, tut mir leid. Irgend so ein Kerl hat versucht, mich auszurauben und zu vergewaltigen, und das hat mir den Abend ein bißchen verdorben.«

»Kat!«

»Ich bin okay. Ich hab' die Sache um einiges besser überstanden als er. Außerdem hat mich ein Ritter in rostiger Rüstung nach Hause gebracht.«

»Kat!«

»Entspann dich, Charity. Kannst du irgendwie was über Sams momentane Geschäfte herausfinden? Nicht nur in der

Gegend um Sacramento, sondern auch in Kalifornien und Nevada?«

»Ich kann's versuchen. Er hat nie was von Nevada erwähnt.«

»Das Geld steckt da irgendwo – erkundige dich einfach, so gut du kannst, okay?«

»Okay, und Kat: Bist du sicher, daß du in Ordnung bist? Ich mach' mir Sorgen. Vielleicht sollte ich...«

»Nein, mir geht's gut, ich bin bloß ein bißchen müde. Ruf mich morgen an. Schreib dir die Nummer auf.« Ich gab sie ihr durch.

»Sei vorsichtig, Kat.«

»Mach ich«, sagte ich. Noch so eine berühmte Floskel.

Jetzt blieb mir nur noch, mich aus den Kleidern zu schälen und mir die Zähne zu putzen, bevor ich ins Bett fiel. Wahrscheinlich hätte ich bis zum übernächsten Tag durchgeschlafen, wenn nicht das verdammte Telefon geklingelt hätte.

8

Liebe Charity,

darf man Lügen erzählen – keine großen, bloß kleine, damit es den Leuten besser geht oder das Leben einfacher wird?

Eine Schwindlerin

Liebe Schwindlerin,

man darf es, aber es ist nicht richtig. Das müssen Sie mit Ihrem Gewissen ausmachen.

Charity

»Guten Morgen, Süße, ich will nur hören, wie's Ihnen geht.«

»Wer spricht da?« fragte ich ein bißchen döflich. Mein Verstand war noch umnebelt wie der Flughafen von Sacramento an einem Wintermorgen.

»Joe.«

»Joe. Ach, Joe. Haben Sie schon was rausgefunden?«

»Noch nicht. Aber ich werde sicher noch was erfahren. Wie wär's: Wollen Sie nicht heut' abend zu mir und meiner Frau zum Abendessen rauskommen? Dann könnten wir uns über den Tag unterhalten und die nächsten Schritte besprechen. Bringen Sie auch den Badeanzug mit. Wir haben einen Swimmingpool.«

»Prima, ich komme gern. Joe, kennen Sie einen Polizisten, der Hank Parker heißt?«

»Ja, ist ein guter Mann. Wie sind Sie denn über den gestolpert?«

»Das erzähl' ich Ihnen später. Wann gibt's Essen und wo?« Er sagte es mir. Ich gähnte und streckte mich und beschloß aufzustehen. Aber dann schlief ich noch mal eineinhalb Stunden ein. Das machte nichts, schließlich hatte ich nichts Dringendes vor. Solche Sachen rede ich mir die ganze Zeit ein. Wahrscheinlich ist das irgendwie beruhigend.

Beim Frühstück überflog ich die Zeitung wieder auf der Suche nach einem Bericht über das tote Mädchen. Immer noch nichts. Ich fragte mich, ob ein Mord in Las Vegas so unbedeutend war, oder ob die Betreffenden die Nachricht einfach zurückhalten konnten.

Ich holte Decks Visitenkarte heraus und starrte sie an. Da war nicht viel Information oder Hilfe zu erwarten. Es stand auch nichts über New Capital Ventures drauf, aber er hatte das Unternehmen erwähnt. Ich fragte mich, wieviel Deck mir über die Sache sagen konnte. Oder besser: würde. Ich fragte mich, wie weit ich mich auf meine Freundschaft mit ihm verlassen konnte. Zum Teufel damit. Viel zu viele Fragen. Ich steckte die Karte wieder in meine Brieftasche und beschloß, mich später damit zu beschäftigen. Es schadete sicher nichts, vorher mehr herauszufinden.

Ich holte die Landkarte heraus und markierte das Gebiet, das ich mir näher ansehen wollte – eine ziemliche Fahrerei. Die Klimaanlage in meinem kanariengelben Ungetüm würde das schaffen oder auch nicht. Ich fuhr nicht sofort in das markierte Gebiet, sondern sah mich zuerst noch ein bißchen um. Ich wollte ein Gefühl für die Peripherie von Las Vegas bekommen, besonders für die Gegend um den Grund von New Capital Ventures herum. Das war eindeutig was für die Betuchteren. Die Grundstücke waren groß und schön gelegen, die Häuser geräumig und luxuriös, wahrscheinlich hatten sie alle nach hinten hinaus einen Swimmingpool. Ich konnte den Streit vom vorigen Jahr gut verstehen. Leute, die sich hier ein Haus kauften, würden nur gleichwertige Nachbarn akzeptieren. Kaum etwas ist so schlimm wie die Wutanfälle der Reichen und Einflußreichen.

Der Grund von New Capital Ventures war, soweit ich das beurteilen konnte, ganz ähnlich, nur eben Wüste, noch nicht erschlossen und auf rauhe, ausgedörrte, erbarmungslose Weise schön. Ich bewunderte ihn vom Wagen aus der relativen Kühle heraus. Dann fuhr ich in die Stadt zurück und sah mich nach Maklern um. Kein Problem, sie waren hier so zahlreich wie Kakteen. Ich suchte mir einen passenden aus, der nach Geld und Selbstgefälligkeit roch, fuhr mir noch mal durch die Haare, setzte mein geldigstes Lächeln auf und marschierte in das Büro von Hanaford Immobilien.

Es wandten sich mir sofort die Blicke mehrerer Angestellten zu, als ich eintrat. Sie waren zu beherrscht, um gierig zu wirken, aber man spürte es trotzdem. Ich lächelte und sah mich in dem Raum um.

»Guten Tag.« Sie wandten sich mir zu, wie Pflanzen der Sonne entgegenwachsen, wobei die Aussicht auf Geld hier die Sonne ersetzte. Ich entschied mich für eine aalglatte, gestylte Frau um die vierzig, die bis zum Haaransatz geschminkt war. Sie sah aus wie ein Callgirl, das ihrem geliebten Beruf entwachsen war und sich jetzt voller Bedauern zu etwas anderem herabgelassen hatte.

»Kann ich Ihnen behilflich sein?« Das klang auch wie ein Callgirl.

»Ja, das hoffe ich«, sagte ich unter Einsatz meiner besten schauspielerischen Fähigkeiten. »Wissen Sie, wir würden gerne Grund in dieser Gegend kaufen, und mein Mann will nur das Allerbeste.« Ihre Augen blinkten wie ein Spielautomat und leuchteten schließlich auf wie das Dollarzeichen beim Gewinn. So etwas hatte ich noch nie gesehen.

»Wir denken daran, selbst zu bauen«, log ich ganz unverfroren weiter. »Ich bin in Loma Linda draußen gewesen, und ich glaube, daß das die schönste Gegend ist. Ich bin da am Ende dieser reizenden kleinen Sackgasse gestanden und habe aufs freie Land geschaut, und dabei ist mir das Herz aufgegangen.« Dazu legte ich die Hand auf meine linke Brust und hoffte, daß ich nicht zu dick auftrug. »Wissen Sie, ich dichte«, fügte ich hinzu. Zu meinem großen Kummer hatte ich es wieder einmal nicht geschafft, nicht zu übertreiben.

»Ich würde also gerne wissen«, plapperte ich munter weiter, »wie ich etwas über den Grund da draußen erfahren kann und wieviel er kosten würde. Charlie sagt: ›Such dir das Beste aus, aber gib nicht so viel aus.‹ Aber ich denke mir, was soll's, schließlich sind wir nur einmal jung. Wissen Sie«, dabei senkte ich meine Stimme vertraulich, »Großtante Milla ist gestorben, und sie hat uns ganz nett was hinterlassen. Ich bin mir sicher, daß es in ihrem Sinne gewesen wäre, wenn wir's ausgeben und uns was dafür gönnen. Meinen Sie nicht auch?« Ich schenkte ihnen ein strahlendes Lächeln, und sie nickten alle. Ich stand da und sah sie erwartungsvoll an; sie wirkten ein bißchen benommen. »Wie steht's also mit dem Grund?« fragte ich. Vera – ich erfuhr ihren Namen später – ging in Habachtstellung.

»Sehen wir uns die Sache doch mal auf der Landkarte an«, sagte sie. Ich zeigte ihr Loma Linda und »diese reizende kleine Sackgasse«, und stieß dann mit dem Finger mitten in das Gebiet von New Capital Ventures. »Da, würde ich sagen. Wir wollen nicht zu nah an unsern Nachbarn sein, und wir brauchen Platz.« Ich schenkte ihr ein weiteres strahlendes Lächeln.

»Natürlich.« Vera lächelte zurück. Sie wirkte wie hypnotisiert.

»Könnten Sie das für mich herausfinden?« Vera bejahte und sagte, ich solle in ein paar Stunden wiederkommen. Dann lächelten wir uns alle noch einmal an, und ich schwebte aus dem Büro. So, wie ich mir das bei einer reichen jungen Frau voller Hoffnungen vorstellte. Die Hitze versuchte, mich wieder in das Gebäude zurückzupressen, aber ich kämpfte mich hinaus.

Ich hatte jetzt etwas Zeit totzuschlagen, also schaute ich bei ein paar anderen Maklern vorbei und erkundigte mich über die Grundstückspreise, die besten Gegenden der Stadt, Wachstumsraten, Baufirmen und Makler. Wenn die Leute Zeit haben, reden sie gern. Und wenn man die Fragen nett stellt, ist es schwieriger, sie wieder zum Schweigen zu bringen, als ihnen etwas zu entlocken. Manchmal ist es richtig peinlich – besonders die persönlichen Details –, aber sie scheint es nicht zu stören. Und in meinem Geschäft ist diese Neigung eine große Hilfe.

Die Wetterlage hatte sich verändert, als ich wieder bei Hanaford Immobilien vorbeischaute. Jetzt wehte ein arktischer Wind, und offenbar war ich kein angesehenes Mitglied jener erlauchten Spezies amerikanischer Käufer mehr.

»Guten Tag«, sagte ich, als ich hereinschneite. »Was haben Sie denn herausgefunden, Vera? Besteht eine Möglichkeit, daß...«

Sie schüttelte den Kopf. »Nein. Aber wir haben da ein paar andere hübsche Grundstücke, die...«

»Nein. Was meinen Sie mit nein? Nein, nie; nein, jetzt nicht; nein, nur wenn der Preis stimmt; was für eine Art von nein?«

»Ein nein nein«, stotterte Vera, die mit den Feinheiten der Sprache offenbar nicht sonderlich vertraut war.

»Unsinn. Wem gehört der Grund? Wir bieten ihm einfach eine Menge Geld«, fügte ich munter hinzu. »Nicht jeder läßt sich kaufen, aber probieren geht über studieren.«

»Ich fürchte, ich kann nicht...«

»Was haben Sie gesagt, wem der Grund gehört?«

»Ich habe überhaupt nichts gesagt.«

»Also?«

»Ich fürchte, ich kann nicht...«

»Aber Sie haben sich doch sicher erkundigt?«

Ihr Gesicht gefror – eine beachtliche Leistung bei dieser Hitze. Das mußte das arktische Klima sein, das in dem ganzen Raum herrschte. »Es tut mir sehr leid«, sagte sie kühl, »aber der Grund steht derzeit nicht zum Verkauf. Wenn Sie sich vielleicht...«

»Ich glaube nicht«, sagte ich und stand auf. Ich schälte den Rock von der hinteren Seite meiner Oberschenkel und marschierte aus dem Büro.

Das war Stoff zum Nachdenken. Die Nachricht, daß der Grund nicht verkäuflich war, war keine große Überraschung, dafür aber die arktische Kühle, die mit dem Thema verbunden war. Ich hielt bei einer Telefonzelle, suchte die Adresse der Zentralbücherei heraus und machte mich auf den Weg dorthin. Die Bibliothekarin wußte sofort, wovon ich redete, und war hilfreich wie eine ganze Pfadfindergruppe.

»O ja, da war ziemlich viel los wegen dieser Baulanderschließung. Alle möglichen Leute haben sich aufgeregt, und es war tagelang die Hölle los. Schaun wir mal, ich glaube, das war im Frühjahr letzten Jahres.« Sie sah die Zeitungskartei mit geübtem Blick durch. »Hier, versuchen Sie's mal damit.« Sie setzte mich vor einen Mikrofilmbetrachter. »Schauen Sie die Titelseiten durch, dann den Lokalteil und die Leitartikel. Da finden Sie genug Material.« Ich las und machte mir mehrere Stunden lang Notizen, bis mir Kopf und Augen weh taten und meine Laune ebenfalls auf dem Nullpunkt war. Mikrofilme sind nicht unbedingt eine Gesellschaft, in der man sich zu lange aufhalten möchte. Ich bedankte mich bei der Bibliothekarin für ihre Hilfe und war schon auf dem Weg nach draußen, als mir noch ein anderer Gedanke kam.

»Hat es seit der Geschichte eine Abstimmung gegeben?«

»Ja, sicher.«

»Waren dadurch irgendwelche Leute oder Gruppen betroffen, die auch mit dieser Geschichte zu tun gehabt haben?«

Sie sah mich einen Augenblick lang nachdenklich an. »Ich glaube doch.«

»Würden die Dinge heute anders aussehen, wenn es zu denselben Fragen noch einmal eine Abstimmung gäbe?«

»Schwer zu sagen, aber es wäre gut möglich.« Ich bedankte mich noch einmal und ging.

Wieder daheim im Pink Flamingo genehmigte ich mir ein Erfrischungsgetränk, duschte den Schweiß und den Schmutz des Tages ab und ließ mich auf das Bett fallen, um nachzudenken. In Anführungszeichen. Denn ich wachte gerade rechtzeitig zum Abendessen wieder auf. Nichts Besonderes, hatte Joe gesagt. Ich zog ein weiß-gelbes Sommerkleid mit tief ausgeschnittenem Rücken an, schlang mir einen Gürtel um die Taille, suchte nach meinen Sandalen und dem Bikini und machte mich auf den Weg. In mir regte sich ein leichtes Kribbeln der Vorfreude. Das Essen, nette Gesellschaft oder Neuigkeiten – es war schwer zu sagen warum. Ich wollte es auch gar nicht wissen.

Das Telefon klingelte gerade, als ich die Tür zumachen wollte. Verdammt. Natürlich ging ich ran. Sobald die High-Tech-Kommunikation mal in Gang gesetzt ist, nimmt sie ihren eigenen verrückten Zauber und Zwang an, wenn nicht sogar ihre eigene Logik.

»Kat, gut, daß ich dich erwische. Ich hab's heute schon ein paarmal versucht.«

»Hallo, Charity. Was ist denn los? Was hast du herausgefunden?«

»Nichts und doch ein bißchen was. Gibt nicht viel Sinn, was? Kat, mir gefällt die Geschichte nicht, überhaupt nicht. Ich bin heute zu Sam ins Büro. Meistens ist er bloß unhöflich und redet einfach nicht mit mir, aber heute war er fast froh, mich zu sehen. Es war beinah wieder so wie in alten Zeiten. Wir sind zusammen zum Mittagessen gegangen, und...«

»Hast du was rausgefunden?« Ich wußte, wo das hinführen würde – Nostalgie und Tränen –, wir hatten das Spielchen schon ein paar Mal gespielt. Normalerweise macht mir das nichts aus, schließlich kommt man über eine verlorene Liebe nur schwer hinweg, aber im Moment hatte ich einfach keine Zeit.

»Nein, wie gesagt, eigentlich nicht. Er macht irgend so ein Geschäft in North Natomas, oder war's South? Egal. Und vielleicht noch ein Projekt in Roseville, irgendwo bei der Umgehungsstraße zwischen I-80 und 65.«

»Charity.« Ich wurde allmählich ungeduldig.

»Ich hab' ihn über Nevada und seine Geschäfte dort gefragt. Da ist er ganz anders geworden. Er hat mich im Restaurant fast angebrüllt. Es war peinlich; es haben uns alle angestarrt. Er hat mich gefragt, wovon ich verdammt noch mal rede. Er macht keine verdammten Geschäfte dort, und außerdem gehen mich seine verdammten Geschäfte verdammt noch mal nichts an. Kat, er war wütend und gemein, aber in seinen Augen war Angst. Ich hab' ihn noch nie so gesehen. Was ist los?«

»Ich weiß es noch nicht. Ich habe nur ein paar Einzelteile, noch nicht das ganze Puzzle. Aber du hast recht gehabt: Egal, ob er nun Geld am Spieltisch verloren hat oder nicht – jedenfalls hatte er noch einen ganzen Batzen übrig, den er hier in Grund investiert hat. Im Moment ist der Grund anscheinend wertlos, aber gewisse politische Manöver könnten das ändern. Ich hab' die Grundbuchauszüge, die du brauchst. Willst du, daß ich weitermache?«

»Könnte man den Grund wieder in Geld verwandeln?«

»So wie die Dinge stehen, bezweifle ich das. Vielleicht für zehn Cents pro Dollar, aber nicht für zweihunderttausend Dollar. Die zweihunderttausend sind von den politischen Manövern abhängig. Es ist komplizierter, als ich im Augenblick erklären kann.«

Sie seufzte. »Kannst du dann noch dort bleiben? Versuch herauszufinden, wie man das Geld wieder zurückbekommen kann. Der Anspruch auf die Hälfte von Sams wertlosem Wüstengrund hilft mir nicht weiter. Dieses Schwein!« Sie fing wieder an zu heulen.

»Charity, ich muß los. Warum gehst du nicht ins Kino? Das muntert dich doch immer auf.«

»Ach, Kat, das Leben ist nicht so einfach, weißt du.«

»Nein, aber...«

»Aber was?«

»Kauf dir Popcorn *und* 'nen Schokoriegel.« Wir legten lachend auf. Solche Zerbrechlichkeit sah Charity überhaupt nicht ähnlich. Normalerweise ist sie immer für einen Scherz und eine schlagfertige Antwort gut. Freilich, manche Kapitel im Leben sind härter als andere. Ich stand gerade vor einem ziemlich harten Kapitel, aber natürlich wußte ich das damals noch nicht.

9

Liebe Charity,

eines Abends erzählte mir ein Freund eine furchtbar traurige Geschichte. Ich wußte nicht, ob ich weinen, etwas sagen oder schreiend aus dem Zimmer laufen sollte. Was macht man in so einem Fall?

Eine Verwirrte

Liebe Verwirrte,

denken Sie an Ihren Freund, nicht an sich selbst. Warum sagen Sie nicht einfach: »Oh, das tut mir aber leid, ich wünschte, ich könnte helfen?«

Charity

Joes Frau Betty war mir sofort sympathisch. Sie war klein und kräftig und sah aus, als hätte sie ein Herz voller Wärme und einen Kühlschrank voll mit frischem Gemüse.

»Kommen Sie rein«, sagte sie und schüttelte mir die Hand. »Sie sind Kat, nicht wahr? Die Jungs schwimmen hinten im Pool – oder vielleicht auch in ihren Margaritas«, fügte sie nachdenklich hinzu. »Ich bin mir sicher, daß ich den Mixer wieder gehört habe. Kommen Sie doch mit in die Küche, während ich noch schnell den Salat fertigmache.«

»Die Jungs? Ich dachte, Joe hat gesagt, daß Ihre Kinder alle schon erwachsen sind.«

»Ja, ja, das stimmt schon. Aber hat Ihnen Joe denn nicht erzählt, daß er noch einen Freund einlädt?« Ich schüttelte den Kopf, als Joe hereinkam.

»Betty, haben wir noch Limonen? Kat, da sind Sie ja. Prima. Nehmen Sie doch einen Margarita. Kennen Sie Hank?« Ein hinreißender Mann in Badehose trat in die Küche. Ich erkannte ihn zuerst nicht, weil er lächelte.

»Schrank – Hank«, verbesserte ich mich schnell und hoffte, daß niemand es gemerkt hatte, »mein Ritter in rostiger Rüstung. Hallo, und danke noch mal.« Wir gaben uns die Hand, lächelten uns an und erzählten Joe und Betty die Geschichte des vergangenen Abends. Ich versuchte, die Sache herunterzuspielen, aber ich konnte sehen, daß sie sich Sorgen machten, und Joe machte sich Vorwürfe, weil er mich allein gelassen hatte. Hank war ruhig und beruhigend, und irgendwann war ich plötzlich hypnotisiert von dem Muster der dunklen, kringeligen Haare auf seiner Brust, rund herum und rund herum und rund herum...

»Einen Margarita, Kat?«

»Was? O ja, bitte. Kein Salz, dafür jede Menge Limone.« Ich schüttelte mich etwas, um wieder einen klaren Kopf zu bekommen, und erbot mich, Betty mit dem Salat zu helfen. Davon wollte sie nichts hören, aber sie lud mich ein, mich mit ihr zu unterhalten, während die Jungs, wie sie sie nannte, grillten.

»Schrank, was?«

Ich wurde rot.

»Ein freudscher Versprecher?«

»Betty, manchmal hab ich das Gefühl, ich bin im Fettnäpfchen zur Welt gekommen. Jedenfalls hab' ich nie Probleme, eins zu finden.« Sie lachte.

»Er ist wirklich ein Schrank. Und allein. Und Sie?«

»Ja.« Ich hatte gedacht, daß meine Stimme halbwegs unbeteiligt klang, aber ihr Blick zeigte mir, daß ich ihr nichts vormachen konnte.

»So schlimm?«

Ich nickte. »Ja, war es. Ich bin jetzt fast drüber hinweg.«

»Gut. Der Salat ist fertig.« Sie stellte ihn in den Kühlschrank. »Ich nehm' den Teller mit den Vorspeisen. Wenn Sie den Bikini anziehen wollen – das Schlafzimmer ist da drüben.« Sie deutete in die Richtung. »Bis gleich.«

Das Wasser war wunderbar. Ich schwamm eine Weile und legte mich dann auf den Rücken und ließ mich einfach treiben. Es war ein schöner, ruhiger Abend, besonders, weil ich die Ohren unter Wasser hatte und nichts hören konnte. Als die Welt rund um mich herum explodierte, ging ich prustend unter und tauchte mit der Nase voll Wasser wieder auf. Hank grinste mich an.

»Als Kind hab ich die besten Wasserbomben im ganzen Viertel gekonnt.«

Ich schneuzte mir das Wasser aus der Nase in die Hand und prustete und schnaubte auf höchst unvorteilhafte Art. Er grinste immer noch. Ich spritzte ihm Wasser ins Gesicht und tauchte den ganzen Swimmingpool entlang. Als ich herauskletterte und mich abtrocknete, brachte Joe gerade die Grillhähnchen auf den Tisch und rief uns zum Essen. Es war eine gute, bodenständige Mahlzeit: Hähnchen und Mais, Salat und Knoblauchbrot. Ich aß soviel, daß mein Bauch sich ein bißchen stärker über meiner Bikinihose wölbte als sonst. Ich hab' ein paar Pfund zuviel, aber es ist nicht allzu schlimm. Glücklicherweise bin ich nicht übertrieben eitel. Und ich treibe Sport. Als Nachtisch gab es Erdbeertörtchen, und ich aß sie ohne Reue, überlegte sogar, ob ich noch mal zugreifen sollte.

Nach dem Essen lehnten wir uns am Pool in unsere Liegestühle zurück und betrachteten die ersten Sterne am Himmel. Die Stille war angenehm. Ich hörte Grillen zirpen und die letzten Vögel zwitschern, bevor sie sich zur Ruhe begaben. Das und das sanfte Schlürfen von Margaritas. Die Atmosphäre war wirklich sehr angenehm.

»Sie zuerst, Kat«, sagte Joe.

»Weiß Hank, was Sache ist?«

»Ja, ich hab's ihm gesagt.«

»Gut. Dauert nicht lang. Ich hab' nicht sonderlich viel herausgefunden.«

Ich erzählte von meinem Tag im Maklerbüro und in der Bibliothek und von meinem Gespräch mit Charity. »Und mein Zeh tut mir immer noch weh«, fügte ich hinzu. Hank kicherte, dann herrschte wieder eine Weile Stille.

»Joe, Hank, kennt jemand von Ihnen einen Deck Hamilton?«

»Schlechte Nachrichten.«

»Woher, zum Teufel, kennen Sie ihn?«

Sie redeten zur gleichen Zeit. Ich seufzte, und mir sank der Mut. Ich war eigentlich nicht überrascht über diese Neuigkeit, aber ich freute mich auch nicht darüber.

»Erzählen Sie mir von ihm.«

Hank redete zuerst. »Er ist kein unbeschriebenes Blatt bei der Polizei. Mehr Festnahmen als Verurteilungen, würde ich sagen, hauptsächlich, weil er zur falschen Zeit am falschen Ort war. Gewaltanwendung und solche Sachen, alles Geschichten, die wir ihm nicht nachweisen können. Eine ziemlich schräge Type, Kat.« Hank klang hart. »Man munkelt, daß er ein käuflicher Killer ist. Fällt mir nicht schwer, das zu glauben. Überhaupt nicht. Sie sollten ihm lieber aus dem Weg gehen.«

»Joe?«

»Dem kann ich nur hinzufügen, daß er bekannt dafür ist, fair zu spielen und sein Wort zu halten. Er zahlt alles mit gleicher Münze heim.«

»Kat«, sagte Betty mit besorgter Stimme. »Sie haben doch nichts mit ihm zu tun, oder?«

Ich seufzte wieder. Ich hätte so gerne über Deck und meinen Verdacht gesprochen, aber ich konnte es nicht. Ich wußte einfach nicht, wie ich es hätte machen sollen, ohne Deck mit hereinzuziehen, und das kam nicht in Frage. Joe und Hank waren nett und hatten mir geholfen, und eines Tages würde ich sie vielleicht meine Freunde nennen. Jedenfalls hoffte ich das. Aber im Moment ging es um Angelegenheiten von Presse und Polizei, und Deck und ich waren Freunde, schon seit Kindertagen. Wieder seufzte ich.

»Kat?« fragte Betty.

»Ob ich etwas mit ihm zu tun habe? Ja und nein.« ›Etwas zu tun haben‹ – das war ein schwieriger Begriff. Das tote Mädchen fiel mir wieder ein. Hatte ich damit etwas zu tun? Ich wollte auch darüber reden, aber ich tat es nicht. Joe und Hank stürzten sich beide auf mich.

Joe ging in die Luft. »Verdammt, Mädchen, ich hätte Ihnen mehr Grips zugetraut.«

»Ich auch.« Hanks Stimme klang leise und enttäuscht.

»Nun machen Sie mal kein solches Gesicht. Wir sind zusammen zur Schule gegangen. Ich hab' ihn nicht mehr gesehen, seit ich vierzehn oder fünfzehn war, und das ist jetzt schon fast zwanzig Jahre her. Er ist mir am Flughafen über den Weg gelaufen. Er hat sich so sehr verändert, daß ich ihn nicht mal mehr erkannt hätte, wenn er nicht Katy zu mir gesagt hätte.«

»Katy?« fragte Betty.

»Mein Spitzname als Kind. Es gibt heute fast niemanden mehr, der mich noch so nennt. Meine kleine Schwester hat immer Katy zu mir gesagt. Sie ist gestorben, als sie drei war.« Ich griff nach meinem Margarita.

»Tut mir leid, daß ich Sie so angefahren habe«, sagte Joe. Ich nickte. »Aber Sie sollten wirklich nichts mit ihm zu schaffen haben. Hank hat recht.« Ich nickte wieder.

»Das habe ich ihm auch gesagt. Aber dann war da die kleine Katze, und, egal...« fügte ich lahm hinzu. »Erzählen Sie uns doch von Ihrem Tag, Joe.«

»Ich hab' überhaupt nichts herausgefunden, aber das, was ich nicht herausgefunden habe, war verdammt interessant.« Joe pfiff eine Weile tonlos vor sich hin. »Ich kenne Vegas und die Leute hier ziemlich gut. Ich weiß, wie man an Informationen kommt – an offizielle und inoffizielle –, und trotzdem hab' ich nichts herausgefunden. Irgend jemand hat dieser Stadt einen Maulkorb angelegt. Leute, die normalerweise reden oder mich zum Teufel wünschen, halten den Mund, und zwar voller Angst.

»Mit wem haben Sie gesprochen?«

»Mit Stadträten, Mitgliedern des Planungsausschusses, Maklern, Immobilienschnüfflern. Niemand weiß was, und alle sagen das furchtbar schnell.«

»Wissen sie wirklich nichts, oder haben sie Angst? Und wenn ja, warum?« fragte ich.

»Hier in der Stadt gibt's Leute, die nicht lange fackeln«, antwortete mir Hank. »Das erste Mal sind sie noch freundlich und bieten Ihnen Geld. Das zweite Mal drohen sie, die Ehefrau oder die Tochter zu vergewaltigen oder dem Sohn die Arme zu brechen. Der Mensch setzt manchmal seine eigene Sicherheit für ein Prinzip aufs Spiel, aber nicht die seiner Familie. Jedenfalls nicht, wenn es sich verhindern läßt.«

»Stimmt das, Joe?« fragte ich.

»Ich weiß es nicht. Ich hoffe nicht.«

»Ist es möglich, daß die Frage der Erschließung bei dem Grund noch mal aufgegriffen wird?«

»Sieht fast so aus, nicht wahr? Aber ich könnte das auch nicht mit Sicherheit sagen. Ich werd' mich drum kümmern, ein paar Leute fragen, die mir noch was schuldig sind.« Er schüttelte den Kopf. »Die Sache gefällt mir nicht. Überhaupt nicht.« Wir saßen eine Weile schweigend da.

Schließlich stand Betty auf. »Ich leg' eine Platte auf. Mag irgend jemand Kaffee?« Wir sagten alle ja, und schon bald drangen der Klang einer Big Band und der Geruch von Kaffee zu uns herüber. Hank und Joe redeten ein bißchen übers Geschäft. Ich saß am Schwimmbeckenrand, ließ die Beine ins Wasser baumeln und summte zu der Musik. Nach dem Kaffee gähnte Betty und streckte sich.

»Hank gehört praktisch zur Familie, also muß ich mich bei ihm nicht entschuldigen, wenn ich früh ins Bett gehe. Fühlen Sie sich auch wie zu Hause, Kat. Bleiben Sie, solange Sie möchten, nehmen Sie noch Kaffee, Margaritas, Erdbeertörtchen, was Sie wollen. Schwimmen Sie ruhig ein bißchen. Im Schlafzimmer hört man nichts davon. Bleiben Sie über Nacht hier, wenn Sie wollen. Hank macht das oft. Er zeigt Ihnen, wo die Schlafsäcke sind, wenn Sie einen brauchen.« Sie gähnte noch einmal, umarmte mich, gab ihren Jungs einen Kuß und ging.

Wir saßen im Dunkeln und sagten nichts. Normalerweise schleicht sich dabei ein unbehagliches Gefühl ein. Manchmal klappt es mit guten Freunden, manchmal auch nicht. Wenn man schweigt und das Gefühl hat, das ist in Ordnung, ist das, wie wenn die Welt im Lot ist und es keine Sorgen gibt. Die Stille ergreift Besitz von einem, und Frieden kehrt ein im Inneren. Wenn man Glück hat und dieser Zustand lange genug anhält, dringt der Frieden bis in die Seele vor. Joe sagte Gutenacht, und dann saßen Hank und ich schweigend da, doch das war anders. Wir sagten nichts, aber wir sagten es ziemlich laut. Hank muß das gleiche empfunden haben. Er nahm mich an der Hand und zog mich hoch.

»Gehen wir noch eine Runde schwimmen.«

»Den Letzten beißen die Hunde.« Damit gab ich ihm schnell einen Stoß nach hinten, der ihn aus dem Gleichgewicht brachte. Ich sprang ins Wasser und schlug ihn um Längen. Ich tauchte wieder auf und er neben mir.

»Schrank, was?«

»Wovon reden Sie, Hank?« Ich wurde rot, aber es war so dunkel, daß er es nicht sehen konnte. Er verschränkte die Hände hinter meinem Rücken und zog mich durchs Wasser. Dann beugte er sich zu mir und küßte mich sanft, nicht hart wie ein Macho. Meine Hände wühlten in dem dichten, dunklen, kringeligen Haar auf seiner Brust. Mir lief ein Schauer über den Rücken, und ich schob ihn weg. Er ließ mich sofort los, und ich trieb auf dem Rücken dahin. Ich sah hoch zu den Sternen und versuchte, mit meinen Gefühlen zurechtzukommen.

Nach einer Weile kletterte ich aus dem Wasser, setzte mich an den Pool und ließ mich von der sanften Brise trocknen. Er zog sich am Rand des Schwimmbeckens hoch und setzte sich neben mich.

»Ich muß gehen«, verkündete ich.

»Warum?« fragte er. Mir fiel keine Antwort ein, also sagte ich auch nichts. Und ich ging auch nicht.

»Bleib«, sagte er. »Ich würde mich freuen. Laß uns ein bißchen reden.«

»Okay.«

»Hättest du gern einen Brandy?« Ich nickte, und er holte den Brandy und gab mir einen großen, alten Schwenker. Wir saßen wieder eine Weile schweigend nebeneinander, doch diesmal war es ruhiges Schweigen, nicht lautes Schweigen.

»Erzähl mir von deiner Schwester«, sagte er schließlich. Ich begann, traurig zu werden. Er legte mir die Hand aufs Knie und tätschelte es sanft. Ich schob sie nicht weg und dachte ein bißchen nach. Ich hatte schon lange nicht mehr über meine Schwester gesprochen. Schließlich nahm ich einen Schluck Brandy und fing an.

»Ich war neun, als sie zur Welt kam, und zwölf, als sie starb. Ma wollte sie nicht. Sie wollte uns beide nicht. Ma nannte sie Sis oder Cissy. Ich weiß nicht mal, ob sie einen richtigen Namen hatte. Ma hat mir das nie gesagt.« Ich fing an zu weinen und wischte mir die Nase mit dem Handrücken ab, wie früher als Kind.

»Ich hab' mich die meiste Zeit um Cissy gekümmert, weil Ma sich einen feuchten Dreck um sie geschert hat. Wenn sie nicht gearbeitet hat, war sie betrunken. Ich hab' mir oft Sorgen um Cissy gemacht, wenn ich in der Schule war, aber sie war ein braves Baby. Nach der Schule blieb ich immer daheim, und meine Freunde kamen zu mir, oder ich hab' die Kleine mitgenommen. Wir waren unzertrennlich. Ich hab' das Abendessen gemacht und sie ins Bett gebracht, und meistens hat sie bei mir im Bett geschlafen. Sie hat immer Albträume gehabt. Kein Wunder.

Die Leute haben immer gedacht, daß es für eine Zwölfjährige zuviel ist, auf sie aufzupassen, aber das war's nicht. Sie hat mir über meine eigenen Probleme hinweggeholfen. Durch sie hab' ich gelernt, was Liebe und Fürsorge ist. Von meiner Mutter konnte ich das nicht lernen. Ohne sie wäre ich ganz verhärtet und ohne Gefühle aufgewachsen.« Ich machte eine lange Pause, fing an und hörte wieder auf, und schleppte mich dahin wie ein altes Auto an einem kalten Tag.

»Sie ist gestorben... ich hab' sie so geliebt... sie ist gestorben... ich hab' gedacht, daß die Welt untergeht.«

Ich weinte wieder. Hank legte mir den Arm um die Schulter. »Ma hat die Beerdigung verpennt. Sie war natürlich betrunken. Ich hab' ihr das nie verziehen, auch wenn sie das nicht gemerkt hat.« Meine Stimme klang ganz verbittert, und ich wußte das auch. »Ich bin immer noch verbittert, dabei ist Ma inzwischen auch tot. Ich bin als einzige noch übrig.«

»Wie ist sie gestorben?« Hanks Arm lag noch immer um meine Schulter; er war warm und schwer und tröstend.

»Lungenentzündung. Ich wußte, daß sie krank war, und ich hab' Ma angebettelt, daß sie den Arzt holt, aber sie hat nicht auf mich gehört. Ich hab' dann schließlich eine Nachbarin angerufen, und sie hat Cissy ins Krankenhaus gebracht, aber da war's schon zu spät. Sie haben mich im Krankenhaus nicht zu ihr gelassen. Sie haben gesagt, ich bin zu jung. Vorschriften, haben sie gesagt. Ich hab' geweint und gebettelt, aber sie haben nein gesagt, und das Kind braucht seine Mutter, wo ist seine Mutter? Ma war betrunken. Cissy ist ganz allein, ohne mich, gestorben. Ich hab' sie nie wieder gesehen.«

Hank zog mich enger an seinen Körper. »In der Nacht, in der sie starb, hatte ich einen Traum. In dem Traum ist sie aus ihrem Bett heraus und zu mir herübergekrabbelt, wie sie es so oft gemacht hat. Sie hat sich an mich geschmiegt und mir die Arme um den Hals gelegt und gesagt: ›Ich liebe dich, Katy, für immer.‹«

Ich hatte aufgehört zu weinen und fühlte mich ausgelaugt und leer. Ich schlüpfte unter Hanks Arm hervor und schwamm, schwamm lange. Als ich zurückkam, saß Hank immer noch am selben Platz. Ich ließ mich im Wasser treiben und lehnte meine Wange gegen sein Knie. Er streichelte meinen Kopf, spielte in meinen Haaren und entwirrte die Strähnen. »Arme Kinder«, sagte er schließlich. »Du hast dir aber nicht selbst die Schuld gegeben, Kat, oder?«

»Anfangs schon, aber dann hat die Nachbarin – eine nette, großmütterliche Frau – mich dazu gebracht, daß ich alles erzählt habe. Und sie hat mir die Sache erklärt. Sie sagte, ich kann jederzeit zu ihr kommen und Milch und Kekse bei ihr bekommen, wenn ich will. Und ich hab' sie beim Wort genommen. Es ging nicht um die Kekse, sondern um das Reden und ihr Verständnis.« Hanks Hand auf meinem Kopf war wie eine Liebkosung. Ich seufzte und zitterte; der Wind wehte kühl auf meinen nackten Rücken.

»Raus aus dem Wasser«, sagte er forsch, »sonst holst du dir eine Erkältung. Ich bring' dir ein Handtuch.« Ich stolperte heraus, und das Wasser tropfte an meinem Körper herunter, bis er zurückkam und mich in ein riesiges, weiches Handtuch einhüllte. Dann saßen wir im Garten, ein Stück vom Haus entfernt, auf einer kleinen Bank aus Schmiedeeisen, die im Mondlicht aussah wie aus Spitze gewirkt. Der Brandy und das Handtuch und etwas an Hank gaben mir die Wärme zurück.

»Aber du hast auch eine Geschichte, oder?« sagte ich schließlich in die Stille hinein.

»Haben wir die nicht alle?«

»Eine traurige Geschichte?«

»Sind sie das nicht alle?« Er klang sehr bitter, noch bitterer als ich es bin, sogar wenn es um Cissy geht. Seine Geschichte war wohl noch ziemlich neu.

»Nein, das sind sie nicht.« Jetzt war ich an der Reihe, ihm die Hand aufs Knie zu legen. Es war hart und muskulös. Er legte seine große Hand auf die meine.

»Erzähl mir davon.« Ich drehte meine Hand in der seinen um, und wir saßen händchenhaltend im Mondschein wie zwei verlorene Kinder. Ich wartete geduldig, bis er anfing zu sprechen.

10

Liebe Charity,

eine Frau, die ich sehr liebe, ist gestorben, und ich bin wütend auf die ganze Welt. Ich bin wütend auf Leute, die glücklich sind, und auf Leute, die keinen geliebten Menschen verloren haben, und auf alle, die noch leben, wenn sie doch tot ist. Ich bin wütend auf alles und jeden, und ich ertrage es nicht. Ich weiß, daß es nicht richtig ist, aber ich kann nichts machen. Bitte helfen Sie mir.

Ein Sklave der Liebe

Lieber Sklave,

Sie weinen und weinen und weinen, und wenn der Schmerz endlich ein bißchen weggewaschen ist, fangen Sie wieder von vorn an. Die Liebe endet nicht mit dem Tod, und Sie werden noch andere Menschen lieben.

Charity

»Ich bin Witwer. Hast du das gewußt?«

Ich schüttelte den Kopf. »Ich weiß nur, daß du Polizist bist. Und du bist nett«, fügte ich hinzu. Er schien mich nicht zu hören.

»Sie ist vor zwei Jahren gestorben.« Der Schmerz war noch lebendig in seiner Stimme.

»Hank, das tut mir leid.«

»Eigentlich hätte es mich treffen sollen.«

»Das kannst du nicht sagen; das kannst du nicht wissen.«

»Doch«, sagte er, »das kann ich schon. Es war eine Autobombe, und sie war für mich bestimmt. Sie war spät dran an dem Morgen, und ihr Wagen ist nicht angesprungen, deshalb hab' ich ihr gesagt, sie soll meinen nehmen. Ich hatte einen Tag frei und wollte mir ihr Auto später ansehen. Später«, fügte er bitter hinzu, »später. Die Welt hat aufgehört, sich zu drehen, als ich hörte, wie die Bombe hochging. Ich wußte sofort, was los war. Ich wußte, daß sie keine Chance hatte, aber als ich durchs Haus raste, habe ich gebetet, daß ich mich täusche, daß es eine Gasleitung ist oder ein Autoauspuff, alles andere, nur nicht das.«

»Und...«, unterbrach ich sanft sein langes Schweigen. Seine Hand drückte die meine. Dann ließ er sie plötzlich los.

»Es war aber das, und sie war tot. Auf der Stelle. Ich hab' nicht mal mehr Gelegenheit gehabt, mich von ihr zu verabschieden. Du hast wenigstens den Traum gehabt.« Seine Stimme klang heiser und schwer. »Ich träume, daß sie noch lebt, lacht und glücklich ist. Und wenn ich dann die Hand ausstrecke, um sie zu berühren, wache ich allein in meinem Bett auf und greife ins Leere.«

»Das tut mir leid«, sagte ich leise, aber ich glaube nicht, daß er mich hörte.

»Ich kann sie nicht vergessen.«

»Manchmal dauert es lange, bis solche Wunden verheilen.« Ich griff nach seiner Hand und hielt sie in der meinen. Sie war kalt, und ich versuchte, sie zu wärmen. »Hank, du machst dir doch keine Vorwürfe, oder?« Die Fragen in dieser Nacht klangen merkwürdig. Als ob wir nur einfach die Rollen tauschten.

»Doch«, antwortete er mit rauher Stimme.

»Nein, Hank.«

»Ich bin Polizist, Kat. Jemand wollte mir wegen einem Job an den Kragen, und ich hab's gewußt. Ich hätte nachdenken müssen, ich hätt' es wissen müssen. Ich...« Seine Stimme wurde leise, er vergrub den Kopf in den Händen und stützte die Ellbogen auf die Knie.

»Nein, du bist auch nur ein Mensch, Hank. Du kannst nicht alles sehen und nicht alles hören. Du mußt aufhören damit, dir selbst Vorwürfe zu machen, und anfangen, in der Gegenwart zu leben, nicht in der Vergangenheit und mit der Schuld und all den Dingen, die hätten sein können.«

»Verdammt noch mal, was weißt du schon davon.« Seine Stimme klang rauh und grausam, und ich merkte, wie im Mondlicht alle Farbe aus meinem Gesicht wich. »Kat, tut mir leid. Mein Gott, es tut mir wirklich leid.« Er vergrub den Kopf wieder in den Händen und fing an zu weinen. Ich legte die Arme um ihn und hielt ihn fest, damit er nicht zu sehr zitterte.

»Ich hab' nie geweint«, sagte er schließlich. »Alle sagen, daß man das soll.«

»Ja.«

»Ich bin müde, und der Stuhl hat mir schon ein richtiges Muster in den Hintern gedrückt.« Er stand auf und holte zwei Schlafsäcke, breitete einen auf dem Rasen aus und einen über uns. Wir kuschelten uns aneinander wie zwei verlorene Kinder, die sich endlich ausgeweint haben. Ich schlief sofort ein.

Die Sonne schien hell, und die Vögel zwitscherten wie wild, als ich aufwachte. Es war noch kühl, aber die Hitze des Tages kündigte sich bereits an. Hank war nicht da. Ich streckte mich faul in den Schlafsäcken und gähnte. Ich hatte nichts geträumt, und alles schien ganz weit weg zu sein: Cissy, Hanks Frau, Sam und Charity, Deck, Las Vegas. Ich versuchte, wieder in den Schlaf hinüberzudösen, aber plötzlich verschwand die Sonne, und Hank stand angezogen und adrett vor mir.

»Wach?« Er lächelte. »Betty hat Kaffee und Saft, Rührei und Gebäck gemacht. Ist alles fertig. Wenn du wach bist, räum ich die Schlafsäcke weg.« Ich kroch widerwillig heraus. Er legte mir die Hand kurz auf den Rücken. »Danke, Kat.«

»Gleichfalls.« Wir lächelten einander an, und ich schlenderte ins Haus.

Beim Frühstück versuchten wir, einen Plan auszuarbeiten, was schwierig war, weil wir alle eigentlich keine Ahnung hatten, was zu tun war. Oder, besser gesagt: Es gab offenbar nicht viel zu tun, was wirklich effektiv gewesen wäre. Hank war inzwischen wider alle Vernunft neugierig und schloß sich uns an. Er würde sich, genau wie Joe, umhören, ein paar Andeutungen fallen lassen und sehen, ob jemand darauf reagierte. Betty war schon früh zur Arbeit gegangen. Also war ich die einzige, die dasaß und Däumchen drehte.

»Ich fahre zurück nach Sacramento und versuche, aus Sam

etwas herauszubekommen. Charity hat das nicht geschafft, aber das war zu erwarten. Außerdem hatte sie nicht die Informationen, die ich habe.« Das war's, etwas Besseres fiel mir nicht ein. Abgesehen von Deck, aber es hatte keinen Sinn, das mit den beiden zu besprechen. Ihre Einstellung zu dem Thema kannte ich schon. Ich kannte auch meine eigene, und ich wußte, daß ich bald mit Deck reden würde. Aber nicht jetzt, noch nicht.

»Ich weiß nicht so recht«, sagte Joe und schlürfte seinen Kaffee, nachdem er ungefähr sechs Teelöffel Zucker hineingehäuft hatte.

»Igitt, wie können Sie bloß den Zuckerschlabber trinken, Joe? Schade um den guten Kaffee.« Ich übertrieb nicht, es war widerlich.

Hank grinste. »Normalerweise taucht er noch Schmalzgebackenes mit Puderzucker hinein.« Wir schüttelten traurig den Kopf, während Joe würdevoll schweigend dasaß.

»Vielleicht könnten wir weitermachen, wenn ihr zwei Feinschmecker fertig seid.« Wir taten so, als hätten wir das Thema abgeschlossen.

»Kat, wenn Sie Sam gegenüber andeuten, daß hier was am Laufen ist, wird er dann Alarm schlagen?«

Ich dachte nach. »Ich weiß es nicht, aber es ist gut möglich. Er kommt nicht gut mit Streß zurecht, jedenfalls nicht mit emotionalem Streß. Wie das bei beruflichen Problemen ist, weiß ich nicht. Meistens frißt er alles in sich hinein und explodiert dann irgendwann. Das kann ganz schön schlimm sein, ich hab's erlebt. Warum, würde das was ausmachen?«

»Es könnte helfen. Da wir sonst nicht viele Anhaltspunkte haben, könnte es was Neues ans Licht befördern. Eine Tontaube ist besser als gar keine, und wer weiß, vielleicht schießen sie ja darauf. Es gibt Fälle, wo's geklappt hat«, sagte Hank.

»Gut«, sagte Joe, »das ist zwar ein beschissener Plan, aber wir haben einfach nichts anderes. Kat, wann fahren Sie?«

»Sobald wie möglich. Ich zahle noch das Motel und

mach' mich dann auf den Weg zum Flughafen. Kann ich von hier aus anrufen und mich nach den Flügen erkundigen?« Joe nickte.

Ich kehrte mit der Nachricht an den Tisch zurück, daß es einen Flug um Viertel nach elf gab und daß ich einen Platz reserviert hatte. Hank mußte zur Arbeit und fuhr los. Ich brachte ihn zur Tür.

»Schön, daß du wiederkommst, Kat. Wie wär's mit einem Abendessen irgendwann?«

»Klingt gut.«

»Krieg' ich einen Abschiedskuß?«

»Gut, Hank.« Diesmal war es Absicht. Wir küßten uns, und mein Herz machte einen kleinen Sprung. In der Küche trank ich noch eine Tasse Kaffee mit Joe. Oder besser: Ich trank Kaffee und er Zucker mit Kaffeegeschmack.

»Hier ist ein Schlüssel, Kat. Wir haben genug Platz, und wir haben Sie gern bei uns. Also lassen Sie das Motel und kommen Sie zu uns.«

»Joe, das kann ich nicht annehmen.« Ich sagte das nur, um der Konvention zu genügen. Es war mir nicht ernst damit.

»Natürlich können Sie.«

»Okay, danke. Prima.«

»Ich muß los. Wir sehen uns, wenn Sie wieder da sind. Machen Sie nichts Leichtsinniges.«

»Ich doch nicht«, sagte ich und hoffte, daß das die Wahrheit war. Nachdem Joe weg war, überlegte ich einige Zeit, ob ich Deck anrufen sollte oder nicht. Die Geschichte machte mir Probleme, und ich fragte mich, warum. Ich fragte mich das während der ganzen nächsten Tasse Kaffee und wußte immer noch keine Antwort. Ich gab auf und beschloß, ihn erst anzurufen, wenn ich zurückkam. Die Sache zu verschieben, erschien mir wie der Weg des geringsten Widerstandes, wenn nicht sogar wie Heldenmut.

Ich ließ den Wagen am Flughafen, obwohl ich mit dem Gedanken, ihn zurückzugeben, spielte. Als ich mich an die Mietformalitäten erinnerte, entschied ich mich dagegen und widerstand der Versuchung.

Der Flug verlief bis auf die Tatsache, daß ich von einer

Menge deprimiert dreinschauender Leute umgeben war, ereignislos. Eine Frau hinter mir weinte leise, und ihr Mann versuchte, sie zu beruhigen. Spieler mit leeren Taschen auf dem Weg nach Hause. Aber wenigstens flogen sie noch. Ich habe schon Familien mit ihren Koffern am Straßenrand gesehen, und der Vater streckte den Daumen raus.

Ich war bei den ersten, die das Flugzeug verließen, und froh darüber herauszukommen. Es ist immer schön, nach Hause zu kommen, auch wenn es nur für einen Tag ist.

Ich holte meinen ramponierten Bronco vom Dauerparkplatz ab und fuhr hinaus. Dabei beschloß ich, auf dem Weg nach Hause noch bei Sam vorbeizuschauen. Vielleicht war er nicht im Büro, aber wenn ich zuerst anrief, war er mit Sicherheit nicht da. Sam und ich sind nie dicke Freunde gewesen. Wir haben Charity zuliebe immer versucht, höflich miteinander umzugehen, aber jetzt war das egal, und wir gaben uns auch keine Mühe mehr.

Ich stellte den Wagen am Fair Oaks Boulevard vor Sams Büro ab und schaute mich nach seinem Auto um. Ich hatte Glück: Am unteren Ende der Straße stand eine silberfarbene Corvette. Sam ist das klassische Beispiel für die männliche Midlife-crisis in ihrer niedrigsten Form und hirnlosesten Ausprägung. Ich habe immer versucht, ihm das zu sagen, deshalb sind wir auch nie sonderlich gut miteinander zurechtgekommen. Ich rauschte in sein Büro. Sam saß ganz allein da und starrte grübelnd die Wand an. Tolle Aussichten.

»Sam, alter Freund, gut, daß ich dich erwische.«

»Gott, Kat, egal, was du mir andrehen willst, ich nehm's nicht. Ich wünschte, Charity und du, ihr würdet mir meine Ruhe lassen«, sagte er in fast schon trotzigem Tonfall.

»Das hat nichts mit Charity zu tun. Jedenfalls nicht viel«, verbesserte ich mich. »Und es wird dich interessieren. Viele Leute interessieren sich für New Capital Ventures.« Sam ging in Habachtstellung. »Siehst du, ich hatte recht. Die Sache interessiert dich.«

»Was du nicht sagst.«

»Klar. Deshalb bist du auch plötzlich zehn Zentimeter größer geworden, bist rot geworden und hast angefangen zu fluchen. So wirst du nie ein guter Spion oder Schauspieler, Sam. Also versuch's erst gar nicht. Ein Volksschüler könnte dich genauso leicht durchschauen wie die dritte Wiederholung der Sesamstraße.« Sam fing an zu stottern und wurde noch röter. »Ich würde sogar sagen, du solltest dich nicht auf ein Spielchen mit den Jungs in Vegas einlassen. Die sind eine Nummer zu groß für dich. Das wäre Bundesliga gegen Bezirksliga.«

Ich zog mir unaufgefordert einen Stuhl von Sams Schreibtisch heran, lehnte mich zurück und wartete auf den unausweichlichen Ausbruch. Ich mußte nicht lange warten. Nach dem Ausbruch wartete ich auf eine weniger unausweichliche zusammenhängende Bemerkung. Das dauerte länger. Schließlich stellte er zu seiner eigenen Befriedigung fest, daß ich eine blöde, hinterhältige, gemeine Hexe auf Rädern sei (aber nicht in einer großkotzigen silberfarbenen Corvette, konnte ich mir nicht verkneifen zu sagen – darauf fing er wieder an zu toben). Danach kamen wir zur Sache – zu meiner Sache. Denn seine Sache, das machte er mir unmißverständlich klar, war es, mich loszuwerden.

»Verpiß dich«, Zitat Ende.

»Glaubst du, es ist klug, mich rauszuschmeißen, ohne zu erfahren, was ich weiß? Überleg dir das noch mal, Sam.« Wieder ein rotes Tuch für den Stier. Kognitives Denken ist nicht unbedingt Sams Stärke, und daran läßt er sich nur äußerst ungern erinnern.

»Und was, verdammt noch mal, willst *du* schon wissen?«

»Na, Sam, drück dich mal ein bißchen gewählter aus.«

»Treib's nicht zu weit, Kat.«

»Wenn dir das schon zuviel ist, Sam«, dabei stützte ich die Ellbogen auf den Tisch, »bist du ein Narr. Ich weiß da so ein paar Dinge über dich, und ich glaube, ›zuviel‹ ist nicht ganz das richtige Wort. ›Alles‹ trifft die Sache eher.« Er wurde bleich und versuchte, nicht nervös zu wirken. Es gelang ihm nicht. Er schluckte ein paarmal, und ich sah zu, wie sein Adamsapfel sich auf und ab bewegte. Komisch, in all den Jahren war mir nicht aufgefallen, wie sehr er hervorstand.

»Was weißt du, Kat?« fragte er schließlich in gedämpftem Tonfall.

»Du zuerst, Sam. Was sind das für Geschäfte, die du hier am Laufen hast?«

»Zum Teufel!« rief er wieder etwas aufgeweckter aus. »Wenn du glaubst, daß ich dir irgendwas erzähle, bevor du mir sagst, was du weißt, dann hast du 'nen Sprung in der Schüssel.« Auch das war typisch Sam – immer gut für eine schöne Metapher. Aber er hatte recht.

Ich musterte meine Fingernägel eine Weile und ließ ihn schmoren. Dann starrte ich die Decke an. Ich wollte mich gerade wieder den Fingernägeln zuwenden, als er anfing zu brüllen.

»Ich ordne bloß meine Gedanken, Sam«, sagte ich mit beleidigter Stimme. »Na schön«, fuhr ich fort, als er wieder zu schäumen anfing. »Ich weiß, daß du das Geld nicht in Vegas verloren hast. Ganz im Gegenteil: Du hast es in Immobilien investiert – eine vernünftige Investition, aber nur, wenn der Grund als Bauland ausgewiesen ist.

Unglücklicherweise ist das momentan nicht der Fall, und die Kommune scheint auch nicht dafür zu sein, denn genau dieser Vorschlag wurde letztes Jahr abgelehnt.

Zum Glück arbeitest du mit Geschäftsfreunden von New Capital Ventures zusammen, die nicht nur eine Menge Grund gekauft haben, sondern auch der Meinung sind, daß sich das Problem mit der Erschließung zu ihrer Zufriedenheit lösen läßt.

Unglücklicherweise sind ihre Methoden aber nicht immer ganz so astrein.«

»Das haben sie mir aber nicht...« Sam brach plötzlich ab.

»Das haben sie dir nicht gesagt? Tja, sie haben dir eine ganze Menge nicht gesagt, Sam. Ich bin nicht gerade eine Spielernatur, aber darauf würde ich wetten.«

»Sei nicht albern, Kat.« Sam versuchte es mit einem herzhaften Lachen, aber es klang so furchtbar, daß er es selbst merkte. Er hielt den Mund und sah mich mit düsterem Blick an.

»Und es kommt noch schlimmer. Ich habe mich anfangs

nur für die Angelegenheit interessiert, weil Charity mich darum gebeten hat, ihr in der Scheidung bei der Wahrung ihrer finanziellen Interessen zu helfen. Dann bin ich über diese Geschichte gestolpert. Ein Reporter vom Las Vegas *Review-Journal* ist auch grad' an der Sache dran. Vielleicht auch die Polizei. Und dann die Steuerfahndung. Ich würde noch eine Wette eingehen: Daß die Steuer sich für illegale Einkünfte aus Kasinos interessiert, die in Immobilien angelegt werden. Ich würde sogar wetten, daß sich eine Menge Leute für so was interessieren. Wer sind diese Typen überhaupt, Sam?«

»Verpiß dich.«

»Sagen dir die Namen Jim Browning und Al Torrents was?«

»Verpiß dich.« Er war nervös. Ich war mir nicht sicher, ob diese Namen ihn noch nervöser gemacht hatten.

»Wie steht's mit Don Blackford?«

»Verpiß dich.«

»Na schön.« Ich stand auf und wischte mir über den Ärmel, genau wie es die Helden im Film immer machen – Gott allein weiß, warum. »Ich hab' deine Zeit lang genug in Anspruch genommen. Bis bald.«

»Kat, warte.« Verzweiflung schwang in seiner Stimme mit. Ich blieb stehen und drehte mich noch einmal um.

»Was?«

»Laß uns noch ein bißchen reden. Vielleicht können wir uns irgendwie einigen, uns arrangieren. Vielleicht...«, winselte er. Er pokerte um Zeit und um das, was ich wußte. Ich wußte nur, daß er mir nichts mehr sagen würde.

»Zu spät, Sam.« Ich zuckte mit den Achseln. »Vielleicht kannst du dich mit den Leuten von der Steuer arrangieren.« Ich ging hinaus und machte mir nicht mehr die Mühe, mich umzudrehen. Das war auch nicht nötig. Ich wußte, wie er aussah, und obwohl es Sam war, hätte mir das ein schlechtes Gewissen gemacht. Ich hatte das Gefühl, daß das Tontaubenschießen bald beginnen würde.

11

Liebe Charity,

ich arbeite und plane und mühe mich ab, aber nichts klappt so, wie ich mir das vorstelle. Ich halte das nicht mehr aus – es ist einfach nicht fair. Was sagen Sie dazu?

Eine Frustrierte

Liebe Frustrierte,

ich halte das Leben weder für vorhersagbar noch für fair. Lernen Sie, mit den Wölfen zu heulen.

Charity

Ich hatte erwartet, gern nach Hause zu kommen und auch gern dort zu bleiben, aber manchmal macht man sich einfach etwas vor, und diesmal war das der Fall. Ich freute mich eineinhalb Stunden über meine Heimkehr. Dann wurde ich allmählich unruhig. Ich arbeitete im Garten und goß die Pflanzen – sie verdörren schnell in der aufgestauten Hitze des Tales –, las die Post, erledigte die Wäsche und drehte Däumchen. Schließlich rief ich Charity an und schlug vor, daß wir uns zum Abendessen trafen. Wir einigten uns auf sieben Uhr im Fat City in Old Sacramento.

Man weiß nie, ob man dort einen Parkplatz bekommt, aber ich hatte Glück und war deswegen zu früh dran. Mike, der Barkeeper, ist ein Freund von mir (richtig: wieder mal ein Teil des beruflichen Informationsnetzes), also amüsierten wir uns erst einmal miteinander. Ich wollte ihm ein paar Auskünfte entlocken, aber vorerst mußten wir noch den üblichen Smalltalk hinter uns bringen und uns über die Neuigkeiten im Leben unserer gemeinsamen Freunde unterhalten.

Ich wollte mir gerade ein frisches Bier bestellen, als Charity kam. Sie brauchte – genau wie immer – eine Weile, bis sie sich für ein Getränk entschieden hatte. Schließlich fiel die Wahl auf einen Erdbeerdaiquiri – ich habe ihr ihre luxuriösen Trinkgewohnheiten bis heute nicht austreiben können. Ich nahm noch ein Bier. Charity sah um etliches ruhiger aus als das letzte Mal, als ich sie getroffen hatte, aber sie war immer noch überdreht. Wieder mal dachte ich mir, bloß nach dem Aussehen zu urteilen, hätte ich sie nie für eine Kummerkastentante gehalten. Sie ist klein, hat lockeres blondes Haar mit einem Pony und große blaue Augen in einem ruhigen Madonnengesicht. In der Abteilung ›der Schein kann trügen‹, wäre sie Spitzenklasse. Das heißt jedoch nicht, daß ich unbedingt wie eine Privatdetektivin aussehe – wie die auch immer aussehen mögen.

»Also?« fragte Charity atemlos. Sie klingt immer etwas außer Atem, auch wenn ich noch nie gesehen habe, daß sie schnell geht oder sich richtig anstrengt. »Also, was hast du herausgefunden?« Mike ging taktvoll ans andere Ende der Theke und fing an, die Gläser zu spülen.

»Sam ist in Schwierigkeiten, Charity. Er hat sich da unten mit ein paar ziemlich zwielichtigen Typen auf Geschäfte eingelassen. Es würde mich sehr wundern, wenn die Sache auch nur im entferntesten legal ist.«

»Sam würde sowas nicht tun.«

Ich starrte sie einen Augenblick ungläubig an. Es erstaunt mich immer wieder, wie sehr man sich etwas vormachen kann.

»Charity, er ist ein kleiner Gauner, ein geldgieriger Makler. Warum sollte er sowas nicht tun? Das wäre doch genau sein Stil.«

»Du hast ihn nie leiden können, Kat.«

»Nein, aber das heißt nicht, daß ich seinen Charakter unrealistisch einschätze. Ich glaube, Sam würde alles machen, wenn man ihn nur nicht dafür zur Rechenschaft zieht.«

»Das würde er nicht.«

»Es wundert mich, daß du das behauptest. Du bist doch diejenige gewesen, die gesagt hat, der Kerl hat jede Menge Geld abgesahnt. Und das hat er auch! Er hat versucht, dich reinzulegen. Schließlich hast du mich angeheuert, damit ich ihm das nachweise. Was ist bloß los mit dir, Charity? Sei doch mal realistisch.«

»Ich will nicht, daß er Schwierigkeiten kriegt, und ich will vor allen Dingen nicht der Grund dafür sein.«

»Du bist auch nicht der Grund dafür. Das ist er selbst.«

»Wenn die ganze Sache ans Licht kommt, die du in meinem Auftrag herausgefunden hast, bin ich doch an allem schuld.«

»Nein, so läuft die Angelegenheit nicht. Er ist für das, was er tut, und für sein Leben selbst verantwortlich. Wenn man sich auf illegale Machenschaften einläßt, muß man auch darauf gefaßt sein, erwischt zu werden. Aber das ist sowieso nicht Sams größtes Problem. Das liegt eher darin, daß er es mit ein paar skrupellosen Typen zu tun hat. Und er steckt da bis zum Hals drin.«

»Kat, ich will, daß du die Sache auf sich beruhen läßt. Ich will Sam keine Schwierigkeiten machen. Ich weiß, das ist irrational, aber so empfinde ich eben.«

»Ich kann die Sache nicht auf sich beruhen lassen.«

»Das mußt du aber«, jammerte sie.

»Ich kann es nicht. Es geht jetzt um mehr als nur um dich und deine Scheidung, Charity. Inzwischen interessiert sich auch ein Reporter der örtlichen Zeitung für die Geschichte. Das ist ein politisch heißes Thema, das gefährlich vor sich hinbrodelt. Wenn die Sache überkocht, kann niemand mehr was dagegen machen. Das kannst du dir aus dem Kopf schlagen.«

»Und was passiert mit Sam?«

»Das weiß ich nicht. Und es ist mir, ehrlich gesagt, auch ziemlich egal. Er ist nur ein kleiner Fisch.«

»Oje, oje, oje«, jammerte sie.

»Ich versteh' dich nicht, Charity. Wie schaffst du es bloß, deine Kummerspalte zu schreiben und Tag für Tag anderen Leuten Ratschläge zu geben, wenn du mit deinem eigenen Leben nicht fertig wirst?«

Sie sah mich an, als wäre ich eben vom Mond gefallen. »Gerade *weil's* mein eigenes Leben ist. Hast du schon gewußt, daß die Selbstmordrate bei Psychiatern mit am höchsten ist? Installateure haben wahrscheinlich zu Hause verstopfte Waschbecken. Schneider tragen Anzüge mit Löchern unter den Armen, Müllmänner werfen den Abfall nicht in die Aschentonne, Steuerberater liefern ihre Steuererklärungen immer zu spät ab.« Sie holte Luft, und ich sah, daß sie nur Anlauf zum zweiten Teil ihrer Ausführungen nahm.

»Na, schön, kapiert. Aber hast du mich auch verstanden?«

»Nein«, sagte sie störrisch, aber ich wußte, daß sie mich sehr wohl verstanden hatte.

Wir aßen zusammen zu Abend. Dieses Essen gehörte nicht unbedingt zu den angenehmsten, die ich je mit ihr verbracht hatte. Die Schuld daran lag genausogut bei mir wie bei ihr, aber ich konnte einfach kein Mitleid für Sam aufbringen. Ich wollte Charity einen Gesamteindruck vermitteln und ihr erklären, daß diese Kerle mit dem Leben, dem Gesetz und allen Regeln und Prinzipien umsprangen, wie sie wollten. Wahrscheinlich war das ein bißchen viel verlangt. Niemand gibt gerne zu, daß der baldige Exmann sich in den falschen Kreisen bewegt und vielleicht sogar selbst einer von den Bösen ist. Ich sparte mir einen Gedanken für die Schlagzeilen auf und grinste.

Charity ertappte mich dabei und fragte mich in beleidigtem Tonfall, was es da zu lachen gäbe. Ich machte den Fehler, es ihr zu sagen. »Ich sehe schon die Schlagzeilen vor mir: ›Ehemann der Kummerkastentante Charity in Las Vegas verhaftet. Der Skandal zieht Kreise.‹ Hmmm. Sämtliche Klatschmagazine werden darüber berichten. Genau die richtige Geschichte. ›Warum konnte sie *ihm* keinen Rat geben?‹ ›Was trieb ihn dazu?‹ oder: ›Werden die Leser ihr weiter glauben?‹« Charity wurde blaß.

»Mein Gott, Kat. Daran habe ich noch gar nicht gedacht. Ich könnte ja meine Kolumne verlieren!«

Ich schnaubte verächtlich. »Ach was. Eher kriegst du noch ein paar Millionen Leser dazu. Im Zeitungsgeschäft sagt man, selbst schlechte Presse ist gute Presse. Hauptsache, man kennt deinen Namen.« Sie hörte mir nicht zu.

»Noch ein Grund mehr, warum du aufhören mußt, Kat.«

»Das kann ich nicht, Charity.« Ich versuchte, geduldig zu

bleiben und es ihr noch einmal zu erklären. »Ab einem gewissen Punkt entwickelt sich eine Eigendynamik. Du kannst etwas durch einen winzig kleinen Anstoß in Bewegung setzen, aber sobald es mal in Bewegung ist, entzieht es sich deiner Kontrolle und gehorcht nur noch seinen Gesetzen und so weiter.« Das brachte mich auf eine Idee.

»Charity, mach's doch wie Thoreau.«

»Was?«

»Thoreau. *Walden*, du weißt schon.«

»Aha?«

»Such dir einen Teich und zieh dich 'ne Weile zurück. Ich ruf' dich dann an, wenn alles vorbei ist.«

»Also weißt du Kat, was dir so einfällt. Ich hab' gedacht, daß man mit einem Abschluß von der Berkeley-Universität wirklich ein bißchen mehr auf die Beine stellen müßte. Verstehst du denn nicht: Ich kann mich einfach nicht verstecken. Ach Kat, ich mach' mir solche Sorgen.« Sie rang die Hände, verzog das Gesicht und sah aus wie ein Kindergartenkind kurz vor dem Weinen. »Was soll ich bloß machen?«

»Wart's ab«, sagte ich, aber ich klang philosophischer als ich mich fühlte. Im Grunde genommen stellte ich mir nämlich dieselbe Frage und gelangte zur selben Antwort. Ein leerer Blick aus dem Universum. Ich hatte nichts aus Sam herausbekommen, also hatte ich ihn unter Druck gesetzt, unter ziemlichen Druck, und wartete, ob sich daraufhin etwas tat.

»Geh nach Hause, Charity, schlaf ein bißchen. Ich weiß, daß sich die Sache nicht so entwickelt, wie du es erwartet hast, aber ich tu' wirklich mein Bestes für dich.« Das schien sie zu beruhigen, auch wenn es bei mir nicht unbedingt dieselbe Wirkung hatte. Ich wußte aus Erfahrung, daß man noch keine Garantien hat, wenn man sein Bestes tut. Ich strebe ständig nach Wahrheit, Schönheit, Liebe und Glück. Und es kommen dabei immer fades Popcorn, wurmstichige Äpfel, Klischees und gescheiterte Hoffnungen heraus. – Und das ist beileibe nicht der Stoff, aus dem meine Träume sind.

»Ich glaub', ich ess' noch eine Nachspeise.« Charity winkte dem Kellner. »Und du?« Ich schüttelte den Kopf. »Die Mousse au chocolat war hervorragend, aber jetzt probier' ich den Käsekuchen mit Amaretto.« Sie seufzte glücklich. Essen gehört zu den Dingen, die Charitys Augen zum Glänzen bringen und ihrem Leben Sinn geben. Das ist in Ordnung – billig und ohne Probleme und jedenfalls besser als Drogen, Alkohol und andere Formen gestörten Sozialverhaltens. Ich freute mich daran, wie Charity ihre Nachspeise in sich hineinschaufelte. Dann verabschiedeten wir uns. Charity ging nach Hause; ich setzte mich wieder an die Theke, um mit Mike zu reden.

Es war nicht viel los an der Bar. Mike spendierte mir einen Drink, dann spendierte ich ihm einen, und wir unterhielten uns.

»Viel zu tun, Kat?«

»Mmm, und irgendwie komm ich nicht weiter. Ich hab' da eine heiße Geschichte an der Angel, Mike. Ich weiß, sie steckt da irgendwo, aber bis jetzt hat noch kein Köder was genutzt. Tolle Aussichten, aber letztlich kein Ergebnis.«

»Geschichte? Schreibst du denn immer noch?«

»Ein bißchen. Aber in dieser Angelegenheit habe ich andere Interessen. Ich versuche, etwas für eine Freundin herauszufinden. Mike, kennst du jemanden im Baugewerbe, am besten einen Makler?«

»Jolie geht mit Ted Kramer von Kramer Construction. Kennst du ihn?« Ich schüttelte den Kopf. »Netter Kerl. Hoffentlich bleibt Jolie eine Weile mit ihm zusammen.« Das hoffte ich auch, aber wir hielten es beide nicht für sehr wahrscheinlich. Jolie ist ungefähr so seßhaft wie ein Schmetterling.

»Ist sie immer noch hier in der Cocktailbar?«

»Klar, sie ist auch heut' abend da. Sie macht nur grad' Mittag, jetzt, wo nicht so viel los ist.« Mike ließ mich allein, um ein paar Drinks zu mixen. Ich wartete und dachte nach, aber hauptsächlich wartete ich.

»Kat!« Jolie umarmte mich herzlich. Sie ist quicklebendig und hübsch, hat ein süßes Lächeln und ist höchst charmant. »Was ist los? Mike hat gesagt, du willst mich was fragen.«

»Ich hab' ein paar Nachforschungen am Laufen. Ich müßte mit einem Makler reden, und...«

»Ach, da mußt du Ted kennenlernen. Er ist toll, keiner kennt sich besser aus als er«, sagte sie stolz. Auch wenn Jolies Leidenschaft nur kurz brennt – jedenfalls ist sie intensiv und äußerst voreingenommen. »Er ist grad' nicht in der Stadt, aber morgen kommt er wieder. Wir gehen zusammen zum Abendessen. Möchtest du mitkommen?«

»Äh...«

»Also gut. Treffen wir uns um halb acht auf einen Drink und sehen dann weiter. Wie klingt das?«

»Großartig. Glaubst du, Ted hat was dagegen?«

»Nein, nein. Er findet alles, was ich mache, wunderbar.« Sie strahlte vor Glück, und ich dachte wehmütig und ein bißchen traurig darüber nach, daß ich niemanden hatte, der alles, was ich tat, wunderbar fand. Realistisch gesehen, ist das allerdings ein wenig schwierig. – Besonders, wenn man die Dinge betrachtet, die ich normalerweise so mache. Aber es ist ein schöner Gedanke, den ich mir ab und an gönne.

»Hoppla, allmählich füllt sich's hier. Ich muß ein paar Drinks mixen. Also dann bis morgen, Kat.«

»Gut, bis morgen.« Ich spielte mit dem Gedanken, mir noch einen Drink zu bestellen, aber dann beschloß ich, die Zelte abzubrechen. Ich freute mich auf mein eigenes Bett. Ich konnte ausschlafen, und außerdem mußte ich sowieso irgendwie einen Tag totschlagen, weil ich erst am Abend mit Ted reden konnte.

Am Morgen widerstand ich der Versuchung, die Wohnung zu saugen und abzustauben, ohne größere Schwierigkeiten und arbeitete ein bißchen im Garten. Ich erntete ein paar Tomaten und Paprika und einen riesigen Korb voll wild wuchernder Zucchini für Betty. Ich hatte mich nicht geirrt mit der Wärme in ihrem Herzen und dem Kühlschrank voller Gemüse. Danach rief ich einige Freunde an, darunter einen Anwalt und einen Steuerberater, und stellte ihnen ›hypothetische‹ Fragen über illegale Kasinoeinnahmen, Steuerhinterziehung, Steuerstrafen und so weiter. Sie interessierten sich für diese Fragen und halfen mir; keiner von beiden ließ sich jedoch durch das ›hypothetisch‹ etwas vormachen. Beide rieten mir eindringlich, mich mit anderen Leuten abzugeben, und ich muß sagen, daß ich ihre Meinung allmählich zu teilen begann.

Ich war pünktlich, aber Jolie und Ted waren schon im Restaurant, als ich ankam. Sie hießen mich herzlich willkommen und drückten mir einen Drink in die Hand, noch bevor ich mich richtig hingesetzt hatte. Jolie hatte recht – Ted war tatsächlich großartig, und ich hoffte nur, daß sie zusammenbleiben würden. Er hatte milchschokoladenbraune Augen und das genau dazu passende Lächeln. Als jemand an den Tisch kam um sich mit Jolie zu unterhalten, wandte Ted sich mir zu.

»Wie kann ich Ihnen helfen, Kat?«

»Ich versuche, mehr über eine Sache herauszufinden, in die Sam Collins verwickelt ist. Glauben Sie, Sie können mir dazu etwas sagen?«

»Das ist ein bißchen vage.«

Ich nickte. »Absichtlich. Was redet man so, Ted? Wie ist sein Ruf in der Branche? Würden Sie mit ihm zusammenarbeiten? Ist er zuverlässig?«

»Unter uns gesagt?« Ich nickte. »Nein, ich würde nicht mit ihm zusammenarbeiten. Er ist allgemein bekannt als jemand, der's nur auf den Profit abgesehen hat. Er hat nichts dagegen, Risiken einzugehen, aber sie müssen gut kalkulierbar sein. Er ist nicht schlecht damit gefahren.«

»Vergangenheit?«

»Ich denke schon. In der letzten Zeit hat er kein sonderlich gutes Händchen gehabt. Er hat einiges riskiert und dabei einiges verloren. Entweder ist ihm sein guter Riecher abhanden gekommen oder sein Urteilsvermögen. Er ist immer noch gut im Geschäft, aber er zehrt von seinem früheren Ruf. Lange kann das nicht mehr so gehen. Ich habe den Eindruck, daß er im Moment ziemlich in der Klemme sitzt. Vielleicht schafft er es, aber dazu muß er sich ganz schön auf die Hinterbeine stellen. Ich würde kein Geld auf ihn setzen.«

»Ist er ehrlich?«

»Wieder unter uns?« Ich nickte. »Ja und nein. Er hält sich beim Bauen an die Regeln, aber wo er sparen kann, macht er es auch. Das Endergebnis ist schludrig, aber die Mängel sind nicht sofort zu sehen. Es gibt Männer – Menschen«, berichtigte er sich und zwinkerte mir zu, »mit denen ich ein Geschäft per Handschlag abschließen würde. Er gehört nicht dazu. Ich traue ihm gerade so weit, wie ich ihm auf die Finger sehen kann.«

»Wenn Sie hören, daß er mit einem Projekt zu tun hat, das nicht ganz so legal ist und bei dem Druck ausgeübt wird, um Erschließungs- und Bebauungspläne zu manipulieren, würde Sie das überraschen?«

Seine Augen verengten sich. »Ja und nein. Früher hätte ich gedacht, er hält sich aus solchen Sachen raus und folgt dem Gebot der Einsicht, wenn schon nicht dem der Integrität. Jetzt bin ich mir da nicht mehr so sicher. Nein, ich glaube, ich wäre nicht überrascht.«

»Hallo, Leute, habt ihr denn keinen Hunger? Ich schon. Suchen wir uns einen Tisch.« Ich machte Anstalten zu gehen, aber davon wollten sie nichts wissen.

»Na komm schon, Kat«, sagte Jolie. »Wir haben sicher Spaß.« Und den hatten wir auch. Es war schön, endlich die trüben Gedanken loszuwerden. Der nächste Tag kam noch früh genug.

12

Liebe Charity,

kann man etwas geheimhalten, wenn man allen das Versprechen abnimmt, nichts weiterzusagen?

Mäuschenstill

Liebe Mäuschenstill,

nein. Wenn mehr als einer davon weiß, ist es kein Geheimnis mehr.

Charity

Der nächste Tag kam, und ich war auf dem Weg zurück nach Las Vegas. Diesmal war es nicht so schlimm. Diesmal konnte ich mich darauf freuen, Freunde wiederzusehen. Außerdem hatte ich das optimistische Gefühl, daß ich jetzt alles vielleicht nicht sofort, aber bald in den Griff bekommen würde. Was zeigt, was für eine positive Lebenseinstellung ich habe.

Ich holte das kanariengelbe Ungetüm, dieses widerwärtige Autofossil, vom Flughafen ab. Es war Mittag, und ich hatte sechs Stunden Zeit, um noch vor dem Abendessen bei Joe und Betty etwas auszurichten. Sechs Stunden – das war entweder zuviel oder zu wenig Zeit. Ich hielt an einer Telefonzelle und rief Joe im Büro an.

»Gibt's was Neues, Joe?«

»Kat, Sie sind wieder da?«

»Ja. Grade zurückgekommen. Ich stehe in einer Telefonzelle und frage mich, wo's langgeht.«

»Suchen Sie sich's aus, und dann noch mal um die Kurve. Die Erschließung des Grundes ist doch über die Bühne. Die Sache ist still und heimlich in einer Sitzung erledigt worden – keine Öffentlichkeit, keine Opposition, kein Nichts. Jetzt gehen hier plötzlich Dinge, die man letztes Jahr nicht mal durch einen Riesenskandal hat durchsetzen können.«

»Ist die Angelegenheit beschlossene Sache?«

»Was die rechtliche Seite angeht, ja. Wer weiß, was sich da hinter den Kulissen abgespielt hat.«

»Irgendwelche Vermutungen?«

»Wenn man von den Stimmberechtigten ausgeht, hätte die Abstimmung ganz ähnlich ablaufen müssen wie letztes Jahr. Die politische Zusammensetzung des Planungsausschusses und des Stadtrats hat sich nicht wesentlich verändert.«

»Dafür aber das Abstimmungsergebnis?«

»Drei Leute sind umgefallen. Das hat genau gereicht, um die Mehrheitsverhältnisse zu ändern.«

»Hat man sie bearbeitet?«

»Ich glaub' schon.«

»Haben Sie die Namen, Joe? Ich denke, ich werde mich umhören. Geben Sie mir auch die Privatadressen und die Telefonnummern, wenn Sie sie haben.«

»Warten Sie einen Augenblick.« Ich wartete geduldig, während irgend etwas in der Leitung knackte und im Hintergrund eine Schreibmaschine klapperte. Jemand fluchte, das Telefon fiel herunter, und Joe war wieder am Apparat.

»Kat, sind Sie noch dran? Ich hab' die Informationen. Ich gebe Ihnen gleich die Namen und Adressen der wahrscheinlichsten Kandidaten.« Ich schrieb sie mir auf. »Sie kennen das Geschäft genauso gut wie ich, aber passen Sie lieber auf.« Er schwieg einen Augenblick. »Und sehen Sie zu, daß Sie niemandem auf den Schlips treten.«

»Ja.« Wir dachten beide nach. »Wir sehen uns dann zum Abendessen, Joe.«

»Ja, Kat, bis dann.«

Ich fischte in meiner Tasche herum, um festzustellen, wieviel Kleingeld ich noch hatte. Genug. Ich warf ein paar Münzen ein und wählte Decks Nummer.

»Ja?« fragte eine harte, schottrige Stimme, die wie Sandpapier auf rostigem Eisen klang. Ich sparte mir alle Förmlichkeiten.

»Ist Deck da?«

»Ne, und wer sind Sie?«

»Kat.«

»Ist's geschäftlich?«

»Ja.«

»Meistens können Sie ihn so gegen fünf im Glitterdome treffen. In der Bar.«

»Danke.«

Ich legte auf.

Das waren ja reizende Kerle, mit denen Deck sich da abgab. Klang wie früher Cromagnon. Ich trat aus der Telefonzelle, holte einen Stadtplan aus dem Auto und ging über die Straße zu einem kleinen Restaurant. Ich trank ein Glas Wasser auf einen Zug aus, bestellte ein BLT-Sandwich und einen grünen Salat und widmete mich meinem Notizbuch und dem Stadtplan. Ich hatte schnell herausgefunden, wo die Mitglieder des Planungsausschusses wohnten und wie ich am besten hinkam. Ich machte mir ein paar Notizen und aß dann etwas. Auch das dauerte nicht lange.

Die Sonne brannte herunter, und das kanariengelbe Ungetüm und ich waren nicht eben glücklich darüber. Die Klimaanlage funktionierte zwar, aber nur ein bißchen. Das erste Haus, zu dem ich kam, war in einer netten Mittelschichtgegend mit Vorgärten, Haustieren und kleinen Kindern. Den Baustil konnte man wohl am ehesten als Landhausstil bezeichnen; die Holzbalken war in beige-, creme- und dunklen Brauntönen gebeizt. Ein großer Teil von Las Vegas ist sandfarben.

Der rosafarbene Stuck mit der Nummer, nach der ich suchte, war eine Ausnahme, wenn auch keine große. Ich stellte den Wagen im Schatten einer Pyramidenpappel ab und ging den schmalen Weg zum Haus hinauf. In der Auffahrt stand ein kleiner Buick, aber ansonsten sah alles verlassen aus. Irgendwo ein paar Meter weiter schrie ein Kind, und ein Baby fing an zu weinen. Das Haus war in völlige Stille gehüllt. Die Vorhänge waren zugezogen.

Ich klingelte. Keine Reaktion. Ich klopfte. Keine Reaktion. Ich klopfte noch mal und wartete ein paar Minuten, bevor ich den Pfad wieder hinunterging. Auf halbem Wege drehte ich mich um und sah gerade noch, wie sich der Vorhang bewegte. Ich ging noch einmal zurück und klopfte erneut.

Die Tür öffnete sich vielleicht zehn Zentimeter, und ein kleines, blasses Gesicht lugte dahinter hervor.

»Mrs. Phillips?« Ich war überrascht. In diesem Teil des Landes sieht man nur selten solche Blässe.

»Ja.« Ihre Antwort klang fast wie eine Frage, ganz als wäre sie sich ihrer Identität genausowenig sicher wie ich.

»Ich bin Kat Colorado. Ich befrage Leute. Darf ich reinkommen?«

»Ich weiß nicht so recht. Ich...«

»Ich werde Sie nicht lange belästigen.«

»Was wollen Sie?«

»Ich mache eine Umfrage«, log ich fröhlich. »Ich würde gerne wissen, wie sich die Einstellung der Leute gegenüber der Erschließung von Grundstücken wandelt. Ihr Mann ist im Planungsausschuß, und vielleicht können Sie mir...«

»Nein«, flüsterte sie. Dabei schaffte sie das Unmögliche: Ihr Gesicht wurde noch blasser. »Ich kann nicht. Bitte gehen Sie.« Sie machte die Tür schnell zu, und ich hörte, wie sie von innen den Riegel vorschob. Eins zu null gegen mich.

Bei der zweiten Adresse war niemand zu Hause, aber bei der dritten hatte ich Glück. Eine fröhliche Frau in Shorts und Top kam an die Tür.

»Kommen Sie mit nach hinten in den Garten«, sagte sie. »Ich hab' ein paar Kinder da, die alle im Pool herumplanschen. Und wir können uns kein Gerichtsverfahren leisten, wenn was passiert.« Ich folgte dem Tappen ihrer nackten Füße und dem Wippen ihres Pferdeschwanzes quer durchs Wohnzimmer und in eine unordentliche Küche. Vom Küchentisch aus schaute mich eine Katze mißtrauisch an, die gerade den letzten Bissen von einem Thunfischsandwich herunterschlang. Die offene Thunfischdose stand immer noch auf der Küchentheke, und das Messer steckte im Mayonnaiseglas. Eine Fliege summte fröhlich vor sich hin.

»Da hinaus«, sagte sie und machte mir die Hintertür auf. »Vorsicht, Stufe.« Wir traten hinaus in die flimmernde

Nachmittagshitze und das wilde Durcheinander von Kinderstimmen.

»Limonade?« Sie drückte mir das Glas in die Hand, bevor ich etwas sagen konnte. Ich bedankte mich.

»Mami, Billy hat den Ball. Aber du hast gesagt, daß ich jetzt dran bin. Das hast du gesagt!«

»Billy, gib Carla den Ball. Da, fang!« Sie warf den Frisbee gekonnt in Richtung auf einen kleinen braunen Haarschopf, der im Wasser auf und ab wippte. Er sah eher aus wie der Kopf eines Seehundes als der eines Kindes. »Also, was würden Sie gerne wissen?«

»Mrs. Hellman...«

»Sagen Sie Lorie zu mir.«

»Gut, Lorie. Ich hab' das Gefühl, daß hier ein paar komische Dinge im Gang sind, und ich bin gekommen, um Ihnen einige Fragen darüber zu stellen.« Sie sah verwirrt aus. »Ihr Mann ist im Planungsausschuß?« Sie nickte. »Er hat gestern über etwas abgestimmt, und zwar anders als letztes Jahr. Haben Sie eine Ahnung, warum?«

»Nein«, sie schüttelte den Kopf. »Billy, hör auf damit und gib Carla den Ball. Steve redet zu Hause nie über seine Arbeit. Ich hab' genug mit den Kindern zu tun, und – na ja – außerdem interessiere ich mich auch nicht sonderlich dafür. Sie können ihn ja selbst fragen, er kommt heut früher nach Haus.«

Ich nickte, und ganz, als hätte er es geahnt, kam jemand – Steve, wie ich vermutete – zur Tür herein.

»Schatz, die Dame hier...«, sie sah mich an.

»Kat«, sagte ich, »Kat Colorado.«

»Kat wollte etwas über eine Abstimmung wissen.«

»Die von gestern abend«, sagte ich.

»Warum?« fragte er. »Und wer zum Teufel sind Sie überhaupt?«

»Schatz!« Lorie klang schockiert und erstaunt.

»Also, wer sind Sie?« Er schenkte sich ein bißchen zu abrupt ein Glas Limonade ein und klatschte die Eiswürfel hinterher, so daß die Limonade überschwappte.

»Ich bin Privatdetektivin.«

»Dann hauen Sie hier ab. Ich hab' nichts getan, was ich irgend jemandem erklären müßte.«

»Schatz!« meckerte Lorie. Wir ignorierten sie beide.

»Ich glaube ja auch gar nicht, daß Sie etwas getan haben, Mr. Hellman. Ich glaube, daß das jemand anders war. Womit hat man Sie bedroht – oder Ihre Familie? Was wollten sie machen, wenn Sie nicht spuren? Wollten sie Ihnen in der Arbeit die Hölle heiß machen, den Kindern was antun, Ihre Frau vergewaltigen...«

Er wurde weiß und dann puterrot und schrie mich an, daß ich verschwinden solle. Die Kinder waren plötzlich still. Sogar das Wasser im Pool hörte auf zu schwappen. Ich sah an Hellmans Gesichtsausdruck, daß es keinen Sinn hatte weiterzumachen. Ich stellte das Limonadenglas hin und bedankte mich bei Lorie. Dann ging ich.

Das Sonnenlicht zeichnete scharf Lories Konturen nach, doch sie selbst sah krank und leblos aus. Ich hatte ein schlechtes Gewissen. Hier ging es um Dinge, von denen sie keine Ahnung hatte und von denen sie auch nichts hätte erfahren brauchen. Doch jetzt war es zu spät. Ich sah sie an, bevor ich ging, und entschuldigte mich, aber ich glaube, sie hörte mich nicht. Das Leben hatte ihr einen Schlag ins Gesicht versetzt, und jetzt mußte sie damit fertig werden. Ich ging durchs Haus hinaus. Die Katze hatte den Thunfisch inzwischen ganz aufgefressen und war verschwunden, aber die Fliege summte immer noch vor sich hin.

Es war zwar ein Schuß ins Blaue, aber ich ging trotzdem in eine Telefonzelle in einem Supermarkt. Sogar bei geöffneter Tür schlug mir die Hitze noch in Wellen entgegen. Ich spürte, wie mir der Schweiß in kleinen Bächen den Rücken hinunterlief. Das Telefon klingelte fünfmal; ich beschloß, es zehnmal läuten zu lassen. Schließlich meldete sich eine fahle, flüsternde Stimme.

»Mrs. Phillips, ich bin's, Kat Colorado. Bitte legen Sie nicht auf«, fügte ich hastig hinzu. »Ich weiß, daß man Ihren Mann und vielleicht auch Sie bedroht hat. Wenn ich ein bißchen mehr über diese Leute herausfinde, kann ich vielleicht etwas gegen sie unternehmen. Ich verspreche Ihnen, Sie da herauszuhalten.« Ich redete in völlige Stille hinein, aber sie hatte nicht aufgelegt. »Mrs. Phillips, ich komme vorbei. Bitte lassen Sie mich herein, damit wir uns ein paar Minuten unterhalten können.«

Ich legte auf und ging schnurstracks in den Supermarkt und kaufte mir etwas Kaltes zu trinken. Dann kamen das kanariengelbe Ungetüm und ich wieder in die Gänge und machten uns auf den Weg zurück zu dem rosafarbenen Stuck und der bleichen Mrs. Phillips.

Das Haus sah genauso aus wie zuvor. Der Buick stand noch am selben Platz, und die Vorhänge waren zugezogen. Ich klingelte und wartete mit einem unsicheren Gefühl. Es ist schwierig, wenn die Leute Angst haben – Angst verändert die normalen Reaktionen. Die Tür öffnete sich, und Mrs. Phillips flüsterte mir zu, ich solle hereinkommen. Sie führte mich durchs Haus und in ein Wohnzimmer, das so aussah, als würde es nie benutzt. Alle Räume, die ich sah, waren dunkel und still, und die Vorhänge waren zugezogen. Wir standen mitten im Wohnzimmer, umgeben vom Geruch des Staubes und der begrabenen Hoffnungen.

»Was wollen Sie?« flüsterte sie.

»Können wir uns hinsetzen?«

Sie hob hilflos den Arm, zuckte mit den Achseln und setzte sich auf die äußerste Kante eines Sessels – wie ein hagerer, albinoartiger Vogel kurz vor dem Wegfliegen.

»Womit haben sie Ihnen gedroht?« fragte ich sanft.

»Was meinen Sie damit?« Es klang fast wie ein Schluchzen.

»Wissen Sie, Sie sind nicht die einzigen; sie haben andere auch bedroht. Was haben sie zu Ihnen gesagt?«

»Sie haben nichts zu mir gesagt.«

»Dann eben zu Ihrem Mann.«

»Sie haben gesagt...« Ich beugte mich etwas zu ihr vor und wartete. Selbst in dem ruhigen Raum war ihr Flüstern kaum zu verstehen. »Sie haben gesagt, wenn er nicht so stimmt, wie sie wollen, soll er zusehen, daß er eine gute Lebensversicherung hat. Sie haben gesagt, es wäre doch schade, wenn seine Frau Witwe und noch dazu Invalide wäre. Und ich bin nicht krank«, stöhnte sie und begann zu weinen.

»Wissen Sie, was das für Leute sind? Kennen Sie ihre Namen?«

Sie schüttelte den Kopf. Ihre Tränen waren genauso lautlos wie alles andere an ihr. »Kennt Ihr Mann sie?«

»Ich weiß es nicht. Er würde mir das nie sagen.«

»Würde er es mir sagen?«

»O nein! Sie dürfen ihn nicht fragen. Er darf nicht erfahren, daß ich mit Ihnen gesprochen habe. Er würde mich umbringen.« Sie legte die Hand auf den Mund, und ihre Augen weiteten sich vor Entsetzen über das, was sie soeben gesagt hatte. »Das heißt, er würde mir nie verzeihen. Sie dürfen ihm nichts davon sagen. Das dürfen Sie einfach nicht.«

»Nein«, erwiderte ich. »Ich werde ihm nichts davon sagen. Wenn ich überhaupt mit ihm reden sollte, werde ich nichts von unserem Gespräch erwähnen.«

»Würden Sie jetzt gehen? Bitte?«

Ich mußte sie einfach bemitleiden: Sie hatte genausoviel Angst vor ihrer kleinen Welt zu Hause wie vor der großen Welt draußen. Ich bedankte mich. Die Angst stand ihr noch immer in Gesicht und Augen geschrieben. »Machen Sie sich keine Sorgen«, fügte ich lahm hinzu, obwohl ich wußte, daß sie genau das tun würde und nichts von dem, was ich sagte, das ändern konnte. Sie trippelte mit geisterhaften Schritten hinter mir her, als ich durchs Haus und hinaus ging. Ich hörte, wie sie den Riegel vorschob, sobald die Tür sich hinter mir schloß.

Es war fast fünf Uhr, und ich spielte mit dem Gedanken, in den Glitterdome zu fahren und Deck auszuquetschen. Ich schwitzte und war verdreckt und müde. Und ich fühlte mich beschmutzt von all den Gemeinheiten, die ich heute hatte sehen müssen. Bilder vom Swimmingpool der Riders und einem Margarita zogen durch mein Gehirn wie eine verlockende Fata Morgana. Ich sah mich noch einmal nach einer Telefonzelle um. Die Telefongesellschaft meinte es heute gut mit mir.

»Betty, ich bin's, Kat. Ich bin auf dem Weg zu euch. Kann ich was zu essen mitbringen?« Betty lachte. Meine Laune wurde schlagartig besser.

»Gar nichts. Kommen Sie einfach und springen Sie in den Pool.«

»Aber...«

»Kein Aber. Bis gleich.« Es war zu heiß, und ich war zu müde, um mich auf große Argumente einzulassen, und außerdem hatte sie ohnehin schon aufgelegt. Ich kenne mich in Vegas nicht besonders gut aus, deshalb blieb ich ein paar Mal im Verkehr stecken. Ich versuchte, ruhig zu bleiben, aber das war schwer. Das Radio gab den Geist mitten in ›I Can't Get No Satisfaction‹ von den Stones auf. Inzwischen überraschte mich nichts mehr, ich konnte auch schon fast nicht mehr ironisch sein.

Betty begrüßte mich mit einer Umarmung und einem breiten Lachen an der Tür. Das Lachen wurde sogar noch breiter, als sie die Tüten mit dem Gemüse sah, die ich von zu Hause mitgebracht hatte. Wir trugen alles in die Küche, wo es bereits gut roch. Hier hatte ich wieder das Gefühl, daß das Leben trotz allem doch noch lebenswert ist.

»Kalter Drink, Schläfchen oder Schwimmen?« fragte sie. Schwierige Entscheidung. Ich entschied mich fürs Schwimmen.

»Ich habe Ihre ganzen Sachen ins hintere Schlafzimmer getan«, sagte Betty. »Gleich daneben ist ein Bad. Fühlen Sie sich wie zu Hause.« Das Telefon klingelte. Sie hob ab, und ich ging ins Schlafzimmer, um mich umzuziehen.

»Kat, es ist für Sie.«

Ich seufzte – man soll den Tag nicht vor dem Abend loben –, ging zurück in die Küche und nahm den Hörer.

»Kat, ich bin's, Charity. Es ist vorbei, alles ist in Ordnung. Du kannst heimkommen.«

»Was? Was ist vorbei? Wovon redest du überhaupt?« sagte ich und hatte tatsächlich Schwierigkeiten, den Sinn ihrer Worte zu erfassen. Das Telefon war an der Wand befestigt, aber wenn ich ein wenig an der Schnur zog, erreichte ich gerade einen Stuhl am Küchentisch. Ich ließ mich darauf sinken.

»Ist das nicht wunderbar, Kat? Alles ist in Ordnung!« Charitys Stimme klang leicht, schäumend und prickelnd, wie frisch eingeschenkter Champagner.

»Nun mal langsam, Charity. Erklär mir, was los ist.« Betty nahm ein Bier aus dem Kühlschrank und sah mich fragend an. Ich nickte dankbar und griff quer über den Tisch danach, öffnete die Flasche und nahm einen langen Zug.

»Sam hat mich angerufen, Kat. Er hat gesagt, du bist bei ihm gewesen, und du warst überhaupt nicht nett zu ihm. Ich wünschte, du würdest ihn nicht so behandeln.« Mir stellten sich bei dieser Ungerechtigkeit die Nackenhaare auf, aber dann entspannte ich mich wieder. Selber schuld, wenn sie keinen Spaß verstehen. Ich merkte, daß ich das Etikett von der Bierflasche pulte und hörte auf. »Jedenfalls«, fuhr sie fort, »hat Sam gesagt, es tut ihm leid, daß er mich so schäbig hintergangen hat. Er will alles wieder ins Lot bringen.«

»Wer's glaubt, wird selig.«

»Sei nicht so biestig. Er hat mich von Vegas aus angerufen und gesagt, daß er mit seinen Geschäftspartnern gesprochen hat. Er hat ihnen erklärt, daß er mitten in der Scheidung steckt und seine zweihunderttausend sofort wiederhaben muß. Er hat gesagt, sie sind zwar ein bißchen enttäuscht, haben die Sache aber wie perfekte Gentlemen genommen. Ist das nicht wunderbar?«

Die Kürze der Antworten, die Charity in ihrer Kolumne gibt, sind lediglich das Ergebnis einer redaktionellen Meisterleistung. In Wirklichkeit wäre sie eine der Topfavoritinnen für den jährlichen Wettbewerb um den längsten Satz.

»Und, was meinst du: Ist das nicht wunderbar?« fragte sie mich noch einmal.

»Toll.«

»Du bist schon wieder biestig.«

»Charity, du willst mir das doch nicht wirklich weismachen?«

Sie schnaubte, und bei Charity ist das ein sicheres Zeichen ihrer Verärgerung. »Willst du damit sagen, daß Sam lügt?«

»Man soll den Tag nicht vor dem Abend loben, Charity, und in dieser Sache ist noch lange nicht Abend. Jedenfalls nicht hier.«

»Vielleicht nicht, aber was geht mich das an? Sam ist aus der Sache raus, und ich bekomme mein Geld wieder zurück.«

»Hast du den Scheck schon in der Hand?«

»Noch nicht.«

»Also ist die Sache auch noch nicht vorbei. Und du brauchst dich noch nicht zu freuen.«

»Ich kann's nicht fassen, wie kleinlich du bist.« Sie klang angewidert. »Danke für deine Hilfe, Kat, aber ich brauch' dich nicht mehr. Eigentlich hab' ich das, glaub' ich, nie. Alles hat sich jetzt so schön von selbst ergeben. Schick mir die Rechnung, ja?«

Wir legten auf, und ich seufzte, als ich mich nun daran erinnerte, warum ich so ungern für Freunde arbeite. Dann pulte ich systematisch das restliche Etikett von der Bierflasche.

»Schlechte Nachrichten?« fragte Betty verständnisvoll.

»Eher gute Nachrichten«, antwortete ich. »Wenn sie stimmen. Aber das glaube ich nicht.«

13

Liebe Charity,

ist man einem Menschen auch dann noch etwas schuldig, wenn er gestorben ist? Wieviel ist ein Versprechen wert, und wie wichtig ist es, richtig zu handeln?

Anonymus aus Folsom

Lieber Anonymus,

Sie schulden es sich selbst, das zu tun, was richtig ist. Der Rest der Welt wird nie etwas davon erfahren und sich auch nicht darum scheren. Deshalb ist nur wichtig: Machen Sie sich selbst etwas draus?

Charity

Die Haustür schlug zu, und Joe kam herein. »Haben Sie heute schon die Zeitung gelesen, Kat?« fragte er und umarmte dabei Betty.

»Nicht das *Review-Journal*. Ich hab' die *Bee* im Flugzeug durchgeschaut. Was mich erinnert: Haben Sie in den Zeitungen irgendwas über eine junge Frau gesehen, die vor ein paar Tagen auf der Toilette des Glitterdome ermordet wurde?«

Joe sah beunruhigt und verwirrt aus. »Nein, warum?« Ich wollte ihm gerade antworten, als er sagte: »Egal. Lesen Sie erst mal das.« Er warf eine Zeitung auf den Küchentisch und deutete auf einen kurzen Bericht auf der ersten Seite.

> *Unfall auf Baustelle*
> Bei einem mysteriösen Unfall stürzte Bauunternehmer Sam Collins (35) heute morgen aus dem sechsten Stock eines Neubaus im Zentrum von Sacramento. Er war auf der Stelle tot. Sam Collins...

Der Bericht ging noch weiter, aber der Rest interessierte mich nicht mehr. Ich war zu schockiert. Vor meinem geistigen Auge sah ich eine Gestalt, die ausgestreckt auf dem Boden lag. Sechster Stock. Sicherlich kein schöner Anblick. Andere Erinnerungen an Sam gingen mir durch den Kopf, alle davon höchst lebendig. Mir lief es kalt den Rücken hinunter.

»War das wirklich ein Unfall?« wollte ich gerade sagen, aber ich brachte nichts heraus. Ich räusperte mich und versuchte es noch einmal. Meine Stimme klang merkwürdig, aber wenigstens funktionierte sie wieder.

»Sieht ziemlich eindeutig aus, Kat.« Joe wirkte besorgt. »Ich weiß, die Sache ist merkwürdig, aber interpretieren Sie lieber nicht voreilig etwas in die Angelegenheit hinein. Unfälle passieren eben.«

»Morde auch. Warum war er überhaupt dort. Es gab keinen Grund dafür. Er hatte da nichts verloren.«

»Nichts, wovon Sie was wüßten. Sie haben mir neulich abend gesagt, daß Ihnen Sam nie viel erzählt hat.«

»Er war doch Teil unseres Plans, Joe. Erinnern Sie sich noch, was Hank gesagt hat? – Wenn man nicht mehr weiter weiß, wirft man einfach ein paar Tontauben in die Luft und wartet, bis jemand schießt. Ich habe meinen Bluff abgezogen, als ich Sam in Sacramento getroffen habe. Ich hab' ihm angst gemacht. Ich wollte ihn – aus der Reserve locken. Und es gibt noch was, was Sie nicht wissen. Charity hat mich gerade angerufen und mir den Fall entzogen. Sie hat mir erzählt, daß Sam in Vegas war und sie gestern angerufen hat, um zu sagen, daß alles in Ordnung ist. Er hat sich mit New Capital Ventures arrangiert, ist ausgestiegen, kein Problem.« Ich machte eine Pause und holte tief Luft. »Aber angenommen, es war alles gar nicht so? Angenommen, das, was Sam Charity gesagt hat, und das, was tatsächlich passiert ist, sind zwei Paar Stiefel? Angenommen, Sam hat sich verplappert und etwas erzählt von Stimmenmanipulation, illegalen Kasinoeinnahmen, Schwierigkeiten mit der Steuer und so weiter? Und daß er damit nichts zu tun haben will? Was würde in so einem Fall passieren?«

Joe runzelte die Stirn. »Genau. Was in so einem Fall passieren würde oder zumindest könnte, wäre ein Unfall. Publicity können sie im Moment überhaupt nicht brauchen. Sam war kein Mensch, der seinen Mund halten konnte.«

Inzwischen hatte Betty die Zeitung in der Hand und las darin. »Hier steht, daß er mit dem Polier und dem Eigentümer von Trainor Construction zusammen war. Sie haben sich mit ihm über das Projekt unterhalten. Sie haben berichtet, er ist zu nahe an den Rand gegangen, obwohl sie ihn gewarnt haben, und dann ist er gestolpert. Es ist alles ziemlich schnell gegangen, und sie konnten ihn nicht mehr zurückhalten. Das haben sie jedenfalls bei der Polizei ausgesagt.«

»Ed Trainor?«

»Was?« Betty sah von der Zeitung hoch.

»Ist das der Inhaber des Unternehmens?« Betty las noch ein bißchen weiter und nickte dann.

»Er ist einer der Investoren, die zusammen mit New Capital Ventures ein schönes Stück Grund gekauft haben.«

Joe und ich starrten uns eine Weile an. »Gut«, sagte er, »schauen wir uns die Sache also genauer an. Ich rede mit dem Reporter, der den Artikel geschrieben hat, und sehe, was ich sonst noch rausfinden kann, auch wenn ich bezweifle, daß wir ihnen irgendwas nachweisen können. Die Polizei hält die Angelegenheit nach wie vor für einen Unfall.«

Ich legte den Kopf in die Hände, während ein Gefühl der Übelkeit in mir aufstieg. Ich erinnerte mich daran, wie Sams Adamsapfel vor Nervosität und Angst wie wild auf und ab gewippt war. Zum Teil war ich schuld. Betty kam zu mir herüber und legte mir den Arm um die Schulter.

»Hört jetzt damit auf, ihr zwei, jedenfalls bis nach dem Essen. Kat, Sie sind noch gar nicht geschwommen, und es ist noch genug Zeit. Hank kommt später noch vorbei, dann können wir darüber sprechen.«

Ich saß auf dem Stuhl und fühlte mich wie ein Stück Scheiße. »Vielleicht habe ich Sam das eingebrockt, weil ich ihm das alles erzählt habe. Vielleicht könnte er noch leben, wenn ich's nicht gemacht hätte.«

»Hören Sie auf damit, Kat.« Joe packte mich am Arm und schüttelte mich. »Sie wissen doch, daß das nicht stimmt.« Ich hätte ihm gern geglaubt, aber ich konnte es nicht. Ohne meine Einmischung wäre Sam noch am Leben.

»O Gott, was ist mit Charity? Sie glaubt, daß alles in Ordnung ist, daß Sam noch lebt. Warum hat ihr niemand was gesagt? Wieso weiß sie von nichts? Warum hat ihr die Polizei nicht Bescheid gesagt? Ich muß sie anrufen.« Ich redete Unsinn. Das wußte ich auch, aber ich konnte einfach nicht anders. Außerdem zitterte ich.

»Nun mal langsam, Mädchen«, sagte Joe mit sanfter Stimme. »In dem Zustand sind Sie für niemanden eine besondere Hilfe. Können Sie nicht Freunde oder Verwandte von Charity anrufen, die ihr ein bißchen helfen könnten?«

Ich atmete ein paarmal tief durch. »Mir geht's wieder besser«, sagte ich, aber wir wußten alle, daß das nicht stimmte. Ich rief Charity an, ihre Mutter, ihre Schwester und ihre beste Freundin. Nirgends jemand da. Schließlich hinterließ ich auf Charitys Anrufbeantworter die Nachricht, sie solle mich zurückrufen. Und danach wünschte ich mir etwa zum hundertsten Male an diesem Tag, daß ich meinem Grundsatz, nicht für Freunde zu arbeiten, treu geblieben wäre. Ich stützte den Kopf wieder in die Hände.

Betty scheuchte mich von dem Stuhl hoch und den Gang hinunter, damit ich meinen Bikini anzog. »Wenn Sie in fünf Minuten nicht hier draußen sind, hole ich Sie«, rief sie. Ich war ihr dankbar. Ich schaffte es in vier Minuten und schwamm eine ganze Weile. Dann setzte ich mich an den Pool und hörte Bettys Big-Band-Musik zu, ließ mir den Duft von Joes Grillkünsten in die Nase steigen und spielte mit dem Gedanken, mir die Zehennägel grellpink anzumalen – das ist eine der kleinen Ablenkungen, die mir manchmal helfen, mit dem Leben fertig zu werden.

Ich hörte nicht, wie Hank sich von hinten an mich heranschlich. Er zerzauste mir die Haare und sah dabei famos aus. Ich versuchte schnell, eine gute Figur zu machen, und zog den Bauch ein. Er erwischte mich dabei und lachte.

»Ich mag keine dürren, zerbrechlichen Kleiderständer«, sagte er. Ich lächelte schwach.

»Was ist los, Kat?«

»Charity hat mir den Auftrag entzogen, Sam ist tot, es gibt Beweise, daß...«

»Nun mal langsam, Kleines. Wenn alles so kompliziert ist, wartest du besser, bis ich die Badehose anhabe und mir ein Bier schnappe, okay?« Ich nickte, und er zerzauste mir wieder die Haare. Das mußte ich ihm abgewöhnen, meine Haare kommen ganz von allein schon schnell genug durcheinander. Ich trottete ins Haus und ließ mich wieder in den Küchenstuhl fallen. Schließlich landeten wir alle dort am Tisch: Joe, Hank und ich.

»Gut, Kat, raus damit«, sagte Joe. »Und fangen Sie ganz von vorn an, damit Hank auch alles mitbekommt.« Ich holte tief Atem und kippte ein halbes Bier in mich hinein.

»Es ist vernünftiger, wenn ich ein bißchen schildere, was in Sacramento passiert ist. Ich habe auf dem Weg vom Flughafen zu mir nach Hause noch schnell bei Sam vorbeigeschaut. Er war nicht sonderlich erfreut über meinen Besuch, aber das hat nicht viel zu sagen. Das ist... war er... nämlich nie.« Ich schluckte.

»Ich habe ihm gesagt, ich weiß von seinen Grundstücksinvestitionen und auch von seiner Verbindung mit New Capital Ventures. Ich habe ihm alles in den schillerndsten Farben ausgemalt, einschließlich der illegalen Machenschaften, um die Erschließungspläne zu beeinflussen. Ich habe ihm einfach ein paar Namen vorgesetzt und ihm gesagt, daß das Geschäft stinkt und wahrscheinlich hauptsächlich aus illegalen Kasinoeinnahmen finanziert wird. Ich habe ihm erzählt, daß ein Reporter der Sache auf der Spur ist, die Steuer vielleicht davon Wind bekommt und die Sache für ihn eine Nummer zu groß ist.

Ich hab' ihm Feuer unterm Hintern gemacht«, schloß ich.

Betty stellte eine große Schüssel mit Maischips, Guacamole und Salsa auf den Tisch. Wir fingen alle zu knabbern an.

»Vorsicht, das Salsazeug ist scharf«, warnte mich Joe. Ich schluckte eine ganze Ladung herunter und schwitzte und schnaufte. Er hatte recht: Das Zeug war wirklich scharf. Dann brachte ich den Teil der Geschichte, der in Sacramento spielte, zu Ende und erzählte von meinem Gespräch mit Ted Kramer.

»Ted kommt mir intelligent und zuverlässig vor. Wenn er sagt, daß Sams Geschäft auf dem absteigenden Ast ist, glaube ich ihm das.« Ich machte eine Pause, um mir die Stirn abzuwischen. Das Salsazeug war teuflisch scharf. »Was ich dagegen nicht glaube, ist Charitys Geschichte, auch wenn sie das offenbar tut. Sie hat mich vorher angerufen, um mich zurückzupfeifen. Sie hat mir erzählt, daß Sam hier in Vegas war, das Geld zurückverlangt hat und es wie ein guter Junge ganz problemlos wieder heimbringen wollte.

Sam konnte es sich nicht leisten, zweihundert Riesen zu verlieren, jedenfalls nicht jetzt. Ich vermute, daß er die Sache nicht besonders schlau angepackt hat. Er macht... machte... so etwas nie sonderlich geschickt. Vielleicht war er sogar so dumm, das auszuposaunen, was ich ihm über illegale Kasinoeinnahmen, die Beeinflussung von Ausschußmitgliedern und so weiter gesagt habe.«

»So dumm kann er doch gar nicht gewesen sein«, sagte Hank.

»Da wär' ich mir nicht so sicher.«

Hank schüttelte den Kopf, und wir aßen noch die Reste Guacamole und Salsa aus der Schüssel auf. Dann stellte Betty einen Dip mit saurer Sahne auf den Tisch, auf dem kleines rotes und grünes Zeug herumschwamm. Er sah ziemlich widerlich aus, schmeckte aber toll. Ich kann eine ganze Menge Chips verdrücken, wenn ich durcheinander und hektisch bin.

»Zweihunderttausend ist doch bei so einem Geschäft bloß ein Klacks, Kat«, sagte Joe.

Ich war ganz seiner Meinung. »Das ist auch nicht das Problem. Das Problem ist eher Sams mangelnde Diskretion. Und irgend jemand legt hier verdammt viel Wert auf Verschwiegenheit.« Danach erzählte ich ihnen von meinem Nachmittag: von Hellman, der so wütend geworden war, und von der armen, verängstigten Mrs. Phillips, jenem fahlen Schatten in der Sonne von Las Vegas.

Inzwischen war mir schlecht. Vielleicht lag das an den

Maischips und dem Dip, aber eigentlich glaubte ich das nicht.

»Es war bestimmt nicht sonderlich schwer, Sam auf die Baustelle zu bekommen. Einfach ein bißchen locken, ihr wißt schon: ›Wär' doch schön, wenn Sie sich mal anschaun, was wir hier machen, würden gern wieder mit Ihnen zusammenarbeiten‹ und so weiter. Sam spielte da sicher mit, bis er das Geld in der Tasche hatte. Und alles andere ist leicht. Es ist eine große Baustelle mit viel Lärm und Betrieb. Da paßt niemand auf, was drei Leute im sechsten Stock machen. Zwei Zeugen sagen, es war ein Unfall, und Sam sagt gar nichts mehr. Ende des Kapitels. Ende des Problems. Und Ende von Sam.«

»Aber es könnte doch trotzdem ein Unfall gewesen sein«, meinte Betty mit vernünftiger Stimme.

»Vielleicht, aber ich glaube es nicht. Hank, kannst du die Polizeiberichte und die Autopsie überprüfen und schauen, ob du was findest?«

Er nickte.

»Das Essen ist fast fertig«, erklärte Betty.

Ich stand auf, um mir Shorts und ein T-Shirt anzuziehen, und ging dann wieder zu den anderen an den Tisch. Das Essen war toll: Steak, Pasta und Spinatsalat, und dazu eine überbackene Zucchinipfanne mit Käse, Brotwürfeln und Gewürzen.

»Die Zucchini sind aus Kats Garten«, sagte Betty. Hank sah beeindruckt aus, und ich lehnte mich mit einer Ach-das-ist-doch-nicht-der-Rede-wert-Geste zurück. – Und das stimmt auch. Selbst bei einem fünfjährigen Kind mit Holzlatte, Samen und Gießkanne würden Zucchini – *das* einfache Gemüse mit Erfolgsgarantie – was werden. Hank wußte das offenbar nicht, aber warum sollte ich ihm seine Illusionen rauben?

»Die Tomaten sind auch gut.« Joe schaufelte ein paar Bissen davon in den Mund, und Hank sah sogar noch beeindruckter aus. Tomaten stehen in der Kategorie einfaches Gemüse mit Erfolgsgarantie an zweiter Stelle. Und Sonnenblumen an dritter. (Ich hol' mir immer die riesigen, die fast fünf Meter hoch werden. Sie haben eine eigene Persönlichkeit, was nett ist – sie wenden sich der Sonne zu.) Von alledem sagte ich nichts. Das war ein taktischer Fehler. Bei Gemüse hätte ich mich um einiges besser ausgekannt als bei dem, was jetzt kam.

»Ich glaube, ich werde morgen bei der Baustelle vorbeischauen«, kündigte ich an, »und sehen, was ich herausfinden kann. Ich habe beschlossen, den Fall weiter zu bearbeiten.«

Betty legte das Gesicht in Kummerfalten. »Wenn es wirklich kein Unfall war, Kat, dann ist das sicher keine so gute Idee, meinen Sie nicht auch?«

Joe schnaubte. »Das ist noch ziemlich harmlos ausgedrückt.«

»Überlaß das der Polizei, Kat. Wir haben die nötigen Mittel, um mit solchen Fällen fertig zu werden, und du nicht.« Hank sagte das in unnötig rauhem Tonfall und löste so in mir eine Trotzreaktion aus.

»Bis jetzt gehen wir von der – vielleicht richtigen – Überzeugung aus, daß die Polizei die Sache als Unfall betrachtet. – Eine Möglichkeit, damit umzugehen, nicht wahr?«

»Ich hab' dir schon gesagt, daß ich mich um die Sache kümmern werde. Und in der Zwischenzeit wäre es gut, wenn du dich raushältst.«

Ich versuchte, bis zehn zu zählen, bevor ich antwortete, aber ich kam nur bis drei – ein schlechtes Zeichen. »Mach du deine Arbeit, und ich mach' die meine.«

Mir gefiel der Verlauf des Gesprächs überhaupt nicht, aber nun steckten wir schon mal mitten drin. Ich wollte mich nicht mit Hank streiten, aber ich wollte auch nicht, daß er mir vorschrieb, wie ich meine Arbeit zu machen hätte. Männer, die mir sagen, was ich machen soll, haben bei mir nicht gerade einen Stein im Brett.

»Es ist gefährlich, Kat«, sagte Joe, aber mit besorgter Stimme, nicht im Befehlston.

»Ja, das stimmt, und deswegen werde ich mich auch entsprechend verhalten.« Ich stand vom Tisch auf. Unser Gerangel hatte uns allen den Appetit auf eine dritte Portion verdorben. »Wenn ihr mich entschuldigt, ich muß meinen Anrufbeantworter abhören.«

Ich wartete, bis die Verbindung hergestellt war, und dachte dabei über den nächsten Tag nach. Ich wollte auf die Baustelle, und ich wollte Deck sehen. Es war höchste Zeit, ein paar Dinge zu klären. Es waren ein paar Nachrichten auf dem Band, aber nur zwei davon hatten mit diesem Fall zu tun. Eine davon stammte von Charity.

»Könnt ihr mir was über Don Blackford sagen?« fragte ich, als ich mich wieder an den Tisch setzte. Das Schweigen war vollkommen.

14

Liebe Charity,

ich will ja nicht angeben, aber oft sehe ich schon vorher kommen, was passiert. Niemand hört mir zu, und wenn ich dann später darauf hinweise, daß ich genau davor gewarnt habe und daß man nur auf mich hätte hören müssen, werden die Leute wütend und wenden sich von mir ab. Was soll ich machen?

Ein Rechthaber

Lieber Rechthaber,

machen Sie sich doch nichts vor – natürlich wollen Sie angeben. Wir müssen alle unsere Erfahrungen machen, und zwar auf unsere Art, nicht auf Ihre. Sie sollten mehr Zeit auf Ihre eigenen Angelegenheiten verwenden.

Charity

Das Schweigen am Tisch war von der schweren, endlosen und undurchdringlichen Sorte. Ich sah mir die Gesichter an und wartete ab. Bettys Gesicht war weiß und angespannt. Das von Joe war ausdruckslos. Hank sah aus wie frisch aus einem Gemälde von Hieronymus Bosch. Wir saßen eine Weile so da, bis Hank schließlich fragte, warum ich das wissen wollte.

»Er rief mich an und fragte, ob er sich mit mir treffen könne. Ich bin ihm auf einer Auktionsvorschau vorgestellt worden.«

Hank wollte etwas sagen, verkniff es sich und sagte es dann doch. »Kat, wahrscheinlich hast du den Eindruck, daß ich dir die ganze Zeit vorschreibe, was du zu tun und zu lassen hast, und du hast recht, das steht mir nicht zu, aber... aber geh ihm aus dem Weg. Er ist ein rücksichtsloser Geschäftsmann, der bekommt, was er will. Außerdem hat er einen guten Blick für Frauen und den Ruf, daß er sie nur ausnutzt und dann wie eine ausgepreßte Zitrone wegwirft.«

Ich machte den Mund auf, überlegte es mir aber dann doch anders. Etwas an Hanks Tonfall stimmte mich nachdenklich.

»Ich habe schon eine Menge mit ihm zu tun gehabt. Ich war gerade hinter ein paar Leuten aus seiner Organisation her, als Liz getötet wurde. Ich hab' es nie beweisen können – und ich hab's weiß Gott versucht –, aber er ist dafür verantwortlich.« Hank stand auf, schob den Stuhl zurück und verließ das Zimmer. Das bißchen Behaglichkeit, das noch zu spüren gewesen war, nahm er mit. Wir saßen eine Weile schweigend da.

»Ist das wahr, Joe?«

Er nickte. »Niemand konnte es beweisen, und Hank war nicht der einzige, der's versucht hat. Hank hat eine Menge Freunde hier in der Stadt und auch bei der Polizei. Liz übrigens auch. Er wartet seit damals auf seine Chance. Das ist die Geschichte, und es hilft auch nicht sonderlich, daß Sie die erste Frau sind, die Hank seit Liz' Tod anschaut.«

»Ich bearbeite einen Fall, Joe, das hier ist kein Gesellschaftsspiel.«

»Das weiß ich. Und Hank weiß es auch. Und wir beide wissen, daß Blackford Sachen, die ihm im Weg sind, beseitigt. Er hat keine schlechten Karten, Kat.« Wir sagten eine Weile nichts. »Weiß er, woran Sie arbeiten?«

Ich zuckte mit den Achseln. »Ich wüßte nicht, woher. Er muß meine Geschäftsnummer von Deck erfahren haben, aber Deck weiß nicht, was ich hier mache. Es sei denn – Hellman oder Phillips haben mich verpfiffen. Trotzdem bezweifle ich, daß er viel weiß. Es gibt ja auch nicht viel zu wissen.«

»Unvorsichtige Überlegung, gibt Ihnen keinerlei Rückendeckung. Sie sollten es eigentlich besser wissen, Kat.«

Joe hatte recht, aber ich hatte nicht genug Stil, um das zuzugeben. Außerdem ärgerte mich beides. »Egal, es kann jedenfalls nicht schaden, mit ihm zu reden. Er hat seine Nummer auf Band gesprochen. Ich mach' was für morgen aus, Mittagessen oder Drinks irgendwo in einem Lokal. Ich pass' auf meine Rückendeckung auf, Joe, machen Sie sich da mal keine Sorgen. Ich bin kein Neuling.«

»Las Vegas ist nicht Sacramento.«

»Nein.« Ich grinste und beschloß, mich nicht verunsichern zu lassen. »Gott sei Dank nicht. Ich kann's gar nicht erwarten, nach Hause zu kommen und wieder mein Kleinzeug zu erledigen.«

Hank kam ins Zimmer zurück und sah jetzt weniger wie aus einem Gemälde von Hieronymus Bosch aus, sondern mehr wie ein lebendiger Mensch. Ich warf ihm einen mißtrauischen Blick zu.

»Ich wäre der Letzte, der nicht zugibt, daß er in der Sache voreingenommen ist, Kat, aber einmal davon abgesehen, wirst du in der ganzen Stadt niemanden finden, der was Gutes über Blackford zu sagen hat. Er spielt nur nach seinen eigenen Regeln, und er spielt nicht fair. Dein Freund Deck ist im Vergleich zu ihm ein Waisenknabe.«

»Ich pass' schon auf.«

»Gut. Also genug geredet.« Wir bemühten uns alle, von etwas anderem zu sprechen. Aber das mißlang uns gründlich. Dann saßen wir eine Weile um den Tisch herum und versuchten, ruhig und entspannt auszusehen. Irgendwann hielt es mich nicht mehr auf meinem Stuhl, und ich verjagte Betty aus der Küche. Ich begann abzuspülen und die Küche sauberzumachen. Joe ging mit Betty an den Pool hinaus, und Hank blieb da und half mir.

Wir pfiffen bei der Arbeit nicht vor uns hin, unterhielten uns nicht und nahmen keinerlei Kontakt auf. – Alles andere als eine angenehme Atmosphäre. Hank achtete darauf, daß unsere Hände sich nicht berührten, wenn er mir etwas zum Abwaschen reichte. Nach fünfzehn Minuten war ich völlig erschöpft. Er ging, was die Situation ein bißchen verbesserte, aber ich fühlte mich immer noch miserabel. Ich unterhielt mich ein bißchen mit Betty und Joe, versuchte noch einmal erfolglos, Charity zu erreichen, gab auf und legte mich ins Bett. Ich konnte nicht einmal lesen, sondern trieb einfach hinüber ins Reich der Nacht.

Am Morgen rief ich Deck an und war nicht sonderlich

überrascht, als wieder so ein Primitivling ans Telefon ging. Ich verlangte Deck und hörte ein Grunzen und wie der Hörer auf den Tisch knallte. Dann wartete ich.

»Ja.«

»Deck, ich bin's, Kat.«

»Kat, was ist los?« Er schien froh, meine Stimme zu hören.

»Wie wär's mit Frühstück? Hast du schon was gegessen?«

»Ja, aber nichts Besonderes. Ich kann schon noch was vertragen.«

»Gut. Sag mir, wo ich dich treffen soll und wie ich hinkomme.« Wir verabredeten uns für eine halbe Stunde später.

Das Restaurant war im alten Teil von Las Vegas, aber es sah aus wie eine Truckerkneipe. Die Bedienungen paßten genau hierher – sie waren mittleren Alters, ernst und rauh. All ihre diamantenen Hoffnungen hatten sich als Straß erwiesen, und sie wußten das auch. Las Vegas ist eine Stadt der Jugend und Schönheit oder der Ehrgeizigen und Opportunisten. Ich drückte mich an einer gewaltigen Kellnerin vorbei und sah mich um. Deck saß hinten in einer Ecknische und hatte schon einen Kaffee. Er wollte gerade aufstehen, aber ich winkte ab und schlüpfte auf den Sitz gegenüber.

»Hi, Deck, und danke.«

»Gern geschehen.« Er grinste, und ich kaufte es ihm ab – wie angenehm. In der letzten Zeit schienen sich nicht allzu viele Leute wirklich zu freuen, wenn sie mich sahen.

»Kaffee?«

»Ja.«

»Wissen Sie schon, was Sie wollen?« Das klang, als wäre es unsere letzte Chance in der nächsten Stunde oder bis zum Schichtwechsel. Natürlich nickten wir. Ich werde durch solche Bedienungen ohnehin recht leicht eingeschüchtert. Ich ließ Deck den Vortritt, während ich die Speisekarte überflog.

»Lieber nichts Schweres«, sagte Deck. »Große Portion

Pfannkuchen, doppelte Portion Speck, knusprig gebraten, Würstchen, Pastete, ein paar Spiegeleier. Das wär's.«

Ich war verblüfft über Decks Vorstellung von einem leichten zweiten Frühstück. Seit damals, als ich für die Studentenzeitung eine Geschichte über ein Footballteam geschrieben hatte, hatte ich niemanden mehr so reinhauen sehen.

»Und Sie«, blaffte mich die Kellnerin an. Das war ein Befehl, keine Frage.

»Grapefruit, zwei Spiegeleier, Hash Browns, Weizentoast.«

»Toast ist aus.«

»Muffins.«

»Muffins sind aus.«

»Na schön, dann lassen Sie's.«

Sie knallte ihren Block zu, steckte ihn in die Tasche ihrer Schürze und den Stift in eine hochgesteckte Haarpracht, von der ich gedacht hätte, daß sie schon in den Fünfzigern ausgestorben war. Vielleicht hatte sie sie sich damals machen lassen und hüllte sie jetzt jeden Abend in einen Chiffonschal, um sie als Mahnmal des Unwesentlichen und des mittelmäßigen Geschmacks zu erhalten.

»Was ist los, Kat?«

»Was?« Ich brauchte einen Augenblick, um meine Gedanken wieder zu sammeln.

»An was denkst du gerade?«

»Diese Kellnerin. Die hat's in einem Zeitsprung direkt von den Fünfzigern hierher verschlagen. Ich glaube, wir sollten was unternehmen.«

»Sie zurückschicken?«

»Das ist das Mindeste. Vielleicht sollten wir aber auch zuerst einen Test über Manieren mit ihr machen.«

»Du bist immer schon sensibel gewesen, Kat. Na ja, nicht mehr so sehr, nachdem Cissy gestorben ist. Da bist du härter geworden.« Ich starrte ihn an. Er nickte. »Vielleicht warst du immer noch sensibel, aber jedenfalls hast du damals das erste Mal versucht, hart zu wirken. Wie jetzt. Du solltest aufhören damit. Das bist nicht wirklich du.«

»Das ist lange her. Der Mensch ändert sich.«

»Nicht so sehr.«

»Und du?«

»Ob ich mich verändert habe? Nicht so sehr. Damals hätte ich alles für dich getan. Und das würde ich immer noch. Also, was ist los, Kat?«

Die Bedienung knallte mir die Grapefruit vor die Nase und wedelte mit der Kaffeekanne herum. Zufällig traf sie auch in unsere Tassen.

»Ich würde dir gern eine hypothetische Geschichte mit hypothetischen Personen erzählen und dir dann ein paar hypothetische Fragen stellen und sehen, was du dazu sagst.« Mit anderen Worten: Ich hatte nichts Rechtes in der Hinterhand. Ich probierte ein paar Theorien an Deck aus und hoffte, so etwas herauszufinden.

»Gut.«

»Sagen wir mal, wir haben eine Gruppe von Geschäftsleuten, die meisten davon im Kasinogeschäft, die illegal eine ganze Menge abgesahnt haben, und...«

»Worauf willst du hinaus, Kat?« fragte Deck ruhig.

»Ich stelle hier für eine Freundin Nachforschungen an.«

»Und was will deine Freundin beweisen?«

»Ist eine persönliche Angelegenheit.« Mein Gewissen meldete sich lautstark zu Wort. Meine Antwort stimmte zwar, aber nur bis zu einem gewissen Punkt, einem Punkt, den ich schon vor langer Zeit überschritten hatte, nämlich, als ich Joe und Hank in die Sache hineingezogen hatte. Ich brachte mein Gewissen schnell zum Schweigen, stopfte es in die hinterste Schublade und machte sie zu. Ich konnte es noch immer an der Schublade herumrütteln hören.

»Sprich weiter«, Decks Stimme war ruhig, sein Gesicht ausdruckslos. Die Kellnerin knallte uns die Teller auf den Tisch und kam dann zurück, um noch mehr Kaffee in der Gegend herumzuschütten. Ich legte Servietten darauf, um ihn aufzusaugen. Bald sah unser Tisch aus wie eine Collage oder wie eine Relieflandkarte in Braun- und Beigetönen.

»Jedenfalls haben diese Leute eine ganze Menge Geld zu waschen, äh, zu investieren, und beschließen, ins Immobiliengeschäft zu gehen. Sie gründen höchstwahrscheinlich eine Scheinfirma und fangen an, Grund zu kaufen, guten Grund mit guter Investitionsrendite. Aber es gibt ein paar Probleme.« Ich zerschnitt meine Eier mit dem Messer – sie waren steinhart.

»Hey!« Ich sah mir Decks Eier an. Er hatte sie anders bestellt als ich. Ich bin Privatdetektivin, und ich schwöre, trotz meines professionellen Scharfblicks konnte ich keinen Unterschied feststellen.

»Was?«

»Die Eier. Ich lass' meine zurückgehen.«

»Dann kannst du auch gleich das Mittagessen bestellen. Der Koch macht sie, wie er grade aufgelegt ist. Es ist egal, was du bestellst.«

»Warum fragen sie dann überhaupt?«

Er lachte. »Woher soll ich das wissen? Vielleicht ist es gnauso wie bei vielen anderen Dingen im Leben, wo man den Leuten die Illusion vermitteln möchte, daß sie genau das bekommen, was sie wollen, das, was sie bestellt haben. Hat doch keinen Zweck, wenn man sagt: ›Das Leben ist ein Sandwich mit Scheiße. Wie hätten Sie's denn gern? Mit Toast, Weizen- oder Roggenbrot?‹«

»Ein Sandwich mit Scheiße? So schlecht ist das Leben auch wieder nicht.«

Er zuckte mit den Achseln. »Zurück zu deiner Geschichte. Wo liegen die Probleme?«

»In der Erschließung. Der Grund, in den sie investiert haben, ist für andere Nutzungszwecke ausgewiesen, als sie das eigentlich möchten. Aber sie überlegen sich – und die Überlegung stellt sich als richtig heraus –, daß man diese Frage mit ein wenig Überzeugungskraft lösen kann. Und diese Überzeugungskraft folgt nicht unbedingt den bekannten Regeln des Anstands und der Gesetzestreue.«

Deck aß den letzten Bissen Eier und Würstchen und schüttete ungefähr einen halben Liter Sirup über seine Pfannkuchen. Vielleicht gab's hier nicht gerade Qualität, aber die Quantität ließ nichts zu wünschen übrig. Wahrscheinlich war das der Ausgleich für etwas; ich war mir nicht sicher, für was.

»Sprich weiter. Ich hör' dir zu.«

»Nehmen wir mal an, ein Anleger von außerhalb der Stadt beteiligt sich – keine große Sache. Er ist ein Geschäftsmann, aber er spielt das Spiel nicht so clever, wie er es eigentlich könnte. Er übersieht die Tatsachen, die klar auf der Hand liegen, und für ihn sind zwei plus zwei drei. Du verstehst, was ich meine.«

»Und er hat mit deiner Freundin mit dem persönlichen Problem etwas zu tun?«

»Ja, genau.«

Deck grunzte und tunkte den letzten Bissen Pfannkuchen in den letzten Rest Sirup. Wie hatte er das bloß gemacht? Verdammt, ich wünschte, ich hätte besser aufgepaßt. Ich bin der festen Überzeugung, daß etliche Mysterien des Lebens sich in Gestalt von ganz alltäglichen Problemen manifestieren – zum Beispiel, daß Pfannkuchen und Sirup, Plätzchen und Milch gelingen. Wenn man genug davon löst, hat man's geschafft. Ich setzte meinen Überlegungen ein Ende.

»Nehmen wir mal an, daß der Typ zu allem Unglück noch so cool ist wie ein Rhinozeros in der Brunft. Er bekommt heraus...«

»Oder jemand sagt ihm?« Deck schaute mich mit hartem Blick an.

»Ja, auch möglich.« Ich sah keine Notwendigkeit, irgend etwas zuzugeben, was ich nicht mußte. »Er bekommt heraus, daß das Geschäft nicht so astrein ist, wie man ihm weismachen wollte. Er geht zu dem Mann ganz oben, sagt ihm, daß er da raus will, sagt ihm, warum. Er hat die Hosen voll, und das kann jeder sehen.«

»Hmmm.«

»Gut. Am selben Tag ruft er seine Frau an und erklärt ihr, daß alles in Ordnung ist. Er will mit dem Geld im Gepäck den nächsten Flug nach Hause nehmen.«

»Und?«

»Und am nächsten Tag wird er umgebracht. Es sieht aus wie ein Unfall.«

»Unfälle passieren.«

»Ja, das stimmt. Aber Morde auch.«

»Wie passiert die Sache?«

»Er fällt aus dem sechsten Stock eines Neubaus.« Deck warf mir einen scharfen Blick zu. »Er ist mit zwei Leuten zusammen, die beide mit der Scheinfirma zu tun haben und die beide schwören, daß es ein Unfall war. Es ist gut möglich, daß sie bei dieser Sicht der Dinge ein bißchen nachgeholfen haben.«

»Und was willst du von mir wissen?«

»Nichts. Nur: Wenn du die Geschichte zu Ende erzählen müßtest, wie würdest du das machen?«

»Ich würde sagen, man fragt lieber nicht nach. Und ich würde alle Personen, die mir was bedeuten, aus der Geschichte rausnehmen, so schnell's geht. Weißt du, ein Unfall kommt selten allein.«

»Was weißt du über...«

»Hör mir zu, Kat. Das ist kein Spiel. Wenn du weitermachst, könnte die nächste Geschichte, die du hörst, wirklich eine Gutenachtgeschichte vor einem langen Schlaf ohne Träume sein.«

»Was weißt du über...«

»Kat!«

»Ich hör' dir ja zu, Deck, aber laß mich ausreden. Dann hör' ich dir weiter zu. Was weißt du über Don Blackford?«

»Du hast ihn über mich kennengelernt, und darüber bin ich überhaupt nicht glücklich.« Er klang wirklich nicht sonderlich glücklich. »Ich kenne ihn. Ich arbeite für ihn. Aber ich kann ihn nicht leiden. Seine Gesellschaft ist nichts für dich.«

»Er hat mich angerufen.«

»Und?«

»Ich habe vor, mit ihm zu reden.«

»Warum?«

»Um ein paar Dinge zu klären. Er scheint in der Geschichte, die ich dir erzählt habe, eine Rolle zu spielen.«

»Er frißt süße kleine Mädchen wie dich zum Frühstück. Verlaß die Stadt.«

»Ich will nur mit ihm reden, Deck.«

»Für ihn und sein Spiel gibt es kein ›nur‹. Fahr nach Hause.«

Die Kellnerin kam mit der Rechnung und der Kaffeekanne. Ich griff schon ganz automatisch nach den Servietten. Deck zahlte für das Frühstück und ignorierte meinen Protest.

»Ich spiel' das Spielchen in dieser Stadt schon lange genug. Ich kenne die Einsätze. Und wenn die Chancen schlecht stehen, zieht man sich eben zurück, und zwar dankbar dafür, daß man das Verhängnis früh genug gesehen hat. Es gibt einfach Spiele, die man nicht gewinnen kann, und Geschichten, die kein Ende haben. Und hier haben wir eine davon.«

»Ich...« Er schnitt mir das Wort ab.

»Ich weiß, wovon ich rede, Kat. Ich hab' schon andere Leute gesehen, die solche Geschichten wie du schreiben wollten. Sie haben auch ihr eigenes Ende geschrieben, aber es ist dann nie so gekommen, wie sie es geschrieben haben. Das Ende ist immer das gleiche, und es geht immer so hinaus, daß keiner mehr da ist, der es erzählen könnte.«

Ich hatte nichts Neues erfahren, aber ich war gewarnt. Manchmal läuft's eben so.

»Danke für das Frühstück, Deck.«

»Ja. Gern geschehen.« Er legte ein paar Scheine als Trinkgeld auf den Tisch. Ich rückte sie ein bißchen zurecht, so daß sie in einer Kaffeepfütze landeten, und sah voller Befriedigung zu, wie sie allmählich aufweichten und graubraun wurden. Wir gingen zum Parkplatz hinaus.

»Bis bald, Kat. Melde dich, wenn du wieder in die Stadt kommst. Du hast noch ein Abendessen gut.«

»Danke, Deck.«

Er umarmte mich, und ich spürte, wie meine Schultern allmählich zu Matsch wurden. Außerdem hatte ich ein schlechtes Gewissen, weil ich ihn in dem Glauben ließ, daß ich nach Hause fliegen würde. Ich ignorierte beides und ging zu meinem Wagen.

»Hey, Kat.« Ich drehte mich um. »Was ist in einem Sidecar?«

»Was? Ach so. Brandy, Triple Sec, Sweet and Sour und Limone – mit Zuckerrand und Kirsche. Aber den trinkt kein Mensch mehr.«

Er grinste und winkte, und ich winkte zurück – zu ihm und den Erinnerungen.

15

Liebe Charity,

kürzlich habe ich im Park ein kleines Kind gesehen, das einem riesigen Hund hinterherlief und ihn dann an den Ohren zog. Zum Glück war das Tier friedlich. Warum bringen Eltern ihren Kindern nicht bei, vorsichtig zu sein?

Eine Erstaunte

Liebe Erstaunte,

viele Eltern wissen es einfach nicht besser. Vielleicht lesen sie ja Ihren Brief. Ich bin ganz Ihrer Meinung, daß es ein Fehler ist, wenn man etwas an den Ohren zieht, das größer ist als man selbst.

Charity

Die Adresse stand in der Zeitung, so daß ich die Baustelle ganz leicht fand. Ein riesiger Kran arbeitete an dem Hotel, das inzwischen sieben Stockwerke hoch war und noch immer wuchs. Die Baustelle sah geschäftig und gut geführt aus. Niemand hing nur in der Gegend herum und streckte den Kopf in die Höhe, um auf Morde zu warten. Ein Zyklonzaun umgab den ganzen Bereich, und das Doppeltor stand offen für Lieferwagen. Ich ging hinein, kam aber nicht weit.

»He, Sie da!« brüllte mir ein Kerl über den ohrenbetäubenden Lärm hinweg zu. Aber auch unabhängig davon hatte er ein paar Dezibel zuviel drauf. Seine Schultern waren ungefähr einen Meter breit, und ich hatte noch nie zuvor jemanden gesehen, dessen Körper wirklich fast viereckig war.

»Da dürfen Sie nicht rein«, schrie er mir zu. »Betreten verboten. Außerdem sind Schutzhelme vorgeschrieben.«

»Wo ist der Polier?« schrie ich zurück.

»Da drüben, der mit dem gelben Helm, Mr. Bremmer.« Er deutete auf ihn und verlor dann das Interesse an mir. Ich machte mich auf den Weg zu dem gelben Helm.

»Mr. Bremmer?« Er stand mit verschränkten Armen da und sah zu, wie ein Lastwagen entladen wurde. Ich mußte zweimal rufen, bevor er mich hörte und sich umdrehte.

»Mr. Bremmer, ich heiße Kat Colorado.« Er runzelte die Stirn.

»Presse?«

»Nein, ich...«

»Da rein.« Er deutete auf einen Baucontainer. Ich nickte und folgte ihm hinein. Er schloß die Tür. Der Lärm klang nur noch gedämpft herein, und es war kühler.

»Viel leiser und kühler hier drin. Wie heißen Sie noch mal?« Ich sagte es ihm. Er beugte sich über einen großen Schreibtisch aus Metall, womit er nun ungefähr auf gleicher Höhe mit mir war, und sah mich an, ohne mit der Wimper zu zucken. Ich hatte nicht das Gefühl, daß er über das Zusammentreffen mit mir sonderlich erbaut war.

»Was kann ich für Sie tun, Miß Colorado?«

»Ich bin eine Freundin von Charity Collins, der Frau – Witwe«, verbesserte ich mich selbst, »von Sam Collins, der gestern hier ums Leben gekommen ist.« Sein Gesichtsausdruck veränderte sich, aber ich konnte ihn nicht deuten.

»Das war furchtbar, einfach furchtbar. Manche verbringen ihr ganzes Leben auf der Baustelle, und das Schlimmste, was ihnen passiert, ist, daß ihnen ein Hammer auf den Zeh fällt. Andere...« Er sprach langsamer. »Wir haben in letzter Zeit eine Pechsträhne mit Unfällen gehabt, aber nie so was Schlimmes, keine Toten. Ich führe hier ein ziemlich strenges Regiment, deshalb kann ich mir gar nicht vorstellen, wie...« Er unterbrach sich selbst. »Aber das interessiert Sie sicher nicht. Ich kann Ihnen ehrlich nicht sagen, wie leid mir das alles tut. Wirklich.« Er machte wieder eine Pause. Ich wartete.

»Hat er Kinder?«

»Nein.«

»Wenigstens etwas. Ich muß immer an meine Kinder denken, wenn so was passiert...« Wieder schwieg er einen Augenblick. »Ist seine Frau hübsch?«

»Ja.«

»Schade. Verdammt schade.« Ich fragte mich, warum es wohl schlimmer war, eine hübsche Witwe zu sein als eine häßliche. Mir fiel keine Antwort darauf ein. »Ich tue, was ich kann, aber...« Er breitete die Arme mit einer hilflosen Geste aus. »Sie haben gesagt, ich soll mit niemandem darüber reden«, fügte er plötzlich hinzu.

»Sie?«

»Die Unternehmensleitung. Wahrscheinlich haben sie Angst vor einer Anzeige. Ich soll alle an die Anwälte der Firma weiterverweisen.«

»Darum geht's hier nicht, Mr. Bremmer.«

»Sagen Sie Ollie zu mir.«

»Ollie. Es ist nur, weil seine Frau...«, ich ließ meine Stimme ein wenig belegt klingen, »gerne was über die letzten Momente in seinem Leben erfahren hätte, was er gesagt hat und...« Ich brach mitten im Satz ab.

»O Gott.« Er deutete auf einen einfachen Holzstuhl, und ich setzte mich. »Kaffee?«

»Danke. Mit Milch, wenn's geht.« Er füllte zwei Tassen und schüttete einen riesigen Teelöffel voll Milchpulver hinein. Mir kam das kalte Grauen. Er reichte mir den Kaffee und klopfte mir auf die Schulter, weil er offenbar den Eindruck hatte, daß ich völlig vom Schmerz überwältigt war. Das stimmte auch, aber nicht wegen Sam, sondern wegen dem Milchpulver. Hätte ich doch schwarzen Kaffee verlangt!

»Sie haben ihn sicher auch gekannt?« fragte er mich voll Mitleid in der Stimme. Ich versuchte, traurig zu nicken. »Wie kann ich Ihnen helfen? Was kann ich Ihnen sagen?«

»Wir konnten uns einfach nicht erklären, warum er hier war. Soweit seine Frau wußte, hatte er keine Geschäfte in dieser Gegend zu tätigen.«

»Da kann ich Ihnen nicht besonders viel helfen. Trainor Construction gehört Ed Trainor. Und ich habe gehört, wie er Collins gefragt hat, ob er nicht an einem Geschäft hier draußen Interesse hätte. Dann hat mich jemand was gefragt. Deswegen habe ich keine Einzelheiten mehr über das Geschäft mitbekommen.« Er schlürfte laut an seinem Kaffee.

»Ed wirft normalerweise mit solchen Angeboten nicht gerade um sich, obwohl ich im großen und ganzen nicht so viel Ahnung habe, was in dem Geschäft eigentlich vor sich geht. Ich weiß letztlich nur in meinem eigenen Bereich Bescheid. Ich glaube, ich habe gehört, wie Collins gesagt hat, nach diesem Geschäft könnten sie über das nächste reden. Das ist alles, was ich mitbekommen habe. Sie sollten mit Ed sprechen, aber der ist grade ein paar Tage lang nicht in der Stadt.«

»Wieso waren Sie im sechsten Stock? Das waren doch Sie, Sam und Mr. Trainor, nicht wahr?«

»Ja, stimmt. Dazu kann ich Ihnen auch nicht viel sagen. Ich hatte den Eindruck, daß Ed Collins ein mögliches Baugelände zeigen wollte. Von dort oben hat man eine gute Aussicht, und außerdem ist es viel leiser da.«

»Schließt Mr. Trainor seine Geschäfte immer so ab?«

Er zuckte mit den Achseln, und ich konnte sehen, daß er das nicht glaubte oder zumindest nicht viel von der Idee hielt.

»Es gibt viele Bauunternehmer, die sich ein Geschäft gern von allen Seiten ansehen.«

»Und Sie?«

»Ich hatte andere Dinge zu tun. Es war viel los, den ganzen Tag Lieferungen, Auftragsänderungen, Fehler. Ich wollte mich eigentlich ausklinken, aber Ed bestand darauf, und schließlich ist er der Chef.«

»Was ist passiert, Ollie?«

»Ich wünschte, ich könnte es Ihnen sagen – ich bin Ihnen keine große Hilfe, nicht wahr?« Er lächelte reuig. »Ich bin auf die Südseite hinüber, um eine Lieferung zu beobachten. Die anderen waren auf der Westseite, und von da ist Sam auch heruntergefallen. Ich war grad' ein oder zwei Minuten weg, da habe ich Rufe gehört und dann einen Schrei. So wahr mir Gott helfe: Ich will nie wieder so einen Schrei hören.« Er schwieg.

Ich nickte benommen. Mir war das ganze Blut aus dem Kopf gewichen und hinunter in meine Füße gewandert, so daß ich gleichzeitig einen schwebenden Kopf und Bleifüße zu haben schien. Einmal war genug, und ich wollte diesen Schrei auch nicht hören.

»Ich bin sofort hinübergerannt. Eigentlich hab' ich hochgeschaut, als ich den Schrei gehört habe. Aber ich konnte nicht viel sehen, weil mir die Balken die Sicht genommen haben. Ich hatte das Gefühl, daß jemand mit den Armen wie wild um sich schlug, aber ich könnte nicht sagen, zu wem die Arme gehörten. Als ich hinkam, stand Ed an der Kante. Ich hab' hinuntergeschaut, und – egal. Jedenfalls war es alles andere als ein schöner Anblick. Ich hab' gesehen, wie jemand ins Büro gerannt ist, um den Krankenwagen zu rufen, also hab' ich mich zu Ed umgedreht. Er war ziemlich mitgenommen, hat gezittert wie Espenlaub und immer wieder gesagt ›o mein Gott, mein Gott‹ – wie ein Papagei, der nur einen einzigen Spruch kann.« Er machte eine Pause und rieb sich die Augen, als könnte er damit die Erinnerung auslöschen.

»Ich hab' ihn von der Kante zurückgezogen, ein Unfall reicht. Dann hab' ich ihn gefragt, was passiert ist. Er hat noch eine ganze Weile seinen Papageienspruch aufgesagt, bis ich ihn an der Schulter gepackt und geschüttelt habe. Dann hat er mit seiner Stotterei aufgehört, aber er hat immer noch gezittert.«

»Schock?«

»Wahrscheinlich. Ich hab' ihn noch mal gefragt, und er hat gesagt: ›Ollie, ich weiß es nicht. Ich weiß es einfach nicht. Wir haben uns unterhalten, und er ist zur Kante rübergegangen und ist gestolpert oder so. Ich hab' versucht, ihn zu erwischen, aber es ist alles so schnell gegangen.‹ Dann hat er wieder mit seinem ›o mein Gott, mein Gott‹ angefangen, also hab' ich ihn hinuntergebracht und zu jemandem ins Büro gesetzt. Danach bin ich rausgegangen und hab' auf den Krankenwagen gewartet. Es war keine Hoffnung mehr, aber irgendwie war's auch nicht richtig, ihn einfach da liegen zu lassen. Irgend jemand hat ihn mit einer Plane zugedeckt«, fügte er noch hinzu.

»Gab's da oben irgend etwas, worüber man hätte stolpern können?«

»Ich hab' nachgeschaut. Die Polizei hat die gleiche Frage gestellt. Wir sind alle rauf und haben nachgesehen, aber da war nichts, gar nichts. Es ist ein glatter Boden aus Beton.«

»Wie schnell war die Polizei da?«

»Die Polizei und der Krankenwagen waren innerhalb von fünf Minuten da.«

»Mit wem hat die Polizei gesprochen?«

»Mit allen auf der Baustelle.«

»Waren Sie auch dabei?« Er nickte. »Und was hat man herausgefunden?«

»Sie haben gefragt, ob irgend jemand was gesehen oder gehört hat.«

»Und?«

»Niemand hat was gesehen oder gehört. Sie sehen ja selbst, wieviel hier los ist und wie laut es ist. Ich hab' ein gutes Team. Die Kerle arbeiten, die stehen nicht in der Gegend rum und halten Maulaffen feil.«

Ich nickte. Die Antwort überraschte mich nicht und die Polizei wahrscheinlich auch nicht.

»Ist Ihnen irgendwas Verdächtiges aufgefallen, Ollie?«

Er runzelte die Stirn. »Wie meinen Sie das?«

»Könnte es zum Beispiel Selbstmord gewesen sein?« Sein Gesicht entspannte sich.

»Unsinn, Miß...«

»Kat«, unterbrach ich ihn.

»Unsinn, Kat, das wissen Sie besser als ich. Die Wahrscheinlichkeit ist nicht mal eins zu eine Million. Er schien sich über irgend etwas zu freuen, ja richtig erregt zu sein. Wenn jemals ein Mensch glücklich darüber war, am Leben zu sein, dann er. Ich erinnere mich sogar, daß er irgendwas von Mittagessen gesagt hat, daß er Hunger hat, und wo man am besten hingehen könnte. So was sagt man nicht, wenn man vorhat, Selbstmord zu begehen.«

»Nein«, stimmte ich ihm zu, »da haben Sie recht.« Und was ist mit Mord? Aber das sagte ich lieber nicht. Es brachte mich nicht weiter, und es würde meine Vertrauensbasis mit Ollie zerstören.

»Und die Polizei hat sich damit zufriedengegeben?«

»Soweit ich weiß, ja. Jedenfalls haben sie mir gegenüber nichts Gegenteiliges erwähnt. Als sie weg waren, hab' ich allen den Rest des Tages freigegeben. So was geht den Leuten ganz schön in die Knochen, und es ist besser, wenn man dann erst mal 'ne Pause macht. Außerdem ist es auch eine Frage des Anstands.« Er machte eine hilflose Handbewegung. »Bitte sagen Sie seiner Frau, wie leid mir die Geschichte tut. Wirklich.«

Ich nickte. »Ollie, hat Sam irgend etwas gesagt, was er gerade macht oder was ihn beschäftigt oder so?«

»Nein, wieso sollte er auch. Das war bloß das übliche Geschäftsblabla. Vielleicht haben Ed und er sich auch noch über was anderes unterhalten, aber wenn, war ich nicht dabei.«

»Wo ist es passiert?«

»Ich kann es Ihnen zeigen. Ich kann Sie auch hinaufbringen.« Mir lief es kalt den Rücken hinunter. »Nein, lieber nicht. Sie können's von unten genausogut sehen. Wollen Sie sich's gleich anschauen?«

»Warum nicht.« Mir sank der Mut. Ich war nicht recht zufrieden darüber, daß ich nicht in den sechsten Stock hinauf wollte. Ich versuchte, mir einzureden, daß das nur ein Narr machen würde, aber es klang dumm. Ollie war nun wirklich der letzte, dem ich einen Mord zugetraut hätte. Ha, sagte mir eine innere Stimme, die schauen nicht alle wild und düster drein. Was war zum Beispiel mit Charles Whitman? Er hat doch ganz in Ordnung ausgeschaut. Den meisten Leuten sieht man's nicht an, man denke nur an Richard Speck oder Charles Manson.

Auf dem Weg nach draußen gab Ollie mir einen Schutzhelm. »Das ist so ziemlich der kleinste, den wir haben.« Er war immer noch ganz schön groß, aber wenigstens konnte ich darunter hervorlugen. »Da lang«, schrie er. Ich nickte und folgte ihm und schob dabei immer wieder den Helm zurück. Ein schriller Pfiff durchdrang den geistlosen Mißklang der Baustelle, und Stille kehrte ein. Mittagspause. Nach dem ganzen Lärm klang die Stille plötzlich laut.

»Da ist er aufgeschlagen.« Ich betrachtete einen Fleck auf dem Boden, der auch nicht anders aussah als alle anderen rund herum. »Ich hab' das Loch auffüllen und planieren lassen.« Ich schluckte. Natürlich.

»Sehen Sie«, sagte er und deutete dabei nach oben, »da droben sind sie gestanden. Dazwischen ist nichts, was seinen Sturz hätte bremsen können.«

»Nein.« Ich stellte mir eine Gestalt vor, deren Arme und Beine verzweifelt und ohne Hoffnung ins Leere griffen, und wie sie schließlich ausgestreckt durch einen heiteren, wolkenlosen Sommertag fiel. Ich erschauerte in der Hitze. Die Sonne auf meinem Rücken fühlte sich warm und höchst willkommen an.

»Was ist Ihrer Meinung nach passiert, Ollie? Ein Mann, besonders einer in diesem Geschäft, stellt sich nicht im sechsten Stock an die Kante und stolpert dann. Den meisten von uns, und zwar in jedem Beruf, ist das Leben dafür zuviel wert.«

»Keine Ahnung, und ich hab' auch keine bessere Erklärung parat. Ich stimme Ihnen zu, aber ich weiß nicht, wie es sonst passiert sein könnte.«

»Die Autopsie wird zeigen, ob er Alkohol getrunken oder irgendwelche Drogen genommen hat. Was hatten Sie für einen Eindruck?«

»Ich würde sagen, nein, und ich hab' einen Blick für so was. Den muß ich hier haben. Der Job ist auch ohne so einen Risikofaktor schon gefährlich genug.«

Wir standen eine Weile mit den Händen in den Taschen in der Sonne. Es war nicht mehr viel zu sagen.

»Tja«, meinte ich und knüpfte wieder an meine anfängliche Geschichte an, »ich glaube, ich kann seiner Witwe sagen, daß er kurz vor seinem Tod ruhig und ausgeglichen gewirkt und Interesse am Leben und an einem neuen Geschäft hatte.« Ich schob den Schutzhelm ganz in den Nacken zurück und sah Ollie an.

Er nickte. »Ich wünschte wirklich, daß ich Ihnen mehr sagen könnte, aber das kann ich nicht.«

»Danke für Ihre Zeit und Mühe, Ollie.« Ich suchte in meiner Tasche herum, bis ich eine Visitenkarte fand, auf der ›Beraterin‹ und nicht ›Privatdetektivin‹ stand. »Wenn Ihnen noch etwas anderes einfällt, rufen Sie mich doch bitte an.« Er nahm die Karte, sah sie sich genau an und steckte sie in seine Brieftasche.

»Klar, aber ich glaube nicht, daß mir noch was einfällt.« Wir gaben uns die Hand, und ich ging weg. Ich war vielleicht zwei Meter weit gekommen, als ich mich wieder umdrehte.

»Nicht meine Größe.« Ich gab ihm den verbeulten alten Schutzhelm zurück.

»Sagen Sie mir Bescheid, wann und wo die Beerdigung ist, ja? Die Firma würde gern Blumen schicken oder so. Das ist zwar nicht viel, aber...«

Ich versprach es ihm. Ich würde wetten, daß Speck und Whitman keine Blumen geschickt haben. Bei Manson bin ich mir sogar ganz sicher.

16

Liebe Charity,

wie sieht die Etikette bei einem Geschäftsessen aus? Kommt das Geschäft zuerst oder das Vergnügen?

Ein Unsicherer

Lieber Unsicherer,

warum können Sie denn nicht gleichzeitig essen und sich unterhalten? Eine Warnung: Trinken Sie nie mehr als zwei Martinis und putzen Sie sich bei Tisch nicht die Nase. Das ist nichts Neues, aber Sie würden sich wundern, wie viele Leute das vergessen.

Charity

Draußen auf der Baustelle war mir kalt gewesen – außen hatte ich geschwitzt, aber innerlich hatte ich eine Gänsehaut gehabt, obwohl es sicher heißer als vierzig Grad war. Als ich jetzt zum Wagen zurückging, war mir heiß, sehr heiß, und ich war überhaupt nicht gut drauf.

Ich konnte Sams Schrei fast in der flirrenden Hitze hören, und ich spürte Ollies trauriges Mitgefühl, Charitys Verwirrung und Hanks Wut und Verbitterung. Und meine eigene. Die Geschichte mit Cissy lag schon lange zurück, und ich war fertig damit, aber da war noch Jack. Jack und das Stück von meinem Herzen, das er mir aus dem Leib riß, als er ging. Was für ein Souvenir. Es war ausgerechnet Valentinstag. Und was für einer.

Kurz bevor ich das Auto erreichte, entdeckte ich das Metropolis, einen alten Drugstore. Natürlich war er nicht wirklich alt. Nur neu auf alt gemacht. Und er stank nach Geld und aufgesetztem Charme wie eine Edelnutte. Durch das große Panoramafenster sah ich eine Theke mit einer altmodischen Saftmaschine. Und dazu einen Saftsack hinter dem Tresen, der nicht sonderlich viel von Saft zu verstehen schien. Ich ging hinein und bestellte ein Vanilla Coke. Im Hintergrund war Musik aus den Fünfzigern zu hören, die Platters mit ›Smoke Gets in Your Eyes‹. Aber die Preise waren definitiv aus den Achtzigern. Ich trank das Cola auf einen Zug aus und bestellte noch eins.

Normalerweise bin ich ganz zufrieden mit meinem Leben. Ich mag meinen Beruf. Ich bringe gern Ordnung in das Durcheinander, Unwissen oder in Gesetzwidrigkeiten. Ich arbeite nur für Leute, die mir irgendwie sympathisch sind, und auch das gefällt mir: der Gedanke, zu den Guten zu gehören, für die Guten zu arbeiten, etwas zur Herstellung des kosmischen Gleichgewichts beizutragen. Heute hatte ich den Geschmack von Asche und Staub auf der Zunge. Und von Vanille. Und ich konnte immer noch Sams Schrei hören.

Wenn ich mich in einer solchen Verfassung befinde, hilft es gewöhnlich, daß ich nach Hause gehe und ein bißchen im Garten werkle. Ich habe ein kleines Holzhaus jenseits von Raum und Zeit. Dort scheinen die Uhren noch langsamer zu gehen. Auf der Weide neben meinem Haus stehen Pferde, und ein Stückchen weiter die Straße hinunter gibt's Ziegen und Hühner. In dem Garten oder in dem ruhigen Haus mit den schönen, abgetretenen Orientteppichen, den viktorianischen Möbeln und den Spitzendeckchen meiner Großmutter kann ich vergessen.

Dort kann ich Salat und frisches Brot aus Sauerteig essen und draußen im Hof Weißwein trinken, wenn es abends langsam kühler wird. Dann liegt der Duft von Rosen in der Luft, die Tomaten riechen süß und stechend, wenn man an ihren Blättern vorbeistreift, und aus der Umgebung dringt das Aroma der Holzkohlenfeuer schamlos und verführerisch herüber.

Pech. Ich war weit weg von zu Hause.

Mir war ein bißchen schlecht von den zwei Vanilla Coke, aber in der Stimmung, in der ich mich befand, hätte ich fast noch ein drittes bestellt. Verstimmung und Leichtsinn liegen bei mir sehr nahe beieinander. Und das war nicht gut. Überhaupt nicht gut.

Ich erhob mich von dem Barhocker aus den Fünfzigern. Er drehte sich nicht, also wußte man gleich, daß er unecht war. Ich ging zu dem Telefon im Stil der Fünfziger hinüber. Ja, Mr. Blackford war da, wer war bitte am Apparat? Der Empfangsdame gelang es, gleichzeitig arrogant und pampig zu klingen. Sie legte mich auf die Warteleitung, und ich lenkte meine Aufmerksamkeit wieder auf den Drugstore, wo die Shirelles sich gerade musikalisch fragten, ob jemand sie auch morgen noch lieben würde. Dann untersuchte ich das Innere der Telefonzelle auf Graffiti aus den Fünfzigern. Ich fand nichts. Natürlich. Also grinste ich spöttisch und stimmte den Shirelles zu, daß uns morgen niemand mehr lieben würde. Deprimierend.

»Miß Colorado, schön, daß Sie anrufen.« Seine Stimme war weich wie fünfzehn Jahre alter Scotch.

»Was kann ich für Sie tun, Mr. Blackford?« Ich war kühl und geschäftsmäßig, aber ich erinnerte mich an die Grübchen.

»Können wir das beim Lunch besprechen? Haben Sie schon was gegessen?«

Ich mußte einen Augenblick überlegen. Hatte ich schon was gegessen? Nein, das war das Frühstück gewesen. »Ja und nein, in der Reihenfolge.«

»Gut. Paßt Ihnen das Plumed Serpent?«

»Klar. Obwohl das sehr nach einem Restaurant klingt, für das ich nicht richtig gekleidet bin.« Ich warf einen Blick auf meine weiße Baumwollhose, die heute morgen noch ganz passabel ausgesehen hatte, aber inzwischen von der Baustelle ganz verstaubt war. Ich wußte, daß mein Gesicht jetzt rosarot war und die Haare völlig durcheinander. Und die grüne Seidenbluse klebte vorne und hinten an mir, daran gab es nichts zu deuten.

»Unsinn«, sagte er. Ich hörte das Lächeln hinter seinen Worten. Es war sexy. Und sicher sah man jetzt auch wieder die Grübchen. »Sagen wir, in vierzig Minuten?« Ich sagte ja und legte auf. Aus irgendeinem Grunde schlug mein Herz ein klein wenig schneller – noch ein Hinweis darauf, daß ich leichtsinnig war.

Das Plumed Serpent war schick und elegant und bildete einen interessanten Kontrast zu dem D.-H.-Lawrence-Ambiente, auf das sein Name offenbar anspielte. Es war in Malve und Grau gehalten und mit herrlichem Leinen und Kristall ausgestattet. In diesen Räumen waren Schönheit und Macht etwas Selbstverständliches. Die grelle Neonwelt gehörte einem völlig anderen Universum an. Ich fiel zwar nicht unbedingt unangenehm auf, aber ich paßte auch nicht so recht in diesen Rahmen. Das war in Ordnung. Das bin ich gewöhnt.

Ich war pünktlich, aber er war noch vor mir da. Der Oberkellner brachte mich mit unterwürfiger Miene zu seinem Tisch. Blackford sah von der Speisekarte hoch und stand auf.

»Miß Colorado, schön, Sie zu sehen.« Er beugte sich vor, um mir die Hand zu geben. Der Händedruck war fest und kühl, doch ich spürte die Körperwärme dahinter. Ausstrahlung, nicht direkter Kontakt, dachte ich. Das schien wie ein Widerspruch in sich, aber ich hatte keine Zeit, weiter darüber nachzudenken. Ich schlüpfte auf meinen Platz.

»Was möchten Sie trinken?«

Mir lief ein Schauer den Rücken herunter. Ich kämpfte schon den ganzen Tag dagegen an. Ich bestellte ein Glas Weißwein, aber er machte die Bestellung rückgängig und verlangte statt dessen eine Flasche Dom Perignon. Wir tranken gesittet unseren Champagner, und dann kürzte ich ungesittet das Vorgeplänkel ab.

»Warum sind wir hier, Mr. Blackford?« Das war eine Suggestivfrage. Natürlich wußte ich, warum ich da war. Ich hatte nicht viele Anhaltspunkte, und ich hoffte, daß ich ihm irgend etwas Interessantes entlocken konnte. Ich wußte jedoch nicht, warum er da war und was er von mir wollte. Er lächelte und lehnte sich zurück. Der makellose Schnitt seines Hemdes ließ seine Brust äußerst vorteilhaft zur Geltung kommen, und dessen war er sich – da war ich mir sicher – genauso bewußt wie ich.

»Keine Höflichkeiten, kein Smalltalk?«

»Wenn Sie wollen. Aber ich könnte eigentlich darauf verzichten. Ich hätte gedacht, daß das auch Ihr Stil ist.«

»Im Geschäft natürlich schon, aber nicht bei einer schönen

Frau.« Die Grübchen blitzten zu mir herüber. Ich zog die Augenbrauen hoch. Das war ein bißchen dick aufgetragen.

»Soll ich jetzt die Verschämte spielen?«

Er lachte laut. »Ich muß gestehen, ich war – bin – fasziniert. Ich wollte Sie wiedersehen.«

»Und Sie sind gewohnt, das zu bekommen, was Sie wollen?«

»Warum nicht.« Das war eine Feststellung, keine Frage.

»Und was war so faszinierend, Mr. Blackford?«

»Sie unterschätzen Ihre Wirkung, Miß Colorado.«

»Nein, ich glaube nicht, daß ich das tue.« Ich lächelte. Das Grübchenspiel können auch zwei spielen.

Er lachte tief und rauh aus dem Hals heraus und beugte sich über den Tisch hinweg zu mir herüber. Er hatte die Ausstrahlung wieder eingeschaltet und die Macht und den Charme und den Sex. Ich spürte, wie das alles zu mir herüberdriftete – wie Morgennebel in Sacramento. Es steckte auch etwas Frostiges darin. Plötzlich wurde mir bewußt, daß der Kellner wartete.

»Was hätten Sie denn gerne?«

Ich las die Speisekarte, ohne etwas wahrzunehmen, und versuchte, mich aus dem Dunst zu lösen. Dann entschied ich mich für Hummersalat, obwohl ich hinterher immer ein schlechtes Gewissen habe. Ich kann einfach nicht glauben, daß sie nicht schreien, wenn sie spüren, wie ihnen der heiße Dampf und dann das kochende Wasser entgegenschlägt. Der Kellner schenkte uns Champagner nach und entfernte sich.

»Ich bin fasziniert von intelligenten Frauen mit Esprit.«

Er warf mir einen strahlenden Blick zu und schaltete den Sex wieder ein. Das waren wahrscheinlich Pheromone, und ich fragte mich, ob er sie einfach wie ein Radio ein- und ausknipsen konnte, wenn er wollte.

»Besonders Esprit. Die meisten Frauen sind nachgiebig; mir ist eine Herausforderung lieber.«

Ich fragte mich, was er wohl für Frauen kannte, warf dann innerlich einen Blick auf meine Umgebung und begriff – nur das Beste und Teuerste.

»Und wie sieht die Herausforderung aus?« Ich kannte die

Antwort schon, als ich die Frage stellte. Die Augen eines Mannes von einer Ranch ganz in der Nähe meines Hauses kamen mir in den Sinn. Lefty ritt Pferde zu. Wenn er fertig war, war ihr Blick leer, sie hielten den Kopf nicht mehr stolz in die Luft gereckt. Man konnte sich auf sie verlassen – sogar ein Dreijähriger hätte sie jetzt reiten können –, aber ihr Mut war dahin, ihr Wille war gebrochen.

»Ein richtiger Mann hat gern mit Ebenbürtigen zu tun.«

»Und er gewinnt gern.«

Er lächelte. »Natürlich.« Seine Augen war ein einziger dunkler, bodenloser Abgrund. Genau wie die von Lefty. Er hob das Glas, und wir tranken auf irgend etwas. Dann wurde das Essen serviert. Ich war froh, daß ich mich mit dem Essen beschäftigen konnte. Es war unglaublich leicht, sich die harten Hände, die kalte Kandare aus Stahl und den erbarmungslosen Druck vorzustellen.

»Was machen Sie beruflich, Mr. Blackford?«

»Warum denn so förmlich? Nennen Sie mich Don.« Er sagte das mit bemerkenswertem Charme, auch wenn er den Sex ausgeschaltet hatte. Ich nahm mit einem leichten Kopfnicken an. »Ich bin Unternehmer«, sagte er.

»Interessant. Auch wenn die Berufsbezeichnung ein bißchen vage ist.«

Er lachte, und seine Augen blitzten. Er hatte tatsächlich etwas für Herausforderungen übrig. »Ich habe ein Kasino, damit habe ich angefangen. Dann habe ich mich langsam noch ins Immobiliengeschäft und andere Branchen vorgewagt. Das Geschäft ist für mich wie eine Frau: nüchtern und willensstark, schamlos und albern, verführerisch und attraktiv. Ich kann mich nicht heraushalten, kann dem Spiel nicht widerstehen. Manchmal ist es gefährlich, und das macht es nur noch interessanter.«

»Gefährlich?« Ich nahm ein saftiges Stück Hummer auf die Gabel. Seine Todesschreie konnte ich leichter verdrängen als die von Sam.

»Finanzimperien baut man nicht mit Ehrlichkeit, harter Arbeit und dem Katechismus auf. Das ist ein Mythos, ja sogar eine Dummheit, die man am besten ignoriert. Und dieser

Mythos ist gefährlich, wenn man sich an ihm ausrichtet. Man kann eine ganze Menge Zeit auf solche Dummheiten verschwenden.« Er trank ziemlich viel und schenkte seinem Essen keine große Aufmerksamkeit. Der Champagner wäre es wert gewesen, den Gaumen zu umschmeicheln, aber er kippte ihn einfach in sich hinein. »Gewinnen ist alles.«

»Gewinnen Sie immer?«

»Niemand gewinnt immer.« Er zuckte mit den Achseln. »Aber ich verliere selten«, fügte er kryptisch hinzu. Er winkte dem Kellner, der eine weitere Flasche Champagner brachte und ohne Knall entkorkte. Mir gelingt so was nie.

»Manchmal übernehme ich einfach so zum Spaß eine Firma, die kurz vor dem Ruin steht. Es ist eine Herausforderung, den Karren wieder aus dem Dreck zu ziehen, und der Erfolg ist dann um so süßer.«

»Wollen Sie mir nicht ein Beispiel geben, damit ich besser verstehe, was Sie meinen? Ich habe gehört, daß Sie mit...«

Es waren nicht nur die Worte oder der Blick oder die Geste, obwohl jedes davon für sich gereicht hätte, mich in die Schranken zu weisen. Er lächelte liebenswürdig.

»Ich spreche nicht so übers Geschäft. Und schon gar nicht mit schönen Frauen.« Ich machte den Mund auf. Er schüttelte den Kopf. Ich machte den Mund wieder zu. Soweit also dieser Gedanke. Statt dessen aß ich den restlichen Hummer. Das elegante Ambiente war so etwas wie der Zuckerguß auf der bitteren Pille. Ich machte mir so meine Gedanken über die Pille. Oder Karamelsauce über dem Sandkuchen, den ein Kind gerade geformt hatte. Wunderschöne Fassade, aber...

»Hätten Sie gerne einen Nachtisch? Das Angebot ist vorzüglich hier.«

Ich verneinte – der Sandkuchen mit Karamelsauce ging mir nicht aus dem Kopf – und trank den kühlen, weichen Champagner. Er nahm Käsekuchen-Mousse-Parfait, was wie drei Nachspeisen klang, aber tatsächlich nur eine war – sicherlich zum Preis von dreien.

Danach hielten wir uns nicht mehr allzulange auf. Ich war zwar nicht sehr viel schlauer als zuvor, dafür aber um etliches satter. Blackford zahlte mit Scheck. Dann bahnten wir uns den Weg durch das sanfte Klappern von Silber auf Kristall, der Hintergrundmusik, zu der die Reichen zu speisen pflegen, hinaus. Seine Hand stützte meinen Ellbogen, an dem mir ganz heiß und kribbelig wurde. Ansonsten war mir immer noch kühl, und ich fröstelte. Ich freute mich über die Hitze der Wüste, die mir unerbittlich und erstickend, aber ohne Berechnung und böse Absicht ins Gesicht schlug. Ihr war es nicht wichtig, meinen Willen zu brechen.

»Wir werden bald einmal zusammen zum Abendessen gehen, Kat. Haben Sie eine Telefonnummer hier in der Stadt?« Seine Hand stützte noch immer meinen Ellbogen, während sein Daumen mir ganz zart über den Arm strich. Ich spürte, wie ich rot wurde. Seine unverfrorene Anmaßung ärgerte mich. Ich versuchte, der Situation geistig Herr zu werden, während mein Körper reagierte.

»Ich weiß noch nicht genau, was ich weiter tun werde«, sagte ich schließlich.

Er nahm es mit Stil hin. »Sie haben meine Nummer, und ich hoffe, Sie rufen mich an. Jederzeit. Ich würde mich freuen, wenn ich Ihnen die Stadt ein bißchen zeigen könnte.«

Ich bedankte mich für das Mittagessen, dann verabschiedeten wir uns. Ich spürte seine Fingerabdrücke auf meinem Ellbogen, die sich bis auf die letzte Linie in mein Fleisch eingebrannt hatten. Ich sehnte mich nach ein paar Schwimmzügen, aber ich wußte, daß ich Stunden von zu Hause entfernt war.

Dann also den zweitbesten Trost. Ich suchte mir eine Telefonzelle und kramte Hanks Visitenkarte aus meiner Handtasche.

»Detective Parker, bitte.« Ich wartete ein paar Minuten, bis eine vertraute Stimme aus der Leitung drang. »Hank, ich bin's, Kat.«

»Kat«, seine Stimme klang erfreut und glücklich. Langsam wurde es mir von innen wieder warm.

»Was machst du heut abend?«

»Nichts Besonderes, warum?«

»Können wir 'nen Cheeseburger essen und 'nen Milkshake trinken und hinterher vielleicht zum Bowling gehen?«

Eigentlich bin ich gar nicht so versessen auf Bowling, aber das war der gesündeste, normalste und alltäglichste Sport, der mir gerade in den Sinn kam.

»Darüber können wir uns noch unterhalten«, Hank klang ziemlich rätselhaft. »Aber wir können auf jeden Fall zusammen was unternehmen. Ist dir sieben recht?« Ich schnaubte ein wenig enttäuscht in den Telefonhörer. Sofort wäre mir um etliches lieber gewesen.

»Kat?«

»Sieben ist in Ordnung.« Ich log wie gedruckt.

»Gut, ich freu' mich.«

»Ich auch.« Wir legten auf. Dann trat ich hinaus in die Sonne, blieb Ecke Maryland Parkway/Flamingo stehen und versuchte, mich zu entscheiden, was ich als nächstes tun würde. Die Ampel schaltete dreimal von Rot auf Grün und wieder zurück, während ich innerlich folgende Alternativen diskutierte: Joe anrufen; versuchen, Ed Trainor ausfindig zu machen; Druck auf Mrs. Phillips ausüben; zu Joe und Betty hinausfahren und ein Verdauungsschläfchen halten.

Ich hörte das Quietschen von Reifen, und dann brüllte jemand etwas. Mein Frühwarnsystem war durch den Champagner betäubt, so daß ich nicht reagierte.

Leider.

17

Liebe Charity,

glauben Sie an Unfälle? Eine Freundin von mir sagt, daß es eigentlich keine Unfälle gibt, daß alles irgendwie zu einem großen, undurchschaubaren Plan gehört.

Tilly

Liebe Tilly,

wessen Plan soll das sein? Ja, ich glaube an Unfälle. Und ich glaube auch an Pläne. Ziemlich oft ist es schwer, beides auseinanderzuhalten.

Charity

Im letzten Augenblick meldete sich verschwommen eine instinktive Reaktion, und ich sprang zurück. Der Lieferwagen erwischte mich an der linken Seite, und ich flog durch die Luft. Ich hoffe immer, daß mein detektivischer Scharfblick selbst noch in solchen Extremsituationen funktioniert und daß ich alles Wichtige mitbekomme. Aber ich täusche mich jedesmal wieder. Es war ein Lieferwagen, und ich glaube, er war weiß. Soviel hatte ich gemerkt. Doch was ich viel stärker merkte, war der höllische Schmerz.

Ich flog ungefähr zweieinhalb Meter hoch (wie ich später erfuhr) und landete auf einer Markise mit grellpinken, dschungelgrünen und sonnengelben Streifen. Die Markise gehörte zu einem Straßencafé, das in der Sommerhitze natürlich keine Tische draußen, sondern nur drinnen und unter der Markise hatte.

Die Markise hielt mein Gewicht eine Weile aus (in solchen Augenblicken hat man ein verändertes Zeitempfinden) und riß dann. Ich fiel hindurch und auf den Tisch einiger Leute mit sehr erstaunten Gesichtern. Noch mehr Schreie. Ich glaube nicht, daß es die meinen waren, aber es könnte durchaus sein.

Das Mittagessen ist auf dem Tisch, sagte ich, oder vielleicht dachte ich es auch nur. Es gab viele Vielleichts rund um mich herum. Irgendwie war ein Teller Tomatensuppe auf meinem Arm gelandet; er fühlte sich warm und rot an – und etwas Weißes, Scharfes steckte darin. Ich versuchte, mich zu entschuldigen, aber es klang eher wie ein Stöhnen. Dann verlor ich das Bewußtsein.

> Sie fliegt durch die Luft
> voll Schwung und Elan,
> die furchtlose Frau
> im Zirkusbau...

Mein Kopf tat mir schrecklich weh, und ich wünschte, daß der, der dieses blöde Lied sang, damit aufhören würde. Um mich herum war es schwarz, und ich beschloß, die Augen aufzumachen. Aber langsam, weil ich dabei das Gefühl hatte, als veranstaltete eine Mannschaft von Bauarbeitern mit dem Preßlufthammer Übungen auf der Oberfläche meines Gehirns und der Rückseite meiner Augen. Ich machte es so langsam, daß sich überhaupt nichts tat. Zuerst dachte ich, ich hätte meine Lider gar nicht bewegt, doch dann merkte ich, daß es trotz der Bewegung immer noch schwarz war.

»Hey!« sagte ich, und der Preßlufthammer wechselte zu fortissimo staccato. Der Schmerz überrollte mich in Wellen, Dampfwalzen und Klippern, die den Preßlufthammer ablösten. Ohne es zu wollen, stöhnte ich. Wenigstens hatte dieses blöde Lied aufgehört.

»Schock«, sagte jemand. Eine kühle, trockene Hand nahm die meine. »Sie sind im Krankenhaus, und Sie sind am Kopf verletzt.« Was du nicht sagst, Sherlock, dachte ich, aber ich war zu schwach, um es auszusprechen. »Seien Sie ruhig und schlafen Sie noch ein bißchen.«

»Was ist passiert?« flüsterte ich, damit nicht wieder die Baustelle in meinem Kopf zu dröhnen anfing. »Ich möchte Hank und Joe und Betty sehen.« Und Cal. Verdammt, verdammt Cal, wenn's dich nicht gegeben hätte, wäre diese ganze Scheiße hier nicht passiert. Dann säße ich jetzt mit meinen Kindern und den Plätzchen zu Hause in der Küche. Ich hörte, wie er lachte und mich eine Lügnerin nannte. Na ja, vielleicht stimmte nicht alles. Aber das mit den Plätzchen war ernst gemeint.

»Ich gebe Ihnen jetzt eine Spritze, damit Sie schlafen.«

»Warum kann ich nichts sehen?« Ich versuchte, den Arm zu heben, um mein Gesicht und meine Augen zu fühlen. Warum konnte ich meine Arme auch nicht rühren?

»Bitte«, flüsterte ich. Ich versuchte zu reden, aber ich brachte wieder nur ein Flüstern heraus. »Bitte sagen Sie mir, was hier los ist.«

»Später«, sagte die Stimme beruhigend, und die kühle Hand nahm noch einmal die meine und fühlte meinen Puls. Wenigstens hatte ich noch einen Puls und einen Arm, auch wenn ich sie nicht spürte oder bewegen konnte. Aber ich spürte die Spritze.

»Bitte«, flüsterte ich, und dann fing das blöde Lied wieder an.

> Sie fliegt durch die Luft
> voll Schwung und Elan,
> die furchtlose Frau
> im Zirkusbau...

Ich schlief ein, bevor sie das Lied noch ein drittes Mal singen konnten. Wußten sie denn nicht, daß mir der Kopf weh tat? Jetzt war der Preßlufthammer wieder da – wie ein Chor im Hintergrund. Jack lächelte, Charity weinte, Ollie schüttelte den Kopf traurig, Don lachte. Und sie sangen alle wie ein wahnsinnig gewordener griechischer Chor. Hank streckte mir die Hand entgegen.

»Hank«, flüsterte ich, »tut mir leid, ich komm' heut abend zu spät zum Bowling.« Dann war ich wieder weg.

Als ich zurück ins Diesseits kam, war es hell. Das Licht schmerzte mich unerträglich in den Augen und freute mich gleichzeitig wie toll. Ich versuchte herauszubekommen, warum, und dann erinnerte ich mich an die Schwärze. Deshalb. Mein Herz hüpfte vor Freude auf und ab. Vorsichtig machte ich zuerst das eine Auge auf und dann das andere. Halleluja, sie funktionierten! Als erstes sah ich nach meinen Armen und zählte meine Finger genauso besorgt wie die Mutter die Finger ihres Neugeborenen. Dann sah ich nach meinen Beinen und zählte die Zehen.

Sie waren noch alle dran. Zehn von jeder Sorte und dazu ein nagelneuer Gips am linken Arm. Ich stieß einen Seufzer der Erleichterung darüber aus, daß es nicht schlimmer war, und wünschte mir sofort, das nicht getan zu haben. Meine Rippen fühlten sich lädiert an. Das erste Gefühl der Hochstimmung ließ nach, und der Schmerz machte sich allmählich wieder bemerkbar. Ich beschloß, ein bißchen zu stöhnen und zu sehen, ob das was half. Nicht schlecht. Ich probierte es gleich noch mal.

»Soso«, sagte eine forsche Stimme. Ich hatte die Augen geschlossen und machte mir nicht die Mühe, sie wieder aufzumachen, um zu sehen, was es war. Ich konnte mir schon denken, daß es weiß mit scharfen, gestärkten Kanten war. »Wie fühlen wir uns denn jetzt?«

»Wie aufgewärmte Scheiße.« Dieses gönnerhafte »Wir« versetzte mich immer in schlechte Laune.

»Ts, ts«, meinte die weiße Stimme mißbilligend, »so was sagt doch eine Dame nicht.«

Ich hätte ihr fast gesagt, daß sie sich verpissen soll, aber ich hielt mich gerade noch zurück. »Was ist passiert?«

»Na, na, meine Liebe. Der Arzt wird Ihnen schon alles sagen, was Sie wissen müssen.« Ich spielte wieder mit dem Gedanken, sie zum Teufel zu schicken.

»Was ist passiert?« fragte ich noch einmal geduldig. War ich zum Beispiel wirklich unter der Zirkuskuppel gewesen? War Jack da? Hatte mich ein Komet getroffen und war dann in ein pink-gelb-grünes Feuerwerk zerborsten? War es jetzt Zeit für Frühstück, Mittagessen, Abendessen oder Bett? Welches Datum hatten wir?

»Bitte«, sagte ich wieder, immer noch geduldig, »bitte sagen Sie mir nur...«

»Eine schöne Spritze zur Entspannung«, war das einzige, was sie mir sagte. Ich spürte die Injektion, merkte, daß ich in diesem Teil meines Körpers noch etwas fühlte, und driftete wieder weg. Diesmal sang Gott sei Dank niemand. Ich glaube, ich habe der Schwester doch noch gesagt, daß sie sich verpissen soll. Jedenfalls hoffe ich das.

Als ich wieder zu mir kam, hielt jemand meine Hand. Die Hand dieses Jemand war groß, schwielig und warm, nicht klein, hager und kühl. Ich machte die Augen auf.

»Nächstes Mal, wenn du Autoskooter fährst, setzt du dich lieber vorher selber in den Wagen.« Hank lächelte mich an, aber sein Lächeln war verkniffen, sein Blick besorgt.

»Okay. Hast du mir den Cheeseburger und den Schokoladenshake mitgebracht?«

»Das hab' ich vergessen.« Er beugte sich vor und küßte mich. Wie gut, daß es mich nicht am Mund erwischt hatte.

»Mmm, mach das noch mal, das regt meinen Kreislauf an.« Er machte es noch ein paarmal.

»Na schön, diesmal verzeih' ich dir die Sache mit dem Cheeseburger und dem Shake noch mal. Außerdem wollte ich Pommes«, fügte ich hinzu, »doppelte Portion Ketchup.«

Er küßte mich wieder.

»Na schön, ich lass' dir die Pommes auch noch durchgehen.« Wir grinsten uns an. »Hank, hol mich hier raus. Das ist nicht der richtige Ort für Romantik, und ich wär' grad' in der Stimmung. Zuerst Küsse, dann Cheeseburger, Shake und Pommes.« Er lachte; seine Augen glänzten.

»Ich will nicht, daß dir was passiert, Kat.«

»Ich auch nicht.«

»Na, wie geht's uns denn jetzt? Besser, wo wir da sind, nicht wahr?« Ich schluckte; Hank grinste. »Es ist Zeit für die Spritze, wenn Sie einen Moment nach draußen gehen, Sir.«

»Nein«, ich packte Hanks Hand. »Keine Spritzen. Ich will wach bleiben, nicht die ganze Zeit im Land der Träume dahindösen.«

»Anweisung des Arztes«, sagte sie fröhlich.

»Was für ein Scheiß«, sagte ich, und es war mir ernst. Sie trat einen Schritt zurück.

»Na, na, Kat«, sagte Hank. Ich warf ihm einen wütenden Blick zu, und auch er zog sich ein bißchen zurück. Ich fühlte mich wieder kesser. »Ich will keine Spritze. Ich will mit meinem Freund reden; ich will informiert werden; ich will was essen.« Und außerdem wollte ich noch ein paar Küsse. Das ganz besonders. Die Schwester ging.

»Sei nicht so grob zu ihr, Kat.«

»Bin ich gar nicht, Hank. Mir tut nur alles weh. Küß mich, damit's schneller wieder gut wird.«

»Wo tut's weh?«

»Da. Und da und da und...«

Joe und Betty kamen ins Zimmer, als Hank mir gerade einen Kuß knapp oberhalb meiner linken Brust gab. Wir waren so vertieft und zufrieden, daß es uns nicht sonderlich peinlich war. Joe räusperte sich, um ihre Anwesenheit anzuzeigen. Anfangs hielt ich sein Räuspern für einen Güterzug.

»Kat, wie geht's dir?« Betty nahm meine andere Hand, oder besser gesagt, was noch aus dem Gips hervorschaute, und lächelte.

»Schwer zu sagen, die haben mich bis oben mit Medikamenten vollgepumpt. Ich kann mich erinnern, daß ich mich schon mal besser gefühlt hab.«

»Was ist passiert?« fragte Joe.

»Das versuch' ich auch schon die ganze Zeit herauszufinden.« Wir sahen alle Hank hoffnungsvoll an.

»Ein Lieferwagen ist den Maryland Parkway heruntergekommen, hat beschleunigt und ist die Bordsteinkante hochgefahren. Er hat dich gestreift und zwei weitere Menschen erfaßt, eine schwangere Frau und ein Kind. Beide tot.«

Ich machte die Augen zu. Gedanken an Cissy schossen mir wieder durch den Kopf. Tote Kinder. Ich glaube kaum, daß ich jemals Kinder haben werde. Ich werde einfach nicht mit der schrecklichen Verantwortung für das menschliche Leben, mit der Liebe, dem Verlust und dem Schmerz fertig. Manchmal scheinen mir sogar Freunde und Geliebte schon zuviel.

»Weiß man, was es für ein Wagen war?« fragte ich schließlich. Doch ich ließ die Augen zu und wünschte mir dabei, daß

Hank wieder meine Hand hielte. Statt dessen drückte Betty sie. Hank erriet meine Gedanken und legte seine Hand auf die meine.

»Ja, es gab jede Menge Zeugen. Aber keine richtigen Hinweise. Der Lieferwagen ist heute morgen als gestohlen gemeldet worden. Wahrscheinlich finden wir ihn irgendwo in einer abgelegenen Straße oder in der Wüste wieder.«

»Haben wir eine Beschreibung des Fahrers?« Ich machte die Augen auf.

»Ein Weißer, tief in die Stirn gezogene Baseballmütze, weit über das Lenkrad gebeugt.« Hank zuckte mit den Achseln. »Mit anderen Worten keine einzige verdammte Spur.«

Ich machte die Augen wieder zu. »Ich glaube nicht, daß es ein Unfall war.«

Ich war mir sicher, daß Hank wieder mit den Achseln zuckte. »Das kann man noch nicht sagen, aber ich glaube es auch nicht.«

»An welchen Hebeln hast du da in letzter Zeit herumgespielt, Kat?«

Das war Joe. Ich hatte die Augen immer noch geschlossen und überlegte, ob ich alles beichten sollte. Ich machte die Augen auf und sah, daß Joe mich eindringlich musterte und Hank voller Nervosität wartete. Ich beschloß zu beichten. Es sah ganz so aus, als ob ich die Hilfe meiner Freunde brauchen würde.

»Ich habe heute morgen mit Deck gefrühstückt.«

»Gestern morgen«, sagte Hank mit ernster Stimme, als wäre er genervt und würde sich nicht sonderlich bemühen, das zu verbergen.

»Gestern morgen.« Wie die Zeit vergeht, wenn man bewußtlos ist. »Danach habe ich mit Ollie Bremmer gesprochen, dem Polier auf der Baustelle, wo Sam gestorben ist. Dann habe ich mit Don Blackford zu Mittag gegessen.«

Hank ließ meine Hand los wie einen heißen Ziegel, stieß seinen Stuhl zurück und stand auf. Er ging leise fluchend zum Fenster hinüber und führte sich auf wie ein gereizter Bulle vor dem roten Tuch.

Joe setzte sich auf den Stuhl, von dem Hank gerade aufgestanden war. »Und das nach deinen Besuchen bei den Hellmans und Mrs. Phillips am Tag davor. Du hast das Maß wirklich vollgemacht, Kat.«

Ich nickte. War das nicht merkwürdig? In der Schule war ich nie sonderlich beliebt gewesen, jetzt rissen sich plötzlich alle um mich. Aber der Geschmack der Leute wandelt sich offenbar. Oder war ich einfach ein Spätzünder? Diese Interpretation gefiel mir besser.

»Ich glaube«, fuhr Joe fort, »wir gehen besser davon aus, daß es kein Unfall war. Zu viele Zufälle.«

»Wenigstens wissen wir, daß wir auf der richtigen Spur sind. Jemand scheint sich für die Sache zu interessieren und nasse Füße zu kriegen. Das ist doch ein Anfang.«

»So kann man es auch sehen.«

Joes Zustimmung klang bestenfalls zweifelnd. Hank begann, stetig und systematisch zu fluchen. Er starrte immer noch aus dem Fenster. Aus dieser Richtung war nicht viel Unterstützung zu erwarten. Und wenn, gab er sich die größte Mühe, seine Bereitschaft dazu zu verbergen.

»Aber wo führt die Spur hin?« Ich klang ein wenig mißmutig, und das ärgerte mich. Wieviel Würde kann der Mensch verlieren? »Ich kann überhaupt nicht mehr klar denken, diese Schmerzmittel machen mich noch ganz fertig.« Ich rieb mir mit der gesunden Hand den Kopf. »ABCDEFG. Vier mal sieben ist achtundzwanzig. Acht mal neun ist zweiundsiebzig. Zwölf mal zwölf ist einhundertvierundvierzig. Scheint alles in Ordnung zu sein, aber ich kann einfach nicht...«

»Verdammt noch mal, Kat!« explodierte Hank.

Betty drückte fest meine Hand. »Er macht sich Sorgen«, flüsterte sie. Ich warf einen Blick auf Hanks Gesicht und beschloß, ihr das zu glauben. »Er macht sich wirklich Sorgen«, fügte Betty immer noch flüsternd hinzu. »Wir machen uns alle Sorgen.«

»Sorgen!« Hank ging wieder in die Luft. Er war jetzt kein gereizter Bulle mehr, sondern glich eher einem Vulkan beim Ausbruch. Toll, gefiel mir beides nicht. »Sorgen! Ich glaub', das trifft die Sache nicht ganz.«

Die Tür ging auf, und es huschte etwas kleines Weißes herein – zweifelsohne eine Schwester. Ihr folgte etwas größeres Weißes, Autoritäres – zweifelsohne ein Arzt.

»Was ist hier los? Die Patientin soll sich ausruhen. Was machen diese ganzen Leute im Zimmer, Schwester?« Sie machte eine hilflose Handbewegung.

»Meine Freunde«, erklärte ich. »Nun sagen Sie mir mal, was mir fehlt, und dann will ich hier raus.«

»Sie können hier nicht raus.« Er klang weder wütend noch aus der Fassung, sondern lediglich nüchtern und bestimmt. Genau das hasse ich so an solchen autoritären Typen. Das und ihren Mangel an Humor. »Sie haben eine leichte Gehirnerschütterung, Ihr linker Arm ist dreimal gebrochen«, dabei verwies er auf das Krankenblatt, »und mehrere Rippen sind angeknackst.«

»Ist das alles?« fragte ich. Er sah ein wenig verblüfft aus.

»Es genügt, um Sie eine Weile hierzubehalten.«

»Betty, wäre es euch recht, wenn ich mit zu euch komme?«

»Natürlich, Kat. Das ist doch keine Frage.«

»Danke. Schaut mal, ob ihr meine Kleider finden könnt, okay?«

»Miß«, der Arzt sah noch einmal auf sein Krankenblatt, »äh – Colorado, Sie sind nicht in der Verfassung, das Krankenhaus zu verlassen.«

»Doktor, ich bin nicht krank, nur ein bißchen lädiert.«

»Miß Colorado, ich bestehe darauf...«

Ich seufzte. »Doktor, ich kann hier abhauen, wann ich will, das wissen Sie genausogut wie ich. Ich muß nicht im Krankenhaus bleiben, um mich zu erholen. Betty, wie sieht's mit den Kleidern aus?«

Sie hielt sie in die Höhe. Alles andere als repräsentabel. Die Bluse war blutverschmiert, und wo sie nicht von selbst aufgerissen war, hatte man sie aufgeschnitten. Die Hose war schmutzig und blutig und sah aus, als hätte ich mich auf eine Spinatquiche gesetzt. Wahrscheinlich hatte ich das tatsächlich. Wenigstens war sie noch ganz. Ich schaute, ob Hank oder Joe ein T-Shirt trugen. Hank hatte eines an.

»Hank, könnte ich mir dein T-Shirt leihen, bis wir zu Hause sind? Bitte.« Ich versuchte es mit einem entwaffnenden Lächeln. Hank starrte zuerst mich an und dann Betty, als wollte er sagen: »*Ich* kann mir darauf keinen Reim machen.«

»Tu ihr den Gefallen«, sagte Betty. »Wir können zu Hause genausogut auf sie aufpassen. Und sie aus der Schußlinie halten.«

»Gut, dann ist das also geregelt.« Ich versuchte, mich aufzusetzen, aber alle Muskeln protestierten. Mein Körper fühlte sich an wie eine einzige Prellung dritten Grades: ›Die Prellung‹, ›Rückkehr der Prellung‹ und ›Tochter der Prellung‹ – alle drei Folgen in einem. Ich unterdrückte ein Stöhnen, konnte aber nichts gegen ein lautes Keuchen unternehmen. Der Arzt lächelte voller Befriedigung. Ich fand das ziemlich gemein von ihm, ganz zu schweigen davon, daß es auch ganz und gar unprofessionell war. Was für ein Geschick mit Patienten. Die Schwester umhätschelte mich voller Sorge und Mitgefühl, und ich fand sie zum erstenmal sympathisch.

»Joe«, endlich bekam ich wieder Luft und konnte etwas sagen, »gib mir mal deinen Arm.« Joe zog mich langsam hoch. Ich schwang die Füße über die Bettkante und zeigte dabei ganz nett Bein und ein schönes Stück mehr. Hank fiel das nicht einmal auf, was beweist, in welcher Verfassung er sich befand.

»Ich wünschte, ich könnte rüberkommen und dich ausziehen, Hank. Der Geist ist willig, doch das Fleisch ist schwach.«

»Was? Ach so.« Hank zog sein T-Shirt aus. Es hatte einen V-Ausschnitt, so daß man jede Menge Haare darunter sah. Sehr sexy.

»Die Bibel«, sagte ich zu dem Arzt, der ein wenig verwirrt wirkte, »oder kennen Sie sich wirklich bloß in der Medizin aus?« Er sah mich mit einem Stirnrunzeln an; die Schwester kicherte und hüstelte dann, um das Kichern zu überspielen.

»Jungs, geht mal einen Augenblick raus«, Betty scheuchte alle hinaus. »Wir sind in einer Minute soweit.«

Ich hielt eine Minute für sehr optimistisch, aber ich stimmte dem grundsätzlichen Gedanken zu. »Vergessen wir die Unterwäsche und beschränken wir uns aufs Wesentliche«, schlug Betty vor. Gute Idee. Es dauerte fünf Minuten, bis ich endlich in der Hose war. Ich war erschöpft und gar nicht so sicher, ob der Geist noch willig war. Hanks T-Shirt war so groß, daß es die schlimmsten Flecken auf meiner Hose verdeckte. Betty rollte die Ärmel ungefähr einen Meter hoch, bis sie schließlich bei meinen Ellbogen landete.

»Mit den Schuhen weiß ich nicht so recht, Kat«, sagte sie mit zweifelnder Miene. An einer Sandale fehlte der Absatz, die Riemen waren an beiden Schuhen gerissen, und weiß waren sie einmal gewesen.

»Barfuß«, sagte ich. »Ist meine Handtasche irgendwo aufgetaucht?« Betty nickte. Die Schwester brachte eine Plastiktüte, und Betty steckte meine Unterwäsche und die Handtasche hinein. Bluse und Schuhe landeten im Abfall. Ich stolperte auf Bettys Arm gestützt hinaus auf den Flur, wo sie mich an Hank weiterreichte.

Ich mußte ein Entlassungsformular unterschreiben, bevor ich ging. Gott sei gedankt für die katastrophalen Krankenversicherungsverhältnisse. Ohne sie wäre ich aufgeschmissen gewesen. Auf dem Weg nach draußen ignorierten wir die Blicke der Leute, die uns begegneten, als ich barfuß im Schneckentempo mit meiner Clownskleidung dahinschlich. Joe fuhr mit dem Auto zum vorderen Eingang, und Hank trug mich hinaus. Ich wollte mich wehren, aber dann merkte ich, daß meine Füße verschmoren würden, wenn ich selbst ging. Soviel zum Thema Würde. Auf dem Nachhauseweg schlief ich auf Hanks Schoß ein. Soviel zum Thema Manieren.

18

Liebe Charity,

wann kann man sich guten Gewissens aus einem Job verkrümeln? Angenommen, man hat sich darauf eingelassen, aber dann wird die Sache um etliches gefährlicher, als man erwartet hat – kann man sich einfach aus dem Staub machen?

Ein Angsthase

Lieber Angsthase,

Sie sollten sich einmal hinsetzen und eine Kosten-Nutzen-Analyse machen. Ja, man kann sich aus dem Staub machen. Hoffentlich steht Ihnen gelb.

Charity

»Kat, hast du gehört? Es ist furchtbar, ich kann's gar nicht glauben.« Ich hielt den Hörer ein bißchen vom Ohr weg. »Die Sache mit Sam, Kat. Sam ist tot.«

Sie fing an zu weinen, und ich gab ihr ein bißchen Zeit dazu. Ich war sowieso zu schwach, um sie zu unterbrechen. Betty hatte mir vier Kissen in den Rücken und zwei unter den Arm geschoben, und ich war ungefähr so aufgeweckt und beweglich wie die Sphinx. Eigentlich noch ein bißchen weniger. Es war mühsam, den Hörer in der Hand zu halten.

»Charity, ich hab' davon gehört, und es tut mir wirklich leid. Bist du in Ordnung?«

»Nein, natürlich nicht. Das heißt, ich weiß, daß ich mich von ihm scheiden lassen wollte, aber der Tod – Kat, der Tod ist so endgültig.« Dem konnte man kaum widersprechen, also versuchte ich es erst gar nicht. »Hör mal«, es folgte eine lange Pause, in der sie tief durchatmete. »Glaubst du, es war ein Unfall?«

»Nein.«

»Glaubst du, es hat was mit dem Geld und diesem Geschäft zu tun?«

»Ja.«

»O Gott, Gott, ist das schrecklich, furchtbar. Kat, tut mir leid, was ich da neulich alles gesagt habe. Würdest du bitte doch wieder für mich weitermachen? Es geht jetzt nicht mehr bloß um das Geld, sondern auch um Sam. Ich glaube, ich bin ihm das schuldig.« Sie fing wieder zu weinen an.

»Ist Hope da, Charity?« Hope ist Charitys Schwester und unterscheidet sich so sehr von ihr, wie der Glaube an die Monogamie und die Genetik es eben noch zulassen. Die Namen zeugen von etwas anderem. Zum Glück hatte ihre Mutter nie eine dritte Tochter, obwohl sie es versuchte. Sie hätte – natürlich – Faith geheißen. Es sah ihrer Mutter gleich, die Namen in umgekehrter Reihenfolge zu vergeben.*

»Sie kommt bald. Ich hab' mir gedacht, ich bleib' ein paar Tage bei ihr.«

»Gut. Ich glaube auch, du solltest nicht allein bleiben. Nur, um sicherzugehen.«

»Wie meinst du das?«

»Nur so.«

»Findest du nicht, daß du ein bißchen melodramatisch bist?«

»Charity, ich liege hier mit einem gebrochenen Arm, einer Gehirnerschütterung und ein paar lädierten Rippen im Bett. Nein, ich halte mich nicht für melodramatisch.«

Jetzt fing sie wieder an, und ich wünschte, ich hätte nichts gesagt. Zu spät. Aber egal, sie brauchte sowieso Ablenkung. Vielleicht nicht unbedingt noch mehr Ärger, aber das war das einzige, was ich zu bieten hatte. Endlich hatte ich sie soweit beruhigt, daß ich auflegen konnte. Dann lag ich erschöpft auf dem Bett und fragte mich, woher ich wohl die Energie bekommen würde, aufzustehen und aufs Klo zu gehen.

»Hallo, Hübsche.« Hank lächelte mir von der Tür herüber-

---

* Charity = (Nächsten)liebe; Hope = Hoffnung; Faith = Glaube; die Autorin spielt hier auf den Spruch ›Glaube, Liebe, Hoffnung‹ an. (Anm. d. Ü.)

zu. Hübsch? Ich starrte ihn an. Ich war am ganzen Körper grün und blau, meine Haare sahen aus, als hätte ich sie mit WD-40 gekämmt, und ich hatte mir die Beine schon seit vier Tagen nicht mehr rasiert. Der Mann hatte entweder nicht alle Tassen im Schrank, oder – ich wagte den verlockenden Gedanken – er war bis über beide Ohren verknallt. Ich hätte mich gerne noch ein bißchen dieser romantischen Vorstellung hingegeben, aber nun meldeten sich erst einmal die primären Bedürfnisse zu Wort.

»Hank, könntest du mich aus dem Bett hieven? Ich muß aufs Klo. Sachte«, fügte ich hinzu, als er sich voller Eifer zu mir herunterbeugte. Er hob mich hoch, und ich stolperte ins Bad. »Geh nicht zu weit weg«, brüllte ich ihm nach, »vielleicht schaff' ich's nicht allein zurück.« Ich sah in den Badezimmerspiegel. Großer Irrtum. Es war noch schlimmer, als ich es mir vorgestellt hatte, und das will was heißen. Rund um meine grünen Augen hatte ich jetzt noch blaue. Nicht zu schlecht, aber auch nicht allzu gut. Verdammt. Wenigstens lenkte mich das ein bißchen von dem strähnigen Durcheinander auf meinem Kopf ab, auch wenn das nur ein schwacher Trost war. Ich schaffte es allein zurück zum Bett.

Hank kam mit einem riesigen Glas Orangensaft, das ich mit ungefähr vier Zügen leerte. Es schmeckte wunderbar, und es machte mich glücklich, am Leben zu sein, wenn auch nur zusammengeflickt.

»Ich warte immer noch auf meinen Milkshake.«

»Du bist mir vielleicht eine, Kat. Wie hast du's nur geschafft, so lange am Leben zu bleiben?«

»Normalerweise lasse ich mich nicht auf so rauhe Spiele ein.« Was stimmt. Das tue ich wirklich nicht. »Ich erledige die Laufereien für Lobbyisten, trage vor möglichen Fusionen die Unternehmensgeschichte zusammen oder finde hin und wieder mal einen Vermißten. Solche Sachen.«

»Warum gehst du nicht...«

»Nein, laß uns nicht wieder damit anfangen.«

»Mittagessen.« Betty brachte ein paar Sandwiches und einen sagenhaften Fruchtsalat herein. Ich machte mich beherzt über ein Sandwich her und hatte meinen Anteil in Rekordzeit verschlungen. Schließlich war Eiersalat darauf, mein Lieblingsbelag. Dann schielte ich nach dem von Hank. Er schob mir sofort die Hälfte herüber, ohne blöde Witze über meinen undamenhaften Appetit zu reißen. Ich hasse es, wenn Männer das machen. Wer mag schon einen Menschen, der nicht gern ißt, trinkt und bumst? Dann stürzten wir uns gemeinsam auf den Fruchtsalat.

Ich hatte das Gefühl, als hätte ich tagelang nichts gegessen, was ja auch irgendwo stimmte. Jedenfalls einen Tag, den hatte ich im Krankenhaus verloren. Hank trug das Tablett in die Küche zurück und kam mit süßsauerem Eistee, genau wie ich ihn mag, zurück. In meinem Glas steckte ein Strohhalm mit Knick, so daß ich mich in die Kissen zurücklehnen konnte.

»Laß uns die Geschichte noch mal durchgehen, Hank. Ich hab' das Gefühl, ich habe Watte im Gehirn, und ich würde gern wieder Ordnung schaffen.«

»Wo würdest du gern anfangen?«

»In Sacramento. Charity heuert mich an, damit ich zweihunderttausend Dollar aufspüre, die ihr baldiger Exmann angeblich am Spieltisch verloren hat. Aber sie ist sich sicher, daß er sie irgendwie auf die Seite gebracht hat.«

»Was er auch hat.«

»Was er auch hat. Ich verfolge die Spur bis zu New Capital Ventures. Bei näherem Hinsehen stoßen wir auf ein paar heimliche Investitionen, auf die Manipulation von Planungsausschußmitgliedern und die Investition von hohen – offensichtlich baren – Geldbeträgen. Dadurch gelangen wir zu dem Schluß, daß dieses Unternehmen jedenfalls teilweise eine Hilfskonstruktion für die Geldwäsche ist. Es handelt sich dabei um illegale Einnahmen aus einem oder mehreren Kasinos.«

»Wieviel davon kannst du beweisen?«

Ich trank ein bißchen Eistee und dachte darüber nach. »Unglücklicherweise nicht genug. Eigentlich gar nicht viel. Geld, viel Geld, läßt sich bis zu Don Blackfords Kasino zurückverfolgen, wenn auch nicht zu seinem Namen, dazu ist er zu clever. Mit der angemessenen Zeit und den richtigen Quellen könnte ich wahrscheinlich eine direkte Verbindung herstellen. Ohne beides wäre es wohl vernünftiger, bei den Leuten von der Steuer anzuklopfen. Und was die Manipulation der Planungsausschußmitglieder anbelangt: Ich weiß nicht, ob die Hellmans oder Mrs. Phillips je aussagen würden. – Sie haben eine Höllenangst. Die Sache wird auf jeden Fall leichter nachzuweisen sein.«

»Sams zweihunderttausend sind in der ganzen Geschichte nur ein Klacks.«

»Richtig. Also wo lag dann das Problem? Nach Gesprächen, die Charity und ich mit Sam geführt haben, ist er wahrscheinlich nach Vegas gefahren und hat die ganze Sache platzen lassen. Vielleicht hat er ihnen gesagt, ihm war nicht klar, daß sie den Planungsausschuß beeinflussen wollten, daß das Geld aus illegalen Kasinoeinnahmen stammte und so weiter. Und wahrscheinlich hat er gesagt, er will raus. Sie haben Sam sowieso nie wirklich gebraucht. Vermutlich haben sie ihn und noch ein paar andere kleinere Investoren nur als Strohmänner zum Grundstückskauf benötigt. Und inzwischen war sein praktischer Nutzen auf Null herabgesunken.«

»Und er stellte eine Bedrohung dar.«

»Genau.« Ich schlürfte den letzten Rest Eistee in mich hinein und machte obszöne Geräusche mit meinem Strohhalm. »Und was macht man mit dem schwächsten Glied?« Ich machte eine Pause und fühlte mich dabei selbst wie so ein schwächstes Glied.

Hank tätschelte mir die Hand. »Du räumst es aus dem Weg.«

»Ja. Also hatte Sam einen Unfall auf der Baustelle von Ed Trainor, dessen Name in der Investitionsstrategie von New Capital Ventures auftaucht. Der einzige richtige Zeuge des Unfalles ist Ed. Ollie ist zwar dort, aber er macht gerade was anderes.«

»Wenn man ihm glauben kann.«

Ich nickte. »Daran habe ich auch schon gedacht, aber ich vertraue ihm, jedenfalls so lange, bis sich gegenteilige Beweise ergeben. Ich glaube, er war ehrlich zu mir. Wenn nicht, ändert das die Lage auch nicht wesentlich, schließlich steht er auf der Lohnliste von Trainor. Der Mord an Sam wird zu einer eindeutigen Möglichkeit, wenn nicht sogar Wahrscheinlichkeit.«

Hank nickte zustimmend.

»Gut. Damit wäre ich, glaube ich, bei dem Frühstück mit Deck angelangt. Ich weiß, was du von ihm hältst, aber wir sind alte Freunde, und ich vertraute ihm. Ich habe ihm das alles als Hypothese vorgestellt, und er hat im Grunde genommen das bestätigt, worüber wir gesprochen haben, einschließlich des Mordes. Außerdem hat er mich gewarnt. Er hat im übrigen dieselbe Meinung über Don Blackford wie du.«

Hank nickte und sah nicht sehr überrascht aus. »Dann habe ich Blackford zurückgerufen, und er hat mich zum Mittagessen eingeladen. Warum? Er behauptet, daß ich ihm auf der Auktionsvorschau aufgefallen bin und daß er mich wiedersehen wollte. Tja, ich weiß ja, daß ich einfach unwiderstehlich bin, und überhaupt...«

Hank brach in Lachen aus, und ich schwieg beleidigt. »Sorry, Kat, natürlich bist du das. Bloß jetzt...« Er fing wieder zu lachen an. Ich schwieg weiter beleidigt. Soweit also sein ›Hallo, Hübsche‹ und meine Theorie von seiner Verliebtheit. Ich war verärgert und fühlte mich ausgelaugt, und es fiel mir schwer, nicht das Schmollen anzufangen. Gerade noch rechtzeitig besann ich mich auf meine berufliche Kompetenz. Schließlich war ich kein liebeskranker Teenager.

»Also weiter im Text«, sagte ich in kühlem, professionellem Tonfall. Sein schallendes Lachen wurde allmählich zu einem Glucksen. »Vielleicht war es tatsächlich nicht nur mein persönlicher Charme, der Blackfords Interesse an mir geschürt hat, sondern eher die Tatsache, daß ich da in so vielen Sachen herumstocherte: in dem Schwindel mit New Capital Ventures, der Einschüchterung von Planungsausschußmitgliedern, Sams Tod. Wir waren zusammen beim Mittagessen, und ich hab' nichts aus ihm herausgekriegt als Hummersalat und Champagner.« Und heiße Fingerabdrücke auf meinem Ellbogen, denke ich, sage ich aber nicht. Sowas sagt man Hank lieber nicht.

»Dann wirst du Opfer eines Unfalls mit Fahrerflucht, bei dem zwei andere Menschen ums Leben kommen. Ich glaube, wir können davon ausgehen, daß niemand es auf die schwangere Frau und ihr Kind abgesehen hatte. Entweder es war ein Unfall, oder du warst tatsächlich das Ziel.«

»Ja.«

»Inzwischen haben wir also illegale Kasinoeinnahmen, Bestechung und Einschüchterung, Fahrerflucht, drei mögliche Morde, einen möglichen Mordanschlag. Es summiert sich.«

»Also was nun, Hank?« Ich war müde, und die Watte in meinem Gehirn fühlte sich inzwischen so an, als hätte jemand ein paar Liter warme Milch darübergeschüttet und das Ganze einweichen lassen. Zündende Funken waren da nicht zu erwarten.

»Ich fahr' jetzt in die Arbeit. Geh erst mal auf Sparflamme und schlaf ein bißchen. Bis später.« Er winkte und wollte hinausgehen.

»Hey«, rief ich ihn zurück. »Zieh ein paar von den Kissen unter mir raus, ja?« Er tat es, und ich legte mich zurück.

»Hast du eine Sonnenbrille?«

Ich sah ihn erstaunt an. »Natürlich. Warum?«

»Vielleicht lade ich dich heute abend zum Essen ein.« Er beugte sich herunter und küßte mich.

»Spinner«, brummte ich ihm ins Ohr. Ich war zu schwach, um ihm mit meinem Gips eins überzubraten. Er lachte und küßte mich noch einmal. Ich schlief ein und träumte, daß der Mormon Tabernacle Chor sang: »Sie fliegt durch die Luft, voll Schwung und Elan...« Ich war die einzige im Publikum. Der Chor wurde lauter und lauter, bis ich schweißgebadet und mit klopfendem Herzen aufwachte. Ich schlug die Decke zurück, nahm eine Schmerztablette und schlief wieder ein. Ich träumte noch mehr furchtbares Zeug, aber wenigstens konnte ich mich hinterher nicht mehr daran erinnern.

19

Liebe Charity,

ich habe immer wieder denselben Albtraum. Gleich passiert etwas Schreckliches, und ich muß es verhindern. Ich weiß nicht, was es ist, oder wie ich es verhindern soll, aber jedenfalls muß ich es. Dann wache ich schweißgebadet und mit klopfendem Herzen auf. Ich halte das nicht mehr aus. Was kann ich dagegen machen?

Eine Schlaflose

Liebe Schlaflose,

an Ihrer Stelle würde ich vor dem Schlafengehen nicht mehr so viel essen.

Charity

Vielleicht war es ein Traum, vielleicht auch nicht. Jedenfalls wachte ich mit dem Bild des toten Mädchens auf dem Toilettenboden im Kopf auf. In den letzten Tagen war es mir ganz gut gelungen, es zu ignorieren, aber das ging jetzt nicht mehr. Etwas daran störte mich, ich meine, mehr als es das ohnehin schon tat. Wenn ich eine Zeitlang versuche, etwas unter den Teppich zu kehren, und es dann immer noch nicht verschwindet, werfe ich lieber doch einen Blick darauf. Ich war nicht gerade begeistert von dieser Aussicht, aber es mußte eben sein. Ich habe gelernt, meine Instinkte nicht zu unterdrücken.

Ich griff nach dem Telefon, das Betty gleich neben mein Bett gestellt hatte. Hank hatte mir seine Nummer dagelassen und gesagt, ich solle ihn anrufen, wenn ich irgend etwas brauche. Und das tat ich – ich brauchte Antworten auf ein paar Fragen.

»Hank, ich bin's, Kat.«
»Kat, alles in Ordnung?«

»Ja, könntest du ein paar Sachen für mich überprüfen, wenn du Zeit hast?«

Es dauerte einen Augenblick zu lang, bis er antwortete. Wahrscheinlich hätte ich zuerst mehr darüber erzählen sollen, wie es mir ging, oder ihn fragen, was er machte. Manchmal fällt mir der Austausch der ganz normalen Höflichkeitsfloskeln eben schwer.

»Worum geht's?« fragte er ohne große Begeisterung.

»Ich hätte gern den Bericht über Sams Autopsie gesehen. Außerdem«, ich überlegte einen Moment, wie ich die Rede am diplomatischsten auf eine weitere Leiche bringen konnte, doch ich fand keinen eleganten Weg. Also gab ich auf und platzte einfach damit heraus. »Letzten Dienstag hat man in der Toilette des Glitterdome die Leiche einer jungen Frau mit durchgeschnittener Kehle gefunden. Eigentlich war ich diejenige, die sie gefunden hat und –«

»Du hast was?«

»Ich hab' sie gefunden und –«

»Ich hab' dich schon das erste Mal verstanden.«

»Schön. Also, könntest du bitte –«

»Eine Leiche in der Toilette, ein Schläger auf dem Parkplatz, Fahrerflucht, kannst du dich nicht mal eine Sekunde aus dem ganzen Schlamassel raushalten?«

Ich seufzte. Er stand kurz davor loszubrüllen, und mir tat der Kopf weh. Ich fühlte mich ziemlich ausgelaugt. »Hank, sei vernünftig, ich kann einfach nicht –«

»Vernünftig!« explodierte er. Schlechte Wortwahl, dachte ich, während es in meinem Kopf fröhlich vor sich hin hämmerte. Leute, die sich unvernünftig verhalten, hassen es, wenn man ihnen sagt, daß sie sich vernünftig aufführen sollen. Ich übrigens auch.

»Hank, beruhige dich –« Ich seufzte, als er mich erneut unterbrach. Wieder schlecht gewählt.

»Verdammt, Kat!«

»Ich muß auflegen, Hank, ich fühl' mich nicht besonders gut.« Ich legte auf, während er noch weiterbrüllte, und griff nach meinen Schmerztabletten. Ich schluckte zwei davon, so schnell ich konnte, und war dankbar für die Wunder der modernen Pharmakologie. Dann sank ich zurück in die Kissen. Der Preßlufthammer war wieder da und bearbeitete mein Gehirn und die Rückseite meiner Augen. Ich hasse es, wenn ich nicht so hart bin wie ich denke oder glaube, sein zu müssen.

Ich versuchte gerade, in den Schmerz hinein und ihn mit auszuatmen, wie eine Schwester mit Yogaerfahrung es mir einmal gezeigt hatte – zu einer anderen Zeit, in einem andern Krankenhaus, in einer anderen Geschichte –, als das Telefon klingelte. Ich hatte ein Gefühl, als hätte man mir einen Schlag mit dem Treibstock versetzt. Daher kommt also der Ausdruck ›aus der Haut fahren‹. Der Preßlufthammer nahm den Takt nahtlos auf. Ich versuchte, alles um mich herum zu ignorieren und einfach zu atmen. Etwa beim zehnten Klingeln gab ich mich geschlagen und beschloß abzuheben. Es klingelte noch dreieinhalb Mal, bis ich beim Telefon war. Es war Hank. Was für eine Überraschung.

»Kat, tut mir leid.«

»Gut, aber bitte schrei nicht so.«

»Tu' ich doch gar nicht.« Jetzt merkte ich, daß er recht hatte.

»Dann muß das in meinem Kopf sein. Mein Kopf«, führte ich weiter aus, »fühlt sich an wie ein riesiger Hallraum mit einem Brahmskonzert, einer Dixieland-Jazzband und Led Zeppelin – alles auf einmal. Und dazu noch Preßlufthämmer. Es hört sich schrecklich an, und ich fühl' mich nicht so besonders.«

»Ich weiß. Tut mir leid, daß ich dich angeschrien habe. Ich hab' den Bericht von Sams Autopsie. Was willst du über das Mädchen wissen?«

»Name, Adresse, Herkunft, Beruf, die Umstände, die zum Tod geführt haben, Verdächtige, Theorien. Das Übliche halt.«

»Gut, ich tu' mein Bestes. Sonst noch was?«

»Mocha-chip-Eis. Ich muß auflegen, Hank, ich bin völlig ausgepowert. Danke, daß du mich zurückgerufen hast.« Ich fiel mit dem Telefonhörer im Arm in die Kissen zurück. Ich wollte mich nur ein bißchen ausruhen, bevor ich auflegte.

Ich bemühte mich, die Augen aufzumachen, als Betty mir den Hörer leise aus der Hand nahm, aber ich hatte das Gefühl, daß jemand sie mit Sekundenkleber zusammengeklebt hatte. Sie lächelte mich an, und ich versuchte zurückzulächeln – ohne Erfolg. Mir war heiß, und ich war mürrisch und in fürchterlicher Verfassung. So weit können Schmerzen einen bringen. Zuerst ist man schon glücklich, am Leben zu sein, und nimmt die Schmerzen als Erinnerung daran hin. Lieber am Leben und die Glieder tun einem weh als die andere Alternative, sagt man sich, und natürlich stimmt das auch. Aber es ist erstaunlich, wie schnell man das vergißt und wieder gesund sein will. In diesem Stadium befand ich mich jetzt.

»Wie geht's dir?« fragte Betty. Ich zog eine Grimasse. Wenigstens hatte der Preßlufthammer jetzt aufgehört.

»Betty, könntest du mir helfen, mich ein bißchen zurechtzumachen? Ich fühle mich wie der letzte Dreck, aber deswegen muß ich nicht so aussehen.«

»Klar, dann schauen wir mal, ob wir dich aus dem Bett kriegen.« Sie hievte mich hoch, und ich stolperte hinter ihr her in die Küche. Wir wuschen meine Haare in der Küchenspüle, und dann wickelte sie meinen Gips in eine Plastikfolie und steckte mich in die Badewanne. Ich seifte mich ein, ließ mich einweichen und rasierte mir sogar die Beine. Ganz wie die Verhaltensregeln der Engländer in den Kolonien: die Kleidung fürs Dinner sorgfältig auswählen, Gin trinken und ansonsten darauf achten, daß man nicht die Sitten der Eingeborenen annimmt. Wenn die es geschafft hatten, schaffte ich es auch. Ich zog Shorts und ein T-Shirt an, aber es gelang mir nicht, die Schnürsenkel zu binden, also mußte ich eben barfuß gehen.

Es war erstaunlich, wieviel besser ich mich fühlte, als ich sauber war und nicht mehr im Bett lag. Ich fing sogar an zu summen, als ich in die Küche humpelte. Es war das Lied mit dem Zirkuszelt. Das dämpfte meine Stimmung wieder ein bißchen.

Betty lächelte mir anerkennend zu, als ich hereinkam, und gackerte gar nicht anerkennend, als ich mich erbot, ihr zu helfen. Innerhalb von zwei Minuten hatte sie mich in einen Sonnenstuhl neben dem Pool gepackt, wo ich mir die Haare trocknen ließ und glücklich war, am Leben zu sein.

»Milkshake für die Dame.«

»Hank!« Ich schlug die Augen auf. »Mmm, Schokolade, meine Lieblingssorte. Wieso fehlt denn da schon was?«

»Tatsächlich? Na sowas. Muß verdunstet sein.« Er zwinkerte mir zu und ging zurück ins Haus. Ich widmete mich ganz der ernsthaften Milkshake-Betrachtung.

Im Verlauf der nächsten halben Stunde fanden sich allmählich alle am Pool ein. Nach unserem Telefongespräch war Hank zu dem Schluß gekommen, daß ich noch nicht in der Verfassung war, zum Essen zu gehen. Kluge Entscheidung. Statt dessen hatte er alles für Cheeseburger und Kartoffelsalat mitgebracht. Kluges Vorgehen. Ich aß zuviel, viel zuviel, aber jeder Bissen davon schmeckte mir. In solchen Situationen freut man sich, am Leben zu sein. Wir tranken Sekt; Hank hatte auch daran gedacht. Und zum Nachtisch gab's Mocha-chip-Eis.

Danach knallte er mir einen Stapel Papiere auf den Tisch.

»Willst du's selber lesen, Kat, oder soll ich's bloß für dich zusammenfassen?«

»Bitte faß es zusammen. Mir tun die Augen weh, wenn ich lese.« Betty stand auf und begann, mit dem Geschirr herumzuhantieren. Sie mag blutige Details nicht. Wer sollte ihr das verübeln? Wir drei begaben uns von der Küche wieder hinaus in den warmen, einladenden Abend.

»In Sams Autopsiebericht steht nichts Ungewöhnliches. Er war gesund, abgesehen von einigen Anzeichen für Alkohol- und Zigarettenmißbrauch.« Ich nickte. »Zur Zeit seines Todes hatte er keine Drogen und keinen Alkohol im Blut. Sein Körper zeigte keinerlei Verletzungen auf, die nichts mit dem Fall zu tun gehabt hätten – abgesehen vielleicht von einer: einem mittelgroßen blauen Fleck im Kreuz.«

»Was mit einem Stoß zu tun gehabt haben könnte«, fügte ich hinzu.

»Aber auch das läßt sich nicht eindeutig nachweisen«, schloß Joe.

»Genau.« Wir saßen eine Minute schweigend da und hörten zu, wie sich die Vögel zwitschernd und singend für die Nacht einrichteten.

»Und das Mädchen?«

»Welches Mädchen?« Joe sah mich an, und ich wurde rot. Hank machte ein stoisches, undurchdringliches Gesicht, während ich die Geschichte erklärte; Joe schüttelte den Kopf. »Dafür, daß du neu bist hier in der Stadt, erlebst du aber 'ne ganze Menge.« Hank setzte seine Ausführungen fort.

»Ihr Name war June Daly. Sie war fünfundzwanzig, gesund und bei Temp Express, einer Zeitarbeitsfirma, beschäftigt. Sie war ziemlich gefragt, weil sie Schreibmaschine und Steno konnte und die gängigsten Textverarbeitungsprogramme kannte. Sie ist vor zwei Jahren hier in diese Gegend gezogen. Sie war nicht verheiratet, hatte keine Kinder und teilte sich die Wohnung im Norden von Vegas mit einer Frau. Sie hatte nicht viele enge Freunde. Auch keine Feinde und niemanden, mit dem sie gerade ging. Es gibt also keinerlei Hiweis darauf, warum irgend jemand sie umbringen wollte.«

»Familie?«

»Vater tot, Mutter in einem Altersheim in L. A., keine Geschwister.«

»Frühere Jobs?«

»Nichts Interessantes. Sie hat ziemlich viel für eine örtliche Computerfirma und ein paar kleinere Unternehmen gearbeitet. Steht alles da drin.«

»Ihre Mitbewohnerin konnte auch nichts weiter sagen?«

»Nein. Sie scheint auch nicht gerade gesprächig zu sein. Sie ist als Bedienung in einer Cocktailbar und sagt, daß sie sich kaum gesehen haben. June hat am Tag gearbeitet, und sie arbeitet in der Nacht.«

»Danke, Hank. Die Sache scheint ziemlich klar zu sein, aber irgendwie ist sie mir die ganze Zeit nicht aus dem Kopf gegangen.«

»Eine Frau mit durchgeschnittener Kehle geht einem nicht so schnell aus dem Kopf.«

»Ja, das ist es wahrscheinlich.« Aber es schien noch mehr dahinterzustecken, mehr als nur das rote Blut auf den weißen Fliesen und jene schreckliche grinsend-klaffende Wunde in ihrem Hals. Morgen würde ich die Berichte durchgehen. Es war noch früh am Tag, noch nicht einmal zehn Uhr, aber ich wurde schnell müde. Ich sagte zu allen Gutenacht und watschelte ins Bett.

»Ich lass' dir ein bißchen Zeit, damit du dich bequem hinlegen kannst, dann komm ich noch mal rein, um Gutenacht zu sagen«, rief Hank mir nach.

Ich verbrauchte meine letzte Energie fürs Zähneputzen, Gesichtwaschen und Ausziehen. Ich schlief schon fast, als Hank hereinkam.

»Gute Nacht, Schatz«, sagte er, beugte sich zu mir herunter und küßte mich.

»Schatz?«

»Schatz«, sagte er bestimmt und küßte mich noch einmal. Ich erwiderte seinen Kuß und war weg – eine schöne Art einzuschlafen.

20

Liebe Charity,

kann man als unbeteiligter Zuschauer unschuldig bleiben? Gab es im Hitlerdeutschland unschuldige Zuschauer? Waren wir im Vietnamkrieg unschuldige Zuschauer? Gibt es überhaupt noch Unschuldige?

Eine Besorgte

Liebe Besorgte,

macht ein Baum, der im Wald umfällt, Lärm, wenn niemand dabei ist? Das werden wir niemals erfahren, und wahrscheinlich werden wir auch nie etwas über unschuldige Zuschauer erfahren. Wahrheit und Unschuld sind nicht nur relative Ausdrücke, sie sind auch ausgesprochen schwer zu definieren und zu beweisen. Ich hoffe, diese Auskunft hilft Ihnen, auch wenn ich es bezweifle.

Charity

Am Morgen fühlte ich mich viel besser. Ich wachte früh auf und frühstückte noch im Morgenmantel zusamen mit Joe und Betty, bevor sie in die Arbeit fuhren. Ich redete den beiden aus, bei mir zu bleiben oder zum Mittagessen zu mir heimzukommen. Es ging mir gut, sagte ich ihnen, und ich konnte tagsüber wunderbar auf mich selbst aufpassen. Außerdem würde ich sowieso nicht da sein. Aber das erwähnte ich lieber nicht.

Ich duschte. Dazu brauchte ich wegen des Gipses ziemlich lange. Danach zog ich mich an. Mit der Sonnenbrille auf der Nase sah ich gar nicht so schlecht aus. Es war neun Uhr, und ich wollte mit Allyson, Junes Mitbewohnerin, reden. Cocktailkellnerinnen, die Nachtschicht arbeiten, sind selten früh auf den Beinen. Ich ging die Berichte durch, die Hank mitgebracht hatte, und fand so heraus, wo Allyson wohnte.

Das Mietshaus war wohl ganz nett, wenn man den modernen, eintönigen und langweiligen Baustil mag, was ich nicht tue. Es hatte zwei Stockwerke und umgab einen Innenhof mit einem Swimmingpool und Palmen. Jede Wohnung hatte ihren eigenen Eingang, der von einem gemeinsamen Balkon rund ums Haus abging. Ich stand vor der Tür mit der Nummer 23 und klingelte. Beim vierten oder fünften Klingeln öffnete sich die Tür endlich, und ein unfreundliches Gesicht sah heraus.

Allyson war hübsch und ein wenig zerzaust, aber sie machte ein trotziges Gesicht. Sie stand da und versuchte verzweifelt, den Gürtel eines alten Frotteebademantels zu binden, der schon bessere Zeiten gesehen hatte. Ihre langen Arme und Beine waren nackt, und ihr Gesicht war noch immer mit dem Make-up des vergangenen Abends verschmiert.

»Was zum Teufel wollen Sie?«

»Tut mir leid, daß ich Sie störe. Ich heiße Kat Colorado. Ich beschäftige mich mit dem Fall June Daly.«

»Polizei?«

»Privatdetektivin. Ihre Freunde und ihre Familie hätten gern mehr gewußt, als die Polizei bis jetzt herausgefunden hat.«

Sie seufzte. »Na schön, was soll's. Ist wahrscheinlich das mindeste, was ich für das arme Mädchen tun kann. Jetzt bin ich sowieso wach. Kommen Sie rein. Ich mach' uns Kaffee.«

Die Wohnung war einigermaßen ordentlich, aber alle Vorhänge und Jalousien waren zu. Nachdem ich über einen Schemel und einen Beistelltisch gestolpert war, nahm ich die Sonnenbrille ab. Allyson ging in die Küche, knipste den Lichtschalter an und deutete auf einen Stuhl.

»Du meine Güte, was ist denn mit Ihnen passiert? Sie schauen genau so aus, wie ich mich fühle.«

Ich erzählte ihr eine leicht korrigierte Version der Wahrheit. »Autounfall.«

Sie setzte das Kaffeewasser auf und fing an, im Kühlschrank herumzuwühlen. »Verdammt, ich dachte, ich hab' noch Milch. Ist Schwarz in Ordnung?«

»Klar.«

Sie ging zum Schrank und holte Tassen, löslichen Kaffee und Zuckerdoughnuts heraus, die aussahen, als hätten sie schon vier Tage auf dem Buckel. Der Zucker war nicht mehr pudrig, sondern feucht und klebrig. Sie packte die Sachen auf den Küchentisch. Die Präsentation war offenbar nicht gerade ihre Stärke.

Wir machten uns ans Frühstück – ich ließ ihr die Doughnuts – und redeten über June. Ich fand das meiste heraus, was die Polizei auch schon herausgefunden hatte, aber nicht mehr. Mist.

»Hat sie in letzter Zeit irgendeinen Job gehabt, in den sie sich mehr hineingehängt hat als sonst?«

Allyson runzelte die Stirn; ihr verschmierter Lippenstift machte aus ihrem Gesicht eine doppelte Grimasse. Ich wartete voller Hoffnung, lobte innerlich sozusagen schon den Tag vor dem Abend – das ist eine schlechte Angewohnheit von mir.

»Tja, da gab's schon einen. Aber sie hat sich auch nicht sonderlich aufgeregt deswegen – das hat sie nie. Sie war eher der ruhige, distanzierte Typ. Ganz anders als ich.« Sie stürzte sich in eine ausführliche Beschreibung ihres leicht erregbaren Wesens. Ich versuchte sanft, sie wieder aufs Thema zurückzuführen. Als das nicht klappte, entschied ich mich für die direkte Methode.

»Wie war das mit dem Job, für den sie sich ein bißchen stärker als sonst interessiert hat?« half ich ihr auf die Sprünge.

»Ach ja, richtig. Ja, sie hat für einen Typ aus dem Immobiliengeschäft gearbeitet. Seine Sekretärin hatte ihn einfach mitten im Chaos sitzen lassen oder sowas ähnliches. June hat mehr über ihn erzählt, als sie das normalerweise tut. Sie hat gesagt, er ist Mitglied des Planungsausschusses und ein ziemlich hohes Tier. Das ist alles, was ich weiß.«

Ich atmete langsam und zufrieden aus und genoß innerlich die Abendsonne meines gelobten Tages.

»Hat sie jemals den Namen des Mannes erwähnt?«

»Nein – ja – vielleicht.« Die Sonne verschwand kurz hinter einer Wolke. »Warten Sie einen Augenblick, das war irgendwas mit Hill – Hillman oder so ähnlich.«

»Hellman?«

»Ja, könnte sein.«

»Glauben Sie, daß sie ihn auch privat näher gekannt hat?«

»Hab' ich mir schon irgendwie gedacht. Noch eine Tasse Kaffee?« Ich schüttelte den Kopf. »Ich brauch' in der Früh immer mindestens sechs Tassen zum Aufwachen.«

»Warum?«

»Weiß nicht. Früher bin ich mit drei oder vier ausgekommen, aber jetzt...«

»Nein. Ich meine, warum glauben Sie, daß sie ihn näher gekannt hat?«

»Ach so. Wir sind ein paarmal abends ungefähr zur gleichen Zeit heimgekommen. Normalerweise bleibt sie nie bis zwei oder drei in der Früh auf. Sie ist, äh war, eher eine Frühaufsteherin. Jedenfalls war sie einmal abends ganz aufgeregt und durcheinander, so, wie man halt aussieht, wenn man 'ne ganze Weile mit 'nem Typ zusammengewesen ist. Ich hab' sie damit aufgezogen, und sie ist rot geworden und hat herumgestottert wie ein Schulmädchen. Ich hab' sie sogar danach gefragt, aber sie hat mir nicht viel erzählt. Ich hab' mir gedacht, daß der Typ wahrscheinlich verheiratet ist, wenn sie nichts erzählen will. Jedenfalls«, sagte sie mit einem Gähnen, »hat mich die Sache nicht so sehr interessiert, daß ich weitergefragt hätte, um Ihnen die Wahrheit zu sagen. Wissen Sie, sie war kein sonderlich interessanter Mensch. Nett, aber nicht interessant.«

Was für ein jämmerliches Epitaph. Und sie war jetzt sogar noch uninteressanter – mal abgesehen von einer Sache. Dem Warum. Warum war sie wichtig genug für einen Mord gewesen?

Ich bedankte mich bei Allyson für ihre Hilfe, gab ihr meine Nummer für den Fall, daß ihr noch etwas einfiel, und ging. Arme kleine June Daly. Wußte sie zuviel, redete sie zuviel, oder war sie bloß zur falschen Zeit am falschen Ort? War sie in die Geschichte verwickelt, mit der ich mich beschäftigte, oder war alles nur ein Zufall? Spielten die Sonnenflecken verrückt, bekamen wir wieder ein trockenes Jahr, und schafften es die '49er diese Saison noch einmal? Auf keine dieser Fragen hatte ich eine Antwort.

Ich dachte auch an Hellman, dieses Ekel, der seine liebevolle, hübsche Ehefrau Lorie und ihre Rasselbande von Kindern betrog. Ich kann Männer nicht leiden, die so was machen. Aber war er widerlich genug, um June umzubringen?

Ich fuhr sinnlos in der Gegend herum und machte mir vor, daß ich dabei nachdachte. Dann suchte ich nach einem Telefon. Telefonzellen sind wie Polizisten: Sie sind nie da, wenn man sie braucht, und immer in großer Zahl vorhanden, wenn man sie nicht braucht. Endlich fand ich eine mit einem halben Telefonbuch. Zum Glück war es die Hälfte, die ich wollte. Ich rief die Hellmans an und kam mir dabei vor wie ein Schwein – das kommt in meinem Beruf zu oft vor. Lorie ging an den Apparat. Sie klang nicht so fröhlich und frech wie noch vor ein paar Tagen, aber wer tat das schon? Ich nicht. Und June nicht. Und Sam auch nicht.

Ich erkundigte mich höflich nach Mr. Hellman. Weil er – natürlich – nicht da war, bat ich um seine Nummer im Büro. Ich rief im Büro an, um sicherzugehen, daß er an Ort und Stelle war, orientierte mich noch einmal auf dem Stadtplan und machte mich auf den Weg.

Am Empfang von Sagebrush Immobilien war ziemlich viel los, obwohl ich nicht den Eindruck hatte, daß letztlich allzuviel erledigt wurde. Die Vorzimmerdame wirkte arg mitgenommen und deutete in die Richtung von Hellmans Büro. Zelle wäre das richtigere Wort dafür gewesen. Seine Ausstattung war auf ein absolutes Minimum beschränkt: vier Wände, eine Tür, ein Schreibtisch und zwei Stühle. Er war in seinen Papierkram vertieft, also steckte ich nur meinen Kopf hinein und klopfte an die offene Tür.

»Steve Hellman?« Er sah hoch und runzelte die Stirn. Wahrscheinlich versuchte er, sich zu erinnern, woher er mich kannte. »Kat Colorado.« Er wurde rot im Gesicht und stand auf. Er wußte wieder, wer ich war.

»Verschwinden Sie hier.«

Ich schenkte ihm mein süßestes Lächeln. »Gut. Aber wenn

ich gehe, gehe ich zur Polizei. Höchstwahrscheinlich ist dort bekannt, daß June Daly hier im Büro gearbeitet hat, aber ich würde wetten, die Polizei weiß nichts von Ihrer Affäre mit ihr, und das würde sie sicher interessieren.«

Das Rot verwandelte sich in Weiß, als hätte man ihn langsam in Stärkepulver getaucht. Die weiße Farbe kroch von seinem Hals über sein Kinn und den Kiefer hoch zu seinem dunklen, langsam nach hinten wandernden Haaransatz. Ich hoffte, daß Lorie auf seinen Cholesterinspiegel und seinen Blutdruck achtete. Sonst konnte sie sich nämlich auf ein frühes Witwendasein gefaßt machen.

»Darf ich mich setzen?« fragte ich. Er sank auf seinem Stuhl in sich zusammen. Ich deutete das als Zustimmung und setzte mich.

»Wie gemütlich«, sagte ich. Er sah mich mit leerem Blick an. Er hatte nicht sonderlich viel Rückgrat.

»Ich war's nicht.«

»Was waren Sie nicht?«

»Alles. Ich hab' sie nicht umgebracht.«

»Wer war's dann?«

»Ich weiß es nicht.«

»Ich denke doch.«

»Nein, ich... ich muß Ihnen überhaupt nichts sagen.« Ich zuckte mit den Achseln. »Wer sind Sie überhaupt? Polizei?«

»Nein, ich bin Privatdetektivin. Ich arbeite für Freunde der Familie.«

»Sie hatte keine Freunde und keine Familie. Ich...«

»Sie wüßten das«, beendete ich den Satz. »Ich könnte mir vorstellen, daß sie nicht viele Affären gehabt hat, aber mit Ihnen war sie zusammen, und zwar auch noch zum Zeitpunkt ihres Todes.«

Er sah mich mit einem jämmerlichen Blick an. »Armes Mädchen«, sagte er schließlich. »Sie hat so wenig vom Leben gehabt. Ich wollte sie doch bloß ein bißchen glücklich machen.«

Ich verkniff mir einen Kommentar. Ich finde verheiratete Männer mit ihren frömmlerischen Rechtfertigungen zum Kotzen. Er breitete die Hände mit den Handflächen nach oben aus, wohl um Verständnis und Nachsicht von mir zu erbitten. Der Gedanke an seine männlichen Bemühungen hatte ihm wieder eine gesündere Gesichtsfarbe verliehen.

»Statt dessen haben Sie sie da mit hereingezogen, und man hat sie umgebracht. Wußte sie überhaupt was davon?«

»Wie meinen Sie das?« Er wurde wieder blasser.

»Wußte sie, in was Sie da verwickelt sind und wie sie das auch selbst betreffen könnte, oder war sie einfach ein Stück Schlachtvieh?«

»Ich weiß nicht, wovon Sie sprechen«, flüsterte er.

»Halten Sie mich nicht zum Narren, Hellman. Ich habe mich über Ihr Abstimmungsverhalten informiert. Sie waren oft das Zünglein an der Waage bei Erschließungsfragen, Veränderungen von Bebauungsplänen und so weiter. Sie arbeiten schon eine ganze Zeit für Makler und Immobilienleute. Die Sache mit New Capital Ventures war nichts Neues für Sie. Aber diesmal haben Sie sich noch eine Weile geziert. Warum? Um mehr Geld herauszuschinden?«

Er stammelte unzusammenhängendes Zeug.

»Das war's doch, oder? Mehr Geld, Sie haben ihnen gedroht, nicht mitzuspielen, wenn sie nicht den Einsatz erhöhen. Haben Sie vielleicht noch gesagt, daß Sie auch die anderen Mitglieder des Planungsausschusses rumkriegen könnten? Wollten Sie den großen Macher mimen? Was haben Sie gemacht?«

Er kaute mit jämmerlicher Miene an seinem Knöchel herum, während ich redete, und starrte seinen Schreibtisch und die Wand an. – Alles, nur nicht mich.

»Es ging nicht ums Geld.« Ich schnaubte verächtlich.

»Nein«, er warf mir einen kurzen Blick zu. »Wirklich nicht. Ich war's nur einfach leid. Ich hatte genug von den Anrufen, genug davon, daß sie mir Vorschriften machten, was ich tun sollte und wie und wann. Ich hatte genug von...«

Auch ich hatte allmählich genug. »Hat Ihnen denn noch nie jemand gesagt, daß Sie nicht von einem fahrenden Zug abspringen können?« Er sah mich dümmlich an, diese simple Volksweisheit begriff er offenbar nicht so ganz. »Wußten Sie denn nicht, daß man aus einem Geschäft mit solchen Typen nicht mehr rauskommt?«

»Ich dachte...«

Er sagte nichts mehr, erinnerte sich wahrscheinlich nicht mehr, was er dachte, und mir wurde allmählich klar, wo seine Probleme lagen. »Ich dachte...« Wieder schwieg er.

»Haben sie Sie gewarnt?«

»Was?«

»Haben sie Ihnen gesagt, was sie tun würden?«

»Sie haben nur gesagt, sie erwarten, daß das Geschäft weitergeht wie bisher. Sie schickten mir...«, wieder brach er ab.

»Das Geld«, führte ich den Satz für ihn zu Ende, und er nickte unglücklich.

»Ja, ich wollte es zurückschicken, aber in dem Monat waren wir knapp bei Kasse. Wir hatten doch gerade den Pool einbauen lassen und...«

»Mein Gott, Hellman«, ich verlor die Fassung. »Sind Sie denn wirklich so naiv? Sie haben das Geld genommen und wollten Ihre Gegenleistung nicht erbringen?«

Er kaute wieder an seinem Knöchel herum. »Ich wußte nicht, was ich tun sollte. Und dann...«

»Haben sie Sie gewarnt?« Er kaute und kaute. »Haben sie das getan?«

»Sie haben gesagt, ich soll lieber mitspielen.«

»Wer hat das gesagt?«

»Die.«

»Geben Sie mir Namen.«

»Nein, das kann ich nicht.« Du willst nicht, dachte ich, aber es hätte keinen Sinn gehabt, ihn zu drängen. Er war zu eingeschüchtert.

»Sie haben gesagt, Sie spielen lieber mit, sonst?«

»Was meinen Sie?«

»Seien Sie kein solcher Narr, Hellman. Womit haben sie Ihnen gedroht?«

»Sie haben gesagt... sie haben gesagt, wenn ich nicht mitspiele, würde das sicher meiner Freundin nicht gefallen.«

»Haben Sie sie gewarnt? Haben Sie irgend etwas unternommen?«

»Über solche Sachen habe ich nicht mit ihr geredet. Sie hat nichts davon gewußt. Ich wollte nicht, daß sie sich Sorgen macht. Ich...«

»Ich finde Sie zum Kotzen.« Mir war auch tatsächlich übel, und mein Kopf tat mir weh. Hellman spielte mit den Büroklammern auf seinem Tintenlöscher.

»Haben Sie irgendwas gesagt, nachdem sie umgebracht worden ist?«

»Was meinen Sie?«

»Sie wissen genau, was ich meine. Antworten Sie mir.«

»Sie haben angerufen und gesagt, hoffentlich mache ich mir mehr aus der Gesundheit meiner Frau und meiner Kinder als aus der meiner Freundin.«

»Und – tun Sie das?«

»Ich hab' so gestimmt, wie sie es wollten.« Er sah seine Hände an.

»Schlafen Sie eigentlich gut, Hellman?« Ich stand auf und griff nach dem Türknauf.

»Warten Sie einen Augenblick. Gehen Sie nicht. Was wollen Sie jetzt machen? Sie gehen doch nicht zur Polizei, oder?« Er rappelte sich hoch. »Hören Sie, ich könnte dafür sorgen, daß...«

»Ich nicht zu kurz komme dabei? Bestechung ist ein Verbrechen.«

»Ich habe kein Wort gesagt«, antwortete er finster.

»Sie haben ihr die Kehle durchgeschnitten, Hellman, von einem Ohr zum anderen. Haben Sie bei ihr auch dafür gesorgt, daß sie nicht zu kurz kommt dabei?« Er sank auf seinen Stuhl zurück, und ich ging hinaus.

21

Liebe Charity,

meine Mutter sagt, Mädchen sollen Jungs das Gefühl geben, daß sie die Klügeren sind, weil das die Jungs freut und die Mädchen so jede Menge Verabredungen kriegen. Was meinen Sie dazu?

Eine Schlaue

Liebe Schlaue,

ich halte das für eine großartige Idee, wenn Sie dumme Jungs mögen und selbst gern dumm aussehen. Ihre Mutter sagt sicher auch, daß Blondinen mehr Spaß haben.
Ich bin der Meinung, Sie sollten so sein, wie Sie sind.

Charity

In Büchern und Filmen halten die Privatdetektive immer bis zum bitteren Ende durch. Sie haben sich mit Jack Daniel's einen Rausch angetrunken, sind bei sechzig Stundenkilometern aus dem Auto gestoßen und noch hundert Meter mitgeschleift worden, aber sie taumeln immer weiter und lösen den Fall, essen, trinken und bumsen die ganze Nacht. Ich nehme an, der große Unterschied zwischen ihnen und mir besteht im Publikum. Sie haben eines, ich nicht. Ich beschloß, zu Joe und Betty zu fahren, mich mit irgend etwas Eßbarem ins Bett zu legen und Seifenopern im Fernsehen anzuschauen, bis ich einschlief. Danach konnte ich mir immer noch Gedanken machen, wie ich härter werden könnte.

Ich schlief den ganzen Nachmittag bis zum Abendessen. Es war toll, ich hatte keine Träume, und niemand sang mir den Zirkussong vor. Als ich aufwachte, nahm ich nicht als erstes meinen eigenen wilden Herzschlag wahr, sondern leise Stimmen in der Küche. Ich lag eine Weile da und lauschte, ohne etwas zu hören. Es klopfte an der Tür, und Betty kam herein.

»Wie geht's dir? Du siehst erholt aus. Hank ist da und möchte wissen, ob du zum Essen ausgehen willst. Ich glaube, er hat was von mexikanisch gesagt.«

Ich horchte auf. Mexikanisch gehört zu meinen Lieblingsessen. »Ich dusch' mich und zieh' mich an und bin sofort fertig«, sagte ich. Und ich versuchte es, aber *sofort* ist eben relativ. Mit einem Gips am Arm nimmt die Zeit andere Dimensionen an.

Ich kämpfte mich in ein rosafarbenes Kleid mit überschnittener Taille, kurzen Ärmeln und gebauschtem Rock. Es sah toll aus mit den hochhackigen weißen Sandalen, die ich nicht mehr hatte. Also kramte ich ein Paar flache heraus. Ich war abgesehen von den dunklen Rändern um die Augen und dem offenen Reißverschluß am Rücken, den ich nicht allein zubrachte, ganz präsentabel. Gegen die dunklen Ränder konnte ich nichts machen, mit dem Reißverschluß ließ ich mir von Betty helfen.

»Bildhübsch«, sagte Joe mit altmodischem Charme. Ich lachte, als ich mich daran erinnerte, wie wir den Modellen in den Modemagazinen als Kinder immer die Augen schwarz angemalt hatten. Was für ein Bild. Joe lächelte, weil er glaubte, daß ich mich über sein Kompliment freute, was ich ja auch tat. Betty fragte mich, ob ich Bier oder Wein wolle, und Hank zog mich auf seinen breiten, kräftigen Schoß herunter und faßte mich sanft um die Taille. Ich entschied mich für Wein und lehnte mich zurück gegen seinen Körper. Dann spürte ich, wie seine rauhe Wange an der meinen rieb. Ein schönes Gefühl.

»Du siehst viel besser aus nach einem Tag Ruhe.« Er umarmte mich wieder. »Du riechst auch gut, nach Flieder und Lavendel. Wie altmodisch. Parfüm?«

»Handcreme und ...«

»Erinnert mich an meine Großtante. Wahrscheinlich tragen heute nicht mehr viele Frauen Parfüm.«

»Das weiß ich nicht. Aber immer mehr Männer machen

es.« Ich verzog das Gesicht. »Ich bekomm' Kopfweh davon, und außerdem ist es teuer. Wenn ich schon teures Zeug mit Alkohol drin kaufe, dann trink' ich's lieber, als daß ich's mir aufs Handgelenk sprühe.«

Joe lachte schallend. »Bravo, Kat. Und wer behauptet da, daß gesunder Menschenverstand und Weiblichkeit nicht zusammenpassen?«

»Ich nicht«, sagte Hank und drückte mich wieder an sich.

»Nein.« Ein moralisches Dilemma hing über mir wie ein Damoklesschwert: wie ich nämlich den Tag tatsächlich verbracht hatte im Gegensatz dazu, wie alle glaubten, daß ich ihn verbracht hatte. Folglich konnte ich mich auf das Gesprächsthema, das ich normalerweise als packend empfunden hätte, nicht so richtig konzentrieren. »Hört mal, ich...«

»Die Mode ändert sich«, sagte Betty. »Gott sei Dank. Wißt ihr noch, damals, die Sache mit Twiggy? Damit würde sie jetzt keinen Blumentopf mehr gewinnen. Heute sind uns ein durchtrainierter Körper, geistige Regheit und gesunder Menschenverstand wichtig. Man bewundert Frauen nicht mehr, weil sie hilflos, dumm und unfähig sind, und das wurde auch Zeit.«

»Manche von uns haben diese Eigenschaften schon immer anziehend gefunden.« Dabei kniff Joe Betty in ihr üppiges Hinterteil. Sie scheuchte seine Hand mit einer liebevollen Geste weg.

»Hast du Kraft, Kat, treibst du Sport?« fragte sie mich.

»Ja. Ich kann sieben Kilometer laufen, drei Kilometer schwimmen, ganz allein einen Billardtisch herumtragen und über niedrige Häuser springen. Außerdem kann ich Wild Turkey pur trinken und scharfes mexikanisches Essen vertragen.«

Hank drückte mich noch einmal an sich. »Mmm, genau mein Typ.«

»Hört mal«, fing ich wieder ohne irgendwelche Aussichten auf Erfolg an. »Ich muß euch etwas...«

Betty kicherte. »Heute halten wir Stärke und Selbständigkeit bei einer Frau für schön. Wenn man da an die Chinesen denkt, die ihren Frauen die Füße zusammengebunden haben, oder an die viktorianische Zeit, wo man sich den Körper mit diesen schrecklichen Fischbeinkorsetten zusammengeschnürt hat. Und das alles im Namen der Weiblichkeit. Dabei hat man die Frauen damit nur hilflos, abhängig und lebensunfähig gemacht.« Sie verzog das Gesicht. »Zum Glück ist das heute anders, und die Männer finden starke, selbständige Frauen attraktiv.«

Ich schnaubte verächtlich.

»Bist du nicht meiner Meinung?«

»Nein«, antwortete ich.

»Ja«, sagte Hank.

»Na ja, ja und nein«, verbesserte ich mich. »Manche Männer, aber die sind eher die Ausnahme als die Regel. Oder sie sind theoretisch dafür, aber letztlich würden sie keine solche Frau kennenlernen, als Chefin oder Schwägerin haben wollen.«

»Du kennst einfach die falschen Männer«, sagte Hank.

»Ja.«

»Aber das könnten wir ändern.«

»Ja.« Er küßte mein Ohr. In meinem Kopf war dabei ein deutliches Schmatzen zu vernehmen.

»Ich fühle mich ausgesprochen angezogen von starken, selbständigen Frauen, besonders von solchen mit Gips und blauen Augen«, bemerkte Hank.

»Gut, ich komme sowieso um vor Hunger.«

»Dann trink deinen Wein aus und laß uns gehen.«

»Ich beeil' mich ja schon«, erklärte ich, »und außerdem würde ich mich gern mit euch über einige Dinge unterhalten.« Ich atmete tief durch. »Ich hab' heute ein paar interessante Gespräche geführt.«

»Am Telefon?« fragte Betty.

»Tja, eigentlich war ich ein bißchen draußen.« Ich versuchte, lässig zu klingen.

Hank fing an zu lachen. »Natürlich. Und sonst?«

»Ich hab' gedacht, du magst starke, selbständige Frauen?«

»Ja«, sagte er, aber diesmal in verändertem Tonfall. Ich drückte seinen Arm. Auch Männer mit guten Anlagen müssen eben noch ein bißchen abgeschliffen werden.

»Mit wem hast du gesprochen?« fragte Joe.

»Mit Allyson, der Frau, mit der das tote Mädchen zusammengewohnt hat. Sie hat mir nicht viel mehr sagen können als der Polizei. Abgesehen von einer Sache, und die war die Fahrt, den löslichen Kaffee und die alten Zuckerdoughnuts wert.« Meine Aussage stieß auf erwartungsvolles Schweigen, in dem ich mich kurz sonnte. »June hatte ein Verhältnis mit Steve Hellman, einem der Planungsausschußmitglieder, die beim zweiten Mal anders gestimmt haben.«

Betty seufzte. »Armes Mädchen, armes, ahnungsloses Mädchen.« Ich spürte, wie sich Hanks Körper unter mir verkrampfte. Ich glaube, er verwandelte sich in einen Polizisten, ohne es zu merken. Wie ein Werwolf bei Vollmond konnte er nichts dagegen tun.

»Dann bin ich zu Hellman gefahren.« Hank verkrampfte sich noch mehr, und Joe runzelte die Stirn.

»Ich hab' ihn in die Enge getrieben. Das war nicht schwierig«, fügte ich hinzu. »Hinter seiner harten Fassade ist er nämlich bloß ein jämmerlicher Waschlappen, der sich in die Hosen macht.«

»Solche Leute können gefährlich werden«, sagte Hank.

»Ich weiß.«

»Wie eine Ratte, die man in die Enge treibt. Die werden selten selbst gefährlich, sondern bringen eher andere gefährliche Dinge ins Rollen.«

Ich nickte. Ich hatte das auch schon erlebt. Eine Mutter kämpft für ihr Kind, und das beweist ihre noble Gesinnung. Eine Ratte kämpft nur für sich selbst. Da die menschliche Rattensorte nur wenige Werte und keine Moral kennt, ist sie ebenfalls unberechenbar. Gefährlich, wie Hank sich ausdrückte, und alles andere als nobel.

»Er hat zugegeben, daß er von New Capital Ventures bezahlt wird, obwohl er keine Namen nennen wollte oder konnte. Er hat gesagt, daß er raus wollte aus der Sache, aber das Geld trotzdem genommen hat. Schließlich muß man ja irgendwie den Swimmingpool finanzieren.«

»Kluges Kerlchen.« Der Sarkasmus in Joes Stimme war nicht zu überhören.

»Ja. Und es kommt noch besser. Sie haben ihm gesagt, wenn er das Spielchen nicht nach ihren Regeln spielt, wird seine Freundin dafür büßen. Also hat er natürlich noch ein bißchen herumgeschwafelt.«

»Hat er dem Mädchen was davon gesagt oder irgendwas unternommen, um sie zu beschützen?«

»Nein. Nach ihrem Tod hat er noch eine Warnung bekommen. Spiel mit, oder deine Frau und die Kinder sind die nächsten.«

»Warum sind eigentlich immer die Unschuldigen die Leidtragenden?« fragte Betty mit leiser, klagender Stimme.

»Nicht immer, aber zu oft«, sagte ich.

»In der Geschichte muß ich was unternehmen, Schatz«, sagte Hank. Er saß immer noch ganz verkrampft da.

»Natürlich. Ich bin ganz deiner Meinung.« Er entspannte sich ein bißchen. Er hatte wahrscheinlich Angst gehabt, daß ich ihm widersprechen würde, aber wenn die Polizei sich darum kümmerte, sollte mir das recht sein. Aber bis dahin war ich auch noch mit von der Partie.

»Und was jetzt?« fragte Joe. Ich sagte wahrheitsgemäß, ich hätte keine Ahnung. Ohne Namen kann man nichts unternehmen, und genau die fehlten uns. Namen und Fakten. Oder vielleicht auch die Verbindung zwischen beidem.

Wir hatten Fakten: Hellman stand auf der schwarzen Liste; Phillips und seine Frau waren bedroht worden; eine junge Frau und Sam waren tot; New Capital Ventures kaufte immer mehr Grund auf. Wir hatten Namen: zum Beispiel Blackford. Ich tippte auf ihn, aber was hieß das schon? Wir hatten eben keine Verbindungen. Ich seufzte innerlich. Die Polizei würde sich die Angelegenheit jetzt noch einmal ansehen. Vielleicht stieß sie auf Namen, Fakten und Verbindungen. Sie konnte das normalerweise recht gut. Und sie konnte auch ganz gut Druck machen.

»Und was jetzt?« fragte Hank. »Wir gehen zum Essen. Hast du Hunger?« fragte er mich, stand auf und beförderte mich so auf den Boden.

»Ich komm' um vor Hunger. Ich könnte einen ganzen Ochsen verdrücken.«

»Das sagt Joe immer«, meinte Betty nachdenklich.
»Ja, das hab' ich auch von ihm gelernt.« Ich lächelte.
»Vielleicht bring' ich sie nicht mehr zurück«, sagte Hank und nahm mich an der Hand. Ich lächelte wieder.

22

Liebe Charity,

halten Sie es für absolut notwendig, genau den richtigen Wein zum richtigen Essen zu reichen? Gehört das zu den wesentlichen Regeln der Etikette?

Ein Musteryuppie

Lieber Musteryuppie,

nein. Ich halte es für absolut notwendig, die richtigen Leute einzuladen. Die essen und trinken gerne alles, was Sie ihnen vorsetzen.

Charity

Hank hielt mir die Tür zu einem alten Mustang auf, genau der Sorte, wie ich ihn mir immer für den Song ›Mustang Sally‹ vorstelle. Der weiße Lack und die hellbraunen Bezüge waren neu. Der Wagen sah toll aus, und das sagte ich Hank auch.

»Ich hab' eine Menge dran gemacht, nachdem Liz gestorben ist. Dadurch war ich beschäftigt und hab' meine Nase nicht in Sachen gesteckt, die mir nur Ärger gebracht hätten.« Ich streckte die Hand aus und berührte seine Wange.

»Wo gehen wir hin zum Essen?«

»Zu mir.« Das machte mich nervös. Er sah mich von der Seite an. »Du siehst nicht gerade begeistert aus.«

»Kannst du denn kochen?«

Er lachte. »Macht dir das Sorgen?« Ich nickte. »Natürlich. Du etwa nicht?«

»Doch, aber nicht sonderlich gut. Rührei, Tacos, Spaghetti. Meistens esse ich Sachen, die man nicht kochen muß – Joghurt, Hüttenkäse, sowas.«

»Zum Glück haben die Männer nichts Eiligeres zu tun gehabt, als in die Küche zu rennen und die Kunst des Kochens zu lernen, während die Frauen sich ins Berufsleben und in die Fitneßzentren stürzten.«

»Manche Männer.«

»Ja.«

»Hast du immer schon gekocht, auch bevor Liz gestorben ist?«

»Immer schon.« Er klopfte sich auf den Bauch. »Ich esse gern und koche gern.«

»Was hab' ich doch für ein Glück.« Wir lächelten uns an. Er fuhr den Rest des Weges mit einer Hand. Mit der anderen hielt er die meine auf seinem Knie. Ich bekam allmählich ein komisches Gefühl in der Magengegend, und das war nicht nur der Hunger.

Hank wohnte in einer ruhigen Straße mit vielen Pyramidenpappeln und Kakteen. Wir befanden uns in einem älteren Teil der Stadt; die Grundstücke hatten hier noch eine ordentliche Größe. Hanks Haus war aus Luftziegeln und mit einem roten Dach im spanischen Stil gebaut. Wir traten durch einen kleinen Hof, der von einer Luftziegelmauer mit einem schmiedeeisernen Tor umgeben war. In dem Hof plätscherte ein Springbrunnen, und alles war dicht mit Blumen und Grünpflanzen bewachsen. Es sah aus wie aus einem Schnulzenroman. Mir gefiel es so gut, daß ich nur ein paar unzusammenhängende Worte des Lobes herausbrachte. Hank lachte mich aus.

»Mir gefällt es auch. Das ist mein einziges Laster. Der restliche Garten ist mit zugunempfindlichen Gewächsen aus der Gegend bepflanzt, außerdem gibt's noch einen Steingarten und solche Sachen.«

»Und Fische?« Ich bemerkte einen orange-goldenen Schimmer im Teich. »Wie heißen die denn? Kannst du sie auseinanderhalten?«

»Klar. Fische haben auch eine Persönlichkeit, obwohl sie nicht so besonders interessant sind. Du kannst ihnen ruhig Namen geben, ich hab's nicht getan. Komm rein.«

Er zog sanft an meiner Hand. »Wir setzen uns später raus.«

Das Haus war kühl, ruhig und friedlich. Dann fiel ein schwarzer Tornado über uns her. Hank klopfte dem Hund den Rücken, nahm seinen Kopf in die Hand und redete mit ihm, während er sich langsam aber sicher in einen Zustand der Verzückung hineinwedelte.

»Kat, das ist Mars. Mars, Kat ist eine Freundin.«

Der Hund nahm mich mit einem Blick und sabbernder Zunge zur Kenntnis. Er war groß, hauptsächlich schwarz, und wahrscheinlich zum größten Teil schwarzer Labrador.

»Nach dem Planeten, dem Gott oder dem Schokoriegel?«

»Was?«

»Mars.«

»Anfangs hauptsächlich nach Mars, dem Kriegsgott.« Ich nickte. »Ein Freund hat ihn mir gleich nach Liz' Tod gegeben. Ich wollte ihn zuerst nicht. Ich wollte damals keinen Trost, nichts, was sich zwischen mich und die schwarze Leere gedrängt hätte.«

»Aber er hat sich einfach in dein Herz hineingewedelt, und da ist er auch geblieben.«

»Genau.«

»Und hat dir geholfen?«

»Ja.«

»Und ist er heute immer noch der Kriegsgott?«

»Er ist inzwischen schon eher der Schokoriegel.« Er grinste, streckte die Arme nach mir aus und begann, an meinem Ohr herumzuknabbern.

Ich schlüpfte unter seinem Arm weg. »Wo geht's in die Küche? Zeit zum Futterfassen. Was riecht denn hier so gut?«

»Die Sauce für die Enchiladas. Die hab' ich schon vorher gemacht.«

»Selbstgemacht?« Ich war beeindruckt.

»Natürlich. Ein Glas Wein? Komm, such dir was aus.«

Aber ich blieb im Wohnzimmer und sah mich um. Es war einfach und liebevoll eingerichtet. Ein alter Kamin, mexikanische und indianische Teppiche auf dem Holzboden und schlichte Möbel in Erdtönen. Über dem Kaminsims hing ein gebleichter Dickhornschafschädel, an der Wand ein Druck von Georgia O'Keefe und dazu noch ein Satz schöner blauer Tonteller. Ich war entzückt.

»Rot oder weiß, Kat?«

»Was?«

»Wein.«

»Ach so. Ich komm' und schau' ihn mir an.« Ich riß mich los. »Hank, das Haus ist wunderschön.«

»Ja. Weißt du, wenn ich nicht ein schönes, ruhiges Zuhause hätte, könnte ich kein Polizist mehr sein. Als Liz noch da war, war's noch schöner, aber Mars und ich kommen schon zurecht.« Er schwieg einen Augenblick. »Du bist die erste Frau, die ich hierher eingeladen habe.«

»Ich fühle mich geehrt.«

Er lächelte. »Rot oder weiß?« Er deutete auf mehrere Möglichkeiten auf der Anrichte mit den spanischen Fliesen. Die Auswahl war gelinde gesagt exzentrisch. Ich sah ihn nachdenklich an. »Du trinkst nicht viel Wein, oder?«

»Ist das so leicht zu sehen?« Ich nickte, und er lachte. »Im Kühlschrank ist Sekt. Fangen wir damit an. Das ist immer gut.«

»O ja.«

Wir stießen an, anfangs auf nichts Besonderes, nur mit den Augen, und dann auf einen neuen Anfang.

»Kann ich mich irgendwie nützlich machen?« Hank hatte eine Platte aufgelegt – Jazz. Ich kenne mich bei Jazz nicht aus, aber die Musik gefiel mir.

»Du kannst den Salat machen.«

Ich versuchte es, aber nachdem ich mir den Gips zweimal und den Kopf einmal angestoßen hatte, hielt er mich zurück.

»Normalerweise bin ich nicht ganz so ungeschickt.«

»Schenk du den Sekt ein, ich mach' den Rest schon.«

Ich schenkte den Sekt ein und sah mir dann das Haus an, während er die Enchiladas zubereitete und wir uns unterhielten.

Wir aßen Hähnchen, Enchiladas mit saurer Sahne und Käse, Zwiebeln, Jalapeño und Oliventacos. Es war so gut, daß ich mir den Bauch vollschlug und fast nach dem Rezept gefragt hätte. Höchstwahrscheinlich hätte ich diese Köstlichkeiten aber sowieso nicht gekonnt. Außerdem gab's ein Reisgericht und einen grünen Salat, beides ausgesprochen lekker.

»Ich hätte noch Nachtisch zu bieten, oder willst du lieber warten?«

»Warten«, sagte ich. »Außerdem würde ich gern noch mal über den Fall reden.«

»Na gut.« Er seufzte. »Aber nur ein bißchen. Dann hören wir auf damit.«

»Gut.«

»Fangen wir mit dem an, was du weißt.«

»Ich weiß, daß Sam mit New Capital Ventures zu tun hatte und daß ihn jemand umgebracht hat. Ich weiß, daß auf mindestens zwei Mitglieder des Planungsausschusses Druck ausgeübt worden ist, damit sie für eine Baulanderschließung stimmen, die wesentlich für die Pläne von New Capital Ventures war. Ich weiß, daß June umgebracht wurde, um Hellman am kurzen Zügel zu halten. Ich weiß, daß Deck von alledem nicht sonderlich überrascht war und mich gewarnt hat. Ich weiß, daß zwischen den Kasinos, besonders dem von Don Blackford, und New Capital Ventures eine Verbindung besteht.«

Ich holte kurz Luft. Hank hörte meiner Litanei aufmerksam zu. Mars döste zu unseren Füßen vor sich hin. »Ich habe den starken Verdacht, daß es hier um illegale Spieleinnahmen und Geldwäsche geht und daß New Capital Ventures damit zu tun hat. Ich weiß, daß jemand versucht hat, mich umzubringen, wahrscheinlich, weil ich in der Angelegenheit herumstochere. Ich weiß eine ganze Menge, Hank, aber ich kann verdammt noch mal nichts davon beweisen.«

Hank nickte und stellte die Teller aufeinander.

»Ich hätte noch nicht einmal Beweise, wenn Hellman oder das Ehepaar Phillips reden würde. Und das bezweifle ich. Man kann im Zusammenhang mit dem Mord an dem Mädchen oder an Sam und mit der Fahrerflucht nichts nachweisen, und es ist auch unwahrscheinlich, daß man das jemals können wird.«

»Schwer zu sagen.«

»Glaubst du denn, daß sich noch etwas ergibt?«

Er zögerte. »Nein, wahrscheinlich nicht. Es sei denn, wir bekommen einen Hinweis.«

»Also was dann?«

»Wir müssen eben abwarten.«

Ich schüttelte den Kopf. »Find' ich nicht gut. Wir sollten sie lieber ausreizen.«

»Und wie denkst du dir das?«

»Ich überlege noch.« Mit anderen Worten: Mir fiel auch nichts ein.

»Daß du ja nicht auf die Idee kommst, Lockvogel zu spielen. Du bist keine Katze, du hast keine neun Leben.«

»Nein.« Ich sagte das mit ziemlich unschuldiger Stimme, aber er sah mich trotzdem mißtrauisch an.

»Sie haben schon einmal versucht, dich umzubringen.«

»Ja.«

»Kat, ich will nicht, daß dir was passiert.«

»Ich auch nicht. Ich werd' mich wie eine Katze an die Tauben anschleichen.«

»Nein, du bist die Taube, die Taube unter den Katzen, und das ist kein schöner Gedanke.«

Da konnte ich nur zustimmen. Bei dem Gedanken lief es mir kalt den Rücken herunter. Ich beschloß, von etwas anderem zu sprechen.

»Wollen wir abspülen?«

»Das kann warten.« Ich widersprach nicht. Alle Arten von Hausarbeit, besonders der Abwasch, stehen auf meiner Prioritätenliste ganz unten.

»Laß uns rausgehen.«

Hank schenkte uns noch einmal Sekt ein, und wir gingen in den luftziegelummauerten Hof, wo das Mondlicht auf dem plätschernden Springbrunnen tanzte. Wir schienen eine Ewigkeit dort zu sitzen, zu reden, zu lachen und uns zu küssen. Wir schwiegen eine Weile, dann redete Hank.

»Bleibst du heute nacht bei mir?« Er berührte mich nicht, als er das fragte. Er wollte mich, das wußte ich, und ich wollte, daß er mich wollte, aber nur, wenn alles stimmte.

»Ja.« Auch ich berührte ihn nicht, als ich das sagte, aber danach schlüpfte ich in die Arme, die er nach mir ausstreckte.

»Wenn ich nicht aufpasse...« Ich schwieg, zum erstenmal seit zweieinhalb Jahren fehlten mir die Worte.

»Wir passen schon auf – auf unsere Gesundheit, Babys, alles.«

»Und wie steht's mit der Liebe?«

»Nein, darauf nicht.«

Hank legte mir den Arm um die Taille, stand auf und zog mich mit hoch. Ich spürte die festen, harten Muskeln seines Körpers. Ich wollte ihn genausosehr wie er mich. Wegen des Gipses mußte er mich ausziehen. Einmal hätte ich ihn fast damit erwischt. Das störte uns nicht. Wir schliefen nicht viel in dieser Nacht, und auch das störte uns nicht.

23

Liebe Charity,

mein Geschichtslehrer redet immer von Leuten, die ›für ihre Überzeugung einstehen‹. Was bedeutet das? Für mich klingt das altmodisch und dumm.

Al aus Ohio

Lieber Al,

es bedeutet, daß man genug Mut hat, für das, woran man glaubt, zu leben oder zu sterben. Nathan Hale ist für sein Land gestorben, Jeanne d'Arc für Gott. Heutzutage hört man nicht mehr viel von solchen Leuten, aber das bedeutet noch lange nicht, daß es altmodisch oder dumm ist. Ich glaube, wir könnten viel mehr Mut und Überzeugung auf der Welt brauchen.

Charity

Als ich am nächsten Morgen aufwachte, lag mein Kopf auf Hanks Brust, und er hielt mich im Arm. Mein gesunder Arm steckte unter meinem Körper, und der Gips ruhte zum Teil auf dem Bett und zum Teil auf seinem dichten, dunklen Brusthaar. Ich lag eine Weile mit einem schüchternen, aber schönen Gefühl da. Dann drehte ich mich ein bißchen und begann, mich aus seiner Umarmung zu winden. Er drückte mich im Schlaf fester an sich und gab ein tiefes, gutturales Geräusch von sich. Ich wand mich weiter. Er schlug die Augen auf.

»Ich bin gleich wieder da«, sagte ich, und er lächelte und nickte schläfrig. Ich ging ins Bad und dann in die Küche, um ein Glas Wasser zu holen. Mars leistete mir Gesellschaft, und zusammen sahen wir zu, wie die ersten Sonnenstrahlen das Versprechen des neuen Tages über dem Sunrise Mountain herüberleuchteten. Als ich wieder ins Bett zurückkroch, war mir kalt. Hank zog mich in seine warmen Arme und fing an, mich zu küssen. Ich zitterte vor Freude über die Wärme und die Hände, die über meinen Körper glitten und mich liebkosten. Wir liebten uns lange und intensiv. Die Sonne war inzwischen ganz aufgegangen, und wir lächelten uns in dem frischen Licht an.

»Was hättest du gern zum Frühstück?«

»Mmm.« Ich streckte mich ausgiebig und rollte mich dann wieder zu Hank herum. Bedauerlicherweise verrechnete ich mich.

»Aua, verdammt, Kat. Was zum...« Er schwieg und sah mich wortlos an. Dabei rieb er sich die Stelle am Kopf, auf die ich gerade mit meinem Gips geknallt war.

»Ich hab' mich verschätzt«, flüsterte ich. »Tut mir leid. Ich wollte dich umarmen, aber ich kann noch nicht so gut mit dem Gips umgehen. Bist du in Ordnung?«

»Nichts passiert, was nicht wieder heilen würde. Du kannst jetzt aufhören zu flüstern.«

»Ach so«, sagte ich mit normaler Stimme. Mir war gar nicht aufgefallen, daß ich geflüstert hatte. »Komm, laß mich...« Hank duckte sich weg.

»Keine Chance, Schatz, du kannst deine eigene Kraft nicht so gut einschätzen.«

»Ich könnt' ja einfach nur küssen«, sagte ich mit verführerischer Stimme.

»Einfach nur küssen?«

»Ja.«

»Na schön.«

»Wo? Da?«

»Tiefer.«

»Da?«

»Tiefer.«

Wir fingen an zu lachen, und es dauerte eine ganze Zeit, eine schöne Zeit, bis wir wieder auf das Thema Frühstück zu sprechen kamen.

»Omelette, Waffeln, Toast, was möchtest du? Ich hab' Hunger, Schatz, und es wird Zeit zum Aufstehen.«

»Ich mach' das Frühstück.«

Hank sah mich zweifelnd an, und das völlig zu Recht.

»Nein, wirklich, Frühstück kann ich gut«, log ich ihm fröhlich vor, weil ich Eindruck schinden wollte. »Ist die Mahlzeit, die ich am besten kann. Pfannkuchen sind meine Spezialität.« Wieder log ich.

»Klingt großartig. Laß uns zuerst duschen.«

Hank hielt meinen Gips mit einer Hand aus der Dusche heraus und seifte mich mit der anderen ein. Mein Gipsarm wurde sauber und nicht zu naß. Ich ließ Hank singend in der Dusche allein und zog meinen Slip und eins seiner T-Shirts an. Etwas anderes schaffte ich allein noch nicht.

Meine Adoptivgroßmutter hat immer gesagt, daß große Köche sich auf ihre Eingebung verlassen können, alle anderen aber ein Kochbuch verwenden sollen. Ich wäre die letzte, die dem widersprechen würde, aber weil ich kein Kochbuch finden konnte, beschloß ich, es einfach drauf ankommen zu lassen. Wie schwierig konnten Pfannkuchen werden? Ich schlug den Teig, suchte mir Saft und Obst für einen Fruchtsalat zusammen und setzte das Wasser für den Kaffee auf, den ich nicht finden konnte. Dann deckte ich den Tisch.

»Sieht gut aus, riecht gut«, sagte Hank anerkennend und schaute mich an. Er beugte sich vor und küßte mich. Er roch selbst ganz sauber und nach Seife. Ich wollte ihn umarmen, aber er machte einen Schritt zurück. »Hoppla, ein Gips und ein Schaber, bewaffnet und gefährlich.« Er blieb stehen, wo ich ihn nicht erreichen konnte, und knabberte an meinem Nacken. »Ich hab' solchen Hunger. Ich könnt' einen ganzen Ochsen verdrücken.«

»Den Spruch kenn' ich doch. Mach du den Kaffee, ja? Dann ist auch der erste Schwung Pfannkuchen fertig. Wo ist der Ahornsirup?«

Die Pfannkuchen sahen rund, locker und eindrucksvoll aus. Irgendwas an ihnen war anders, merkwürdig anders, aber sie rochen gut. Ich beobachtete Hank selbstzufrieden, als er den ersten Bissen in sich hineinschaufelte. Er fing ganz begeistert an, aber die Begeisterung nahm mit jedem Bissen ab.

»Äh, Kat, was ist denn da drin?«

»Warum? Schmecken sie dir nicht?« Ich merkte, wie mein Tonfall ein klein wenig aggressiv wurde.

»Das habe ich nicht gesagt. Ich hab' mich nur gefragt, was drin ist.«

»Ach so.« Gleich ging's mir wieder besser. Schließlich sollten Köche bereit sein, Rezepte und Geheimtips auszutauschen. »Das sind Obstpfannkuchen«, erkärte ich. »Statt Milch hab' ich Orangensaft genommen. Außerdem ist Ananasmarmelade und ein bißchen Erdbeereis drin.«

»Erdbeereis in Pfannkuchen?« fragte er mit schwacher Stimme.

»Nur wegen der Erdbeeren, dem Fruchtaroma, weißt du. Ich hab' gedacht, das ist eine nette Abrundung«, gestand ich, stolz auf meinen Einfallsreichtum. »Wie findest du's?«

Hank reichte mir wortlos seinen Teller. Ich konnte das schon verstehen. Mir fehlen auch oft in wichtigen Momenten die Worte – zum Beispiel bei der Betrachtung eines Kunstwerkes oder der Würdigung eines kulinarischen Genusses. Ich schnitt eine große Ecke ab, tauchte sie in den Sirup und schob das Ganze in den Mund.

Das Eis weichte das Innere des Pfannkuchens auf, der Orangensaft schmeckte dünn und wäßrig, und die Ananasmarmelade war klumpig.

»Hank, das Zeug ist ja furchtbar. Dabei wollte ich was ganz Besonderes machen.« Ich seufzte.

»Schatz, es ist sowieso schon etwas ganz Besonderes, mit dir zusammenzusein, da ist das Frühstück nicht so wichtig. Und außerdem werd' ich es mit Sicherheit nicht so schnell vergessen.« Ich sah ihn mißtrauisch an. Er kämpfte gegen ein Lachen an.

»Hank!«

»Tut mir leid, Kat.« Er mußte so lachen, daß ihm die Tränen die Backen herunterrollten. »Ich glaub', wir fangen noch mal von vorn an.« Ich schwieg verletzt und mit würdigem Gesichtsausdruck. Er nahm den Teller und stieß einen Pfiff aus. Mars kam mit aufgestellten Ohren und wedelndem Schwanz hereingetrottet. Hank stellte den Teller auf den Boden, und Mars verschlang einen ordentlichen Hundebissen.

»Siehst du, Mars schmecken sie«, sagte ich triumphierend. Aber ich hatte mich zu früh gefreut. Mars hörte auf, mit dem Schwanz zu wedeln, und die Ohren fielen ihm schlapp herunter. Er sah Hank vorwurfsvoll an und verschwand aus dem Zimmer.

»Ach.« Ich hörte auf mit der Angeberei und ließ auch die Flügel hängen. »Na gut.«

»Wie wär's, wenn ich uns French Toast mache?« fragte er und umarmte mich.

»In Ordnung.«

»Du hast den ganzen Tag schon lange vor dem Frühstück für mich gerettet, Kat.« Er lächelte mich an, und ich fühlte mich besser. – Nicht zuletzt deshalb, weil ich wußte, daß ich die Pfannkuchen auch nicht essen mußte. Statt dessen schaufelte ich zweieinhalb Portionen French Toast in mich hinein, um – wie ich mir einredete – wieder zu Kräften zu kommen.

»Weißt du noch, was ich gestern abend übers Ausreizen gesagt habe?« bemerkte ich schließlich, als ich den Mund gerade einmal nicht voller Essen hatte.

»Mmm.«

»Hank, hörst du mir zu?«

»Mmm.«

»Ich mal' mich rot, weiß und blau an und stell' mich so auf die Straße. Was hältst du von der Idee?«

»Mmm.«

Er hörte mir nicht zu. Die Zeitung am Frühstückstisch und die tauben Ohren müssen irgendwie genetisch mit dem Y-Chromosom verbunden sein. Ich pfiff Mars und bot ihm die letzten Krümel eines French Toast. Er sah mich interessiert und mißtrauisch an und schnupperte vorsichtig, bevor er fraß. Ich seufzte laut. Keine Reaktion. Ich seufzte noch einmal. Mars trottete aus dem Zimmer. Schließlich war er nicht auf den Kopf gefallen.

»Was möchtest du heute machen, Schatz?«

»Ich möchte mit dir reden.«

»Gut, schieß los.« Er wandte sich wieder der Zeitung zu.

»Und ich will, daß du mir zuhörst.«

»Mmm.«

Ich seufzte wieder und spazierte ins Bad. Dann kam ich zurück. Ich hatte zwar den BH an, aber er war noch nicht zu. Außerdem hielt ich mein Sonnenkleid in der Hand. »Mach mir den BH zu, Hank.« Ich setzte mich auf sein Knie. Ein unaufdringliches Manöver hatte keinen Zweck, solange er die Zeitung las. Er machte mir den BH nicht zu, sondern zog ihn mir herunter, nahm meine Brüste in seine Hände und fing an, an mir herumzuknabbern und mich zu küssen. Fortschrittliche und bewußte Männer wie Hank behaupten immer, daß sie eine Frau mehr wegen ihres Geistes als wegen ihres Körpers schätzen – dann passiert so was, und man beginnt sich so seine Gedanken zu machen. Offenbar ist auch die Bewußtheit eine relative Größe.

»Können wir jetzt reden?«

»Reden? Wie wär's mit später? Kat, laß uns doch...« Ich seufzte.

»Hank, ich muß mit dir reden.«

»Gut, Schatz.«

»Mach mir den Büstenhalter zu, du bist nicht bei der Sache.« Jetzt war er dran mit seufzen. Aber wenigstens machte er endlich die Haken zu. Dann liebkoste er mit den Händen meinen Bauch und spielte mit meinen Brustwarzen, die – der Geist ist willig, aber das Fleisch ist schwach – hart wurden. Ich drehte mich um und saß mit dem Gesicht zu ihm auf seinem Schoß. Er wich zurück, als mein Gips vorbeisauste. Er tat gut daran, denn sonst hätte ich ihn wahrscheinlich am Kinn erwischt.

»Mmm, Kat, wie wär's mit...«

»Ich glaube, ich hab' einen Plan, Hank.«

»Ich auch.« Seine Hände schlossen sich um mein Hinterteil und drückten mich.

»Hank, genau deswegen haben Männer einen so schlechten Ruf.«

Er schaute drein wie vom Donner gerührt, stand auf, setzte mich ab, zupfte seine Hose rund um die Ausbuchtung zurecht und marschierte zur Kaffeekanne.

»Noch Kaffee?«

»Ja, bitte.«

Er schenkte uns Kaffee ein und setzte sich, abgesehen von der Ausbuchtung, ganz geschäftsmäßig hin.

»Was für einen Plan?«

»Wir werden sie ausreizen. Das ist mir letzte Nacht mal zwischendrin gekommen.« Er runzelte die Stirn, und ich lächelte innerlich. »Sie hätten nicht versucht, mich umzubringen, wenn sie keine Angst hätten, wenn sie nicht unsicher wären, wieviel ich weiß und beweisen kann. Das kann ich zu meinem Vorteil ausnutzen. Je länger ich dasitze und Däumchen drehe, desto klarer wird's, daß ich keine Beweise habe.« Hank machte den Mund auf. »Was natürlich stimmt. Und genau da müssen uns jetzt Gerüchte und/oder Aussagen weiterhelfen.«

»Als da wären?«

»Zum Beispiel Aussagen der Polizei, daß bei einem oder mehreren der Mordfälle ›eine vielversprechende neue Spur‹ oder ›ein neuer Zeuge‹ aufgetaucht ist. Am besten wäre es, wenn dabei auch mein Name fiele. Wahrscheinlich könnte Joe dieselben Gerüchte verbreiten. In dieser Stadt dürfte es nicht allzulange dauern, bis sich das herumspricht. Natürlich ist das Ganze ein Bluff, aber vielleicht unternimmt ja jemand was, am besten etwas Dummes.«

Hank sah alles andere als begeistert aus. Den Köder auszuwerfen und einfach mal zu hoffen, daß etwas anbeißt, ist im Detektivgewerbe nichts Ungewöhnliches, aber die Methode ist nicht unbedingt die beliebteste.

»Haben wir denn eine andere Wahl?« fragte ich fast schon flehend und hoffte, daß ihm oder irgend jemandem sonst etwas Besseres einfallen würde.

»Ich weiß nicht, Kat, ich denk' drüber nach.« Er sah jetzt wieder wie ein Polizist aus, und die Ausbuchtung war verschwunden. »Ich werde dich jedenfalls mit Sicherheit nicht als Lockvogel einsetzen, das kannst du dir aus dem Kopf schlagen.« Ich beschloß, nichts von meinem anderen Plan zu erwähnen. Ich schlüpfte in mein Sonnenkleid, ließ mir von Hank den Reißverschluß zumachen und machte mich auf die Suche nach meinen Sandalen. Als ich zurückkam, starrte er mißmutig aus dem Fenster. Nicht sehr vielversprechend.

»Kat –.«

»Ich weiß.«

»Das tust du nicht«, sagte er wütend. »Wie kannst du bloß? Nachdem Liz –«

Hatte ich's doch gewußt. Verdammt. »Ich paß' schon auf.«

Es gab nicht mehr viel zu sagen. Jetzt starrten wir beide mißmutig aus dem Fenster. Ich brach das Schweigen als erste.

»Bring mich zurück zu Joe, Hank.«

»Gut.«

Wir fuhren auf der Panoramastraße, und Hank zeigte mir die Sehenswürdigkeiten der Gegend, aber es machte keinen Spaß. Die Atmosphäre zwischen uns war gespannt wie zwei Gummibänder kurz vor dem Zerreißen. Schließlich ließen wir es mit der Stille bewenden. Die Zeit und mit ihr die Fahrt floß nun langsam und träge dahin. Voller Erleichterung sah ich das kleine gelbe Auto vor Joes und Bettys Haus.

»Für mich war das nicht bloß eine Angelegenheit für eine Nacht.« Hank sah mich nicht an, als er das sagte. Ich legte ihm die Hand aufs Knie.

»Ich weiß. Für mich auch nicht.«

»Mach keine Alleingänge, Kat.«

»In Ordnung.« Ich atmete tief durch. »Ich versprech's«, sagte ich dann und hoffte dabei, dieses Versprechen halten zu können. Jedenfalls wußte ich, daß ich es versuchen würde. Wir küßten uns. Ich stieg aus dem Auto aus und ging ins Haus.

Im Kühlschrank war Eistee. Ich machte mich darüber her und beschloß, Joe anzurufen, ihm zu erzählen, was ich Hank gesagt hatte, und ihn um seine Unterstützung zu bitten.

»Was hältst du davon, Joe?«

»Ich glaube nicht, daß es funktioniert.«

Ich seufzte.

»Du etwa?« fragte er.

»Nein.«

»Die Jungs sind doch nicht von gestern. Wenn sie nicht sowieso schon die Hosen voll haben, müssen wir schon schwerere Geschütze auffahren, um sie auszuräuchern.«

»Deswegen habe ich ja auch noch einen zweiten Plan.« Das Schweigen klang unheilverkündend. »Joe, bist du noch dran?«

»Ja, ich warte nur mit angehaltenem Atem, Kat.«

Ich ignorierte den Sarkasmus. »Aha. Gut. Ich hab' mir gedacht, ich schau' bei Ollie vorbei und spiele mit offenen Karten. Danach werden die Informationen mit Sicherheit ziemlich schnell weitergeleitet.«

»Das heißt also, daß du dich selber als Lockvogel einsetzt, oder?«

»Nicht ganz. Aber natürlich hoffe ich, daß sich dann jemand mit mir in Verbindung setzt.«

»Könnte gut sein. Ich hab' so den Verdacht, daß das auch der Fall sein wird. Und wenn sie's tun, ist's nicht irgend so ein kleiner Fisch in einem Lieferwagen. Diesmal wird's jemand sein, der sein Handwerk versteht. Vergiß die Tontauben. Jetzt ist die richtige Jagd eröffnet.«

»Ich ruf' dich wieder an, Joe«, sagte ich und legte auf, bevor er noch etwas erwidern konnte. Ich hasse es, wenn niemand sich für meine Einfälle begeistert. Dann werde ich auch mürrisch. Gleich darauf klingelte das Telefon lange und ausdauernd, aber ich war zu sehr mit Reißverschlüssen und Knöpfen beschäftigt, um abzuheben. Was hat es schließlich für einen Sinn abzuheben, wenn es nichts mehr zu sagen gibt?

24

Liebe Charity,

glauben Sie, es ist richtig, Opfer für einen guten Zweck zu bringen? Es gibt so viele Dinge, für die man sich einsetzen könnte: sterbende Wale, bedrohte Redwood-Wälder, Ozonlöcher, geschlagene Frauen, mißhandelte Kinder. Wo soll man anfangen, und was soll man tun? Ich fühle mich so verwirrt und hilflos.

Eine Hilflose aus Tucson

Liebe Hilflose,

Sie fangen da an, wo Sie sind, und tun, was Sie können. Wenn jeder sich nur ein Anliegen herausgreift, das ihm wichtig ist – egal was –, und etwas unternimmt, sieht die Welt ganz anders aus. Rechnen Sie es sich selbst aus: 5 Milliarden Menschen + Zeit, Energie und Geld = Wandel und Hoffnung.

Charity

Auf der Baustelle war genausoviel Betrieb wie beim letzten Mal, doch diesmal ging ich ungehindert hinein. Ich sah Ollie nicht gleich, aber auf die Entfernung und bei so vielen Schutzhelmen war das kein Wunder. Ich hielt die Augen offen und ging hinüber zum Baucontainer. Ich hatte ihn schon fast erreicht, als sich einer der Schutzhelme aus einer Gruppe löste und mir zuwinkte. Ich winkte zurück und setzte mich auf die Stufen des Baucontainers, um zu warten. Es war heiß, und ich hoffte, daß es nicht zu lange dauern würde. Das tat es auch nicht.

»Wie geht's, Cathy, oder?«

»Kat.«

»Ja, genau. So was Dummes, sieht mir wieder ähnlich, so einen blöden Fehler zu machen.«

»Gar nicht so dumm. War ja schon nahe dran.«

»Ja. Was kann ich für Sie tun?«

»Ich wollte noch mal mit Ihnen reden und Ihnen die Einzelheiten über die Beerdigung sagen. Sie haben im Moment grade viel zu tun, oder?«

»Ja. Aber ich kann mir ein paar Minuten für Sie Zeit nehmen.« Ein Laster donnerte vorbei, und der Kran fing wieder an zu arbeiten. Ich spürte, wie der Staub sich auf mich legte. »Was ist denn mit Ihnen passiert, Mädchen?« Er deutete auf meinen Arm und übertönte dabei den Lärm.

»Lange Geschichte. Darf ich Ihnen nach der Arbeit ein Bier spendieren? Dann erzähl' ich Ihnen alles.«

»Klar, ist das beste Angebot, das ich bis jetzt gekriegt hab'«, antwortete er grinsend.

»Sagen Sie mir, wann und wo.«

»Hey, Bremmer, wo wollen Sie den Scheiß hin?« brüllte ein fleischiger, leicht verhaltensgestörter Kerl in einem Laster.

»Um fünf bei Diamond Lil's.« Er zeigte vage in eine Richtung. »Das können Sie gar nicht verfehlen.«

»Ich bin dort.« Er lächelte mich an und verschwand dann im Staub wie die Cheshire-Katze, als wieder ein Lastwagen vorbeidonnerte. Ich winkte dem Grinsen nach und ging zum Auto. Dann machte ich mich auf die Suche nach einem Shoppingzentrum.

Ich beugte mich dem Unvermeidlichen und beschloß, einkaufen zu gehen, was ich hasse. Aber der Unfall hatte seinen Tribut gefordert, was meine Kleidung anbetraf, und mein Aufenthalt hier zog sich länger hin als erwartet. Ich entschied mich für eine weiße Hose, eine Bluse, ein einteiliges Sonnenkleid mit Gummizug an der Taille und ohne Reißverschluß und für ein Paar hochhackige Sandalen. Ich bezahlte alles mit Kreditkarte, manches davon ging auf Spesen.

Ich machte mich ein bißchen frisch und schlüpfte in der Damentoilette eines Kasinos in das neue Kleid und die Sandalen. Das war eine deutliche Verbesserung, denn Staub und Schmutz zählen im allgemeinen nicht zu den gängigen Mitteln kosmetischer Verschönerung. Das Kleid war bunt und kurz, und mit meinem Gips sah ich auf tollkühne, verwegene Art attraktiv aus. Ich strich meinen widerspensigen, lockigen

Haarschopf nach hinten und stopfte ihn in eine Haarspange. Dann klatschte ich mir ein bißchen Make-up ins Gesicht, setzte ein Lächeln auf und war bereit, der Welt ins Auge zu blicken.

Danach hatte ich noch zwei Stunden Zeit totzuschlagen, und das tat ich an den Kartentischen bei Siebzehn und Vier. Durch eine konservative und ziemlich einfallslose Spielweise gelang es mir, im Verlauf einer Stunde achtzig Dollar anzuhäufen. Natürlich stieg mir mein Erfolg zu Kopf, so daß ich innerhalb der nächsten zwanzig Minuten dann hundert Dollar verlor. Ich nahm das als Fingerzeig des Schicksals hin und hörte auf, verstaute meine Sachen im Kofferraum meines Wagens und machte mich auf den Weg zu Diamond Lil's.

Das Lokal war dunkel und kühl und (wenn auch ungenau) auf historisch gemacht. Die Cocktailkellnerinnen sollten wie Barmädchen aus dem neunzehnten Jahrhundert wirken, aber sie schafften es nicht ganz. Statt dessen sah es so aus, als hätten sie die BHs, die ihnen den Busen hochschnürten, die Mieder und die Strumpfgürtel von demselben etwas schäbigen Versandhaus bestellt. Die meisten von ihnen schienen außerdem noch zum selben Friseur zu gehen, und zwar zu einem, der eine Vorliebe für Löckchen hatte. Aber wenigstens war das einmal eine gewisse Abwechslung zu den üblichen Showgirls in Las Vegas.

Ich setzte mich in eine Nische und bestellte ein Bier vom Faß. Es dauerte nicht lange, bis Ollie zu mir an den Tisch schlüpfte.

»Bringen Sie mir doch auch so eins«, sagte er zu der Kellnerin.

»Bringen Sie ihm lieber gleich zwei«, sagte ich. Er grinste.

»Gute Idee. Also, Kat, was ist mit Ihnen passiert?«

»Autounfall. War sogar im Krankenhaus. Ich hab' die Beerdigung verpaßt, deshalb haben Sie auch nichts von mir gehört.« Er nickte. »Die Familie hätte nichts dagegen, wenn Sie das Geld für die Blumen der Wohltätigkeitsorganisation spenden, die Sam am wichtigsten war.« Ich schwieg eine Weile und überlegte. »Rettet die Redwoods.« Ollie nickte, sah aber ein wenig verwirrt aus. Ich lächelte. Umweltschutzprojekte waren das genaue Gegenteil all dessen, was Sam heilig war: die mutwillige Zerstörung der Natur zugunsten des Profits.

Ollie leerte sein zweites Bier, und ich bestellte eine weitere Runde.

»Ollie, ich bin nicht ganz offen zu Ihnen gewesen.« Er zog die Augenbrauen hoch, und es gelang ihm, gleichzeitig interessiert und grüblerisch auszusehen. »Ich habe mich als Freundin der Familie vorgestellt. Das stimmt zwar – Charity Collins ist eine meiner engsten Freundinnen –, aber ich bin außerdem auch Privatdetektivin und geschäftlich hier.«

Ollie fing an zu lachen. »Und warum überrascht mich das nicht?«

»Vielleicht, weil ich einen verschlagenen Blick habe?«

»Nein, aber ich glaube, ich habe schon geahnt, daß da noch mehr dahintersteckt.« Er lächelte. »Und ich hab' recht gehabt. Worüber stellen Sie Nachforschungen an?«

»Charity hatte den Eindruck, daß Sam, ihr baldiger Exmann, zweihunderttausend Dollar aus der Gemeinschaftskasse genommen und hier investiert hat, um die kalifornischen Bestimmungen über den Erwerb von Immobilien zu umgehen. Ich bin hergekommen, um der Sache auf den Grund zu gehen. Und Charitys Vermutung hat gestimmt. Er hat das Geld in die Investmentgesellschaft New Capital Ventures gesteckt. Schon mal davon gehört?«

»Nein, sollte ich das?«

»Ihr Chef Ed Trainor gehört zu den großen Investoren. Genau wie Don Blackford. Dazu kommen noch ein paar kleinere Anleger und einige der Topkasinos.«

»Und warum muß ich das wissen?«

»Um mir eine Freude zu machen?«

»Na schön«, sagte er und runzelte die Stirn.

»Ich habe mir New Capital Ventures genauer angesehen. Die finanzielle Integrität des Unternehmens ist höchst fragwürdig. Ich stehe knapp davor nachzuweisen, daß es nur eine Scheinfirma für die Geldwäsche von illegalen Kasinoeinnahmen ist. Die politische Integrität ist genauso fragwürdig. Noch ein Schritt weiter, und schon sind wir bei der Bestechung und Einschüchterung von Planungsausschußmitgliedern, die über die Erschließung von Grund und Boden abzustimmen haben, der für die erwähnten Investitionen von Bedeutung ist.«

Ollie hatte inzwischen die letzte Brezel aufgegessen, und ich bestellte neue.

»Ich will nichts von der ganzen Scheiße wissen.«

»Ich glaube doch. Leute wie die neigen dazu, alle in ihre Geschäfte zu verwickeln, mit denen sie zu tun haben, auch die, die für sie arbeiten. Unschuldig und naiv nützt da nichts.« Wir saßen schweigend da, während die Bedienung neue Brezeln auf den Tisch stellte und Ordnung machte.

»Na schön, reden Sie weiter«, sagte er schließlich.

»Die Einschüchterungen sind mittlerweile über das Stadium der reinen Drohungen hinaus. Inzwischen sind vier Menschen tot.«

Er sah mich entsetzt an. »Tot? Aber wieso – können Sie das beweisen?«

»Ich kann eins und eins zusammenzählen. Eine Tote war die Freundin eines der Planungsausschußmitglieder, die ich erwähnt habe. Er wollte abspringen. Sie haben ihm gesagt, wenn er nicht spurt, wird seine Freundin dafür büßen. Er hat nicht schnell genug gespielt. Aber bei ihr ist es ziemlich schnell gegangen«, fügte ich nachdenklich hinzu. »Ich glaube nicht, daß sie noch lange Zeit zum Nachdenken gehabt hat. Mit durchgeschnittener Kehle dauert's nicht lange, bis man tot ist.«

Ollie zerbröselte völlig sinnlos die Brezeln in der Schale. Er machte so lange weiter, bis sie aussahen wie Kaninchenfutter.

»Reden Sie weiter.«

»Nachdem ich ein bißchen in der Sache herumgewühlt hatte, hat ein Kerl mit einem gestohlenen Lieferwagen versucht, mich zu überfahren. Ich bin mit einem Tag Krankenhaus, einem kaputten Arm und ein paar angeknacksten Rippen weggekommen. Eine schwangere Frau und ihre vierjährige Tochter sind gestorben.«

»Scheiße.« Er wischte die Schüssel mit den Brezeln weg

und verstreute sie dabei über den ganzen Tisch. Die Kellnerin kam sofort herübergetrippelt. Ich bestellte noch eine Runde Drinks ohne Brezeln.

»Sie haben doch Kinder, oder?«

»Zwei Mädchen.« Er starrte mich an. Ich nickte. Die Kellnerin knallte uns das Bier auf den Tisch.

»Dann ist da noch Sam. Er kriegt raus, daß nicht alles so ist, wie er sich das vorstellt, bekommt Panik und macht den Mund zu weit auf. In einer Krisensituation ist mit Sam nicht allzuviel anzufangen, da macht er sich in die Hosen. Ein Unternehmen wie New Capital Ventures kann sich kein schwaches Glied leisten, besonders, wenn es das Maul zu weit aufreißt.«

»Sie wollen damit also sagen, daß Ed – daß es gar kein Unfall war – daß...«

»Ja, genau das will ich damit sagen. Normalerweise sagt man Mord dazu.«

Er stand unvermittelt auf. »Entschuldigen Sie mich. Ich muß mal.« Ich hoffte, daß er zurückkommen würde. Ich erwartete es. Ollie liebte seine Töchter, und das war ein ganz guter Grund. Es dauerte eine Weile, aber er kam zurück.

»Ich weiß, daß das nicht fair ist, aber ich mache Ihnen Vorwürfe, weil Sie mir das alles erzählt haben.«

»Das kann ich verstehen«, sagte ich, und das stimmte auch. Ich kannte dieses Gefühl von mir selbst. »Aber Unschuld und Unwissen helfen nicht. Das schützt weder Sie noch Ihre Familie.«

Seine großen, schwieligen Hände verkrampften und entspannten sich wieder. Ich sah zu, wie seine Knöchel rotbraun, dann weiß und gleich wieder rotbraun wurden. Und ich wartete.

»Warum erzählen Sie mir das eigentlich?«

»Ich brauche Ihre Hilfe.«

»Ich misch' mich da nicht ein. Ich bin nicht mutig. Und schon gleich gar nicht, wenn meine Familie gefährdet sein könnte. Vielleicht sollte ich das ändern, aber ich weiß nicht so recht.«

»Sie sollen das gar nicht ändern. Wir sind alle so. Aber wenn Sie dabei helfen, sie aufzuhalten, hilft das auch, Ihre

Töchter zu schützen. Denken Sie doch mal an die schwangere Frau und ihre Tochter, die umgekommen sind.« Er nickte. »Denken Sie daran, was der Mann als Ehemann und Vater empfunden haben muß.«

Er schwieg eine Weile. »Na schön. Was wollen Sie? Ich will damit nicht sagen, daß ich – was wollen Sie?«

»Ich kann das, was ich Ihnen gerade erzählt habe, nicht beweisen. Die Leute, die es könnten, haben zuviel Angst – aus ganz ähnlichen Gründen wie Sie, aus guten Gründen. Ich will denen Feuer unterm Hintern machen. Und dazu brauche ich Sie. Ich will, daß Sie reden, zu Ed Trainor gehen, ihm von der verrückten Privatdetektivin erzählen, die diese schreckliche Geschichte in der Gegend herumposaunt. Ich will, daß Sie ihm alles sagen.«

»Sie gehen ein ganz schönes Risiko ein.«

»Was meinen Sie damit?«

»Weil Sie sich auf mich verlassen.«

»Ja, das tue ich.«

»Warum?«

»Weil ich glaube, daß Sie in Ordnung sind. Ich glaube, daß Sie sich was aus Kindern machen, aus Ihren eigenen und aus denen anderer Leute. Ich glaube, daß Ihnen ein ehrlicher Job zu ordentlichen Bedingungen wichtig ist. Und ich glaube, daß Sie die Spende für die Redwood-Wälder überweisen, obwohl Sie nicht dran glauben.«

»Hat Sam dran geglaubt?«

»Nein.«

Sein schmerzliches Lachen klang wie das nervöse Knallen einer Nilpferdpeitsche. »Tja, wissen Sie, mir sind Redwoods wichtig. Und Kinder.« Ich wartete. »Das ist nicht das einzige Risiko, das Sie eingehen.«

»Nein.«

»Wenn sie Sam umgebracht haben, könnten sie genausogut Sie umbringen.«

»Ja, das könnten sie.«

»Und?«

»Aber ich glaube es nicht. Außerdem bin ich ausgesprochen vorsichtig.«

»Die Möglichkeit besteht.«

»Ja.«

»Haben Sie denn keine Angst?« Sein Interesse wirkte echt.

»Doch, aber ich habe keine Familie, um die ich mir Sorgen machen müßte. Und ich mache mir auch was aus verschiedenen Sachen. Aus Kindern und Redwoods und Prinzipien. Und aus Geld. Davon muß ich schließlich leben.«

»Was soll ich machen?«

»Reden Sie. Ich will, daß alles bis auf das, worüber wir jetzt ganz am Schluß gesprochen haben, zu denen durchsickert. Ich will denen Feuer unterm Hintern machen – aber sehen Sie zu, daß Sie sich selbst absichern.«

»Ich muß weg von Trainor Construction.«

»Noch nicht gleich. Schaffen Sie sich eine Rückendeckung.«

»Was werde ich bloß machen?« Für einen großen, kräftigen Mann sah er ziemlich hilflos aus.

»Ich habe Kontakte in Kalifornien, wenn Sie irgendwo anders neu anfangen wollen. Sagen Sie mir rechtzeitig Bescheid, und ich arrangiere etwas für Sie.«

Er sah mich düster an. »Ich wollte nie einer von diesen Pfadfindern werden.«

»Nein. Aber manchmal ergibt sich das im Leben eben so. Ich weiß auch nicht, wieviel man selbst davon beeinflussen kann.«

»Was, glauben Sie, wird als nächstes passieren?«

»Ich glaube, daß die Angst kriegen werden. Und ich weiß, daß ich aufpassen werde, was geschieht.«

Wir tranken unser Bier aus und verließen das Lokal getrennt.

25

Liebe Charity,

manchmal ist es schwer, mit den wirklich wichtigen Dingen fertig zu werden. Ich kenne viele Leute, die Drogen und Alkohol und ihre Traumwelt für die Lösung halten, aber das kann es nicht sein. Ich glaube auch nicht, daß eine Rolex am Arm, ein toller Schlitten vor der Tür oder ein Ferienhaus in Tahoe die Antwort ist, obwohl ich ganz gern eine Corvette hätte. Eine rote. 1990. Ich denke, man muß nicht unbedingt wissen, welche Gabel man wann benützt, oder auf die richtige Schule gehen oder den richtigen Namen haben. Aber was ist es dann?

Ein Verwirrter

Lieber Verwirrter,

Liebe und Verstehen – das ist es.

Charity

Zwei Tage lang tat sich gar nichts. Ich sorgte lediglich für eine saftige Telefonrechnung, indem ich ständig meinen Anrufbeantworter in Sacramento abhörte. Hank und ich gingen zusammen zum Essen aus und hatten Spaß miteinander, und allmählich kam ich auch in intimeren Situationen besser mit meinem Gips zurecht. Schön. Schließlich mußten wir nicht beide blaue Augen haben, obwohl meine langsam besser wurden. Außerdem wurde ich rastlos und mürrisch. So ist das eben bei mir. Ich versuchte, es nicht zu zeigen, und führte doch niemanden damit an der Nase herum.

Am Donnerstagvormittag um halb elf rief Steve Hellman mich an. Ich war nicht allzu begeistert darüber, aber ich war neugierig.

»Ich muß mit Ihnen reden.«

»Ich bin ganz Ohr.«

»Nein, nicht jetzt, nicht am Telefon.«

»Dann sagen Sie, wo.«

»Am westlichen Ende der Stadt ist ein Café.« Er erklärte mir den Weg. »In einer halben Stunde. Ich treff' Sie auf dem Parkplatz.«

»Okay.« Er legte auf, und ich drückte nachdenklich auf die Gabel. Was flog da wohl in der Gegend rum? Wieder Tontauben? Hellman steckte mitten in der Sache drin, aber ich glaubte nicht, daß er den Mut hätte, sich zu verdrücken oder das Richtige zu tun – solches Verhalten war wahrscheinlich schon vor Jahren ausgestorben. Ich dachte weiter darüber nach, während ich durch die Stadt fuhr, und je heißer es wurde, desto zynischer wurde ich.

Ich war ein paar Minuten zu spät dran, aber das störte mich nicht. Laß ihn ruhig ein bißchen schmoren. Ich fuhr auf den Parkplatz, sah mich nach seinem hellbraunen Buick um, stellte mich neben ihn und stieg aus. Er gestikulierte wie wild, und als ich nicht reagierte, kurbelte er das Autofenster vielleicht acht Zentimeter herunter.

»Steigen Sie ein«, krächzte er.

»Keine faulen Spielchen.«

Er sah verwirrt aus. »Dann in Ihrem Wagen?«

»Nein, da drinnen.«

»Nein, ich kann mich nicht mit Ihnen sehen lassen.« Sein Gesicht schimmerte unglücklich hinter dem Fenster. In seinen kleinen Augen saß die Angst einer Ratte, die man in die Enge getrieben hatte; sein Blick war ausweichend. Das sah nicht besonders anheimelnd aus.

Ich zuckte mit den Achseln. »Ich geh' rein und trink' 'ne Tasse Kaffee. Ich gebe Ihnen zehn Minuten Zeit, dann gehe ich wieder.« Ich marschierte hinüber. Ich war nicht zu Spielen mit Hellman aufgelegt, und ich war klug genug, vorsichtig zu sein.

Das Café war im späten Chrom- und frühen Plastikstil gehalten. Ganz augenscheinlich hatte jemand hier seine Vorliebe für Plastikpflanzen und -blumen ausleben dürfen. Auf den Tischen und überall sonst standen und hingen Arrangements in Vasen, Pflanztöpfen und Blumenampeln herum, die an mir zogen und zerrten, als ich daran vorbeiging. – Das Venusfallenkonzept der Innenarchitektur. Auf den Plastikblättern lag dick der Staub, der hochwirbelte, wenn ich eines davon berührte. Ich setzte mich in eine der hinteren Nischen und sah mich nach einer Kellnerin um.

Hellman hatte Angst hereinzukommen, aber – darauf zählte ich – er wollte auch nicht wieder wegfahren, ohne etwas ausgerichtet zu haben. Ich erwartete, daß er nach zwei Minuten im Café sein würde. Er war sogar noch dreißig Sekunden früher da und hatte eine Kellnerin im Schlepptau. Wir bestellten Kaffee, und ich lehnte mich zurück und wartete. Schließlich war das hier sein großer Auftritt.

»Gott, warum haben wir uns nicht im Auto unterhalten können?«

»Entspannen Sie sich, Hellman, es ist doch gar niemand im Lokal.« Er sah sich um und musterte mißtrauisch den alten Mann an der Theke und die zwei Teenager, die an einem Tisch ihre Cola tranken. »Haben Sie Angst vor Kindern und alten Leuten?«

»Ich will nur nicht mit Ihnen gesehen werden.«

Ich zuckte mit den Achseln. »Ich verbringe meine Zeit auch nicht sonderlich gern mit Ihnen. Also raus mit der Sprache.«

»Sie halten nicht viel von mir, oder?«

Ich zuckte wieder mit den Achseln.

»Stimmt's?« beharrte er.

»Ja, stimmt.«

»Ich glaube, das kann ich verstehen.«

»Tatsächlich?«

»Sie sind der Meinung, daß Stimmen nicht käuflich sein sollten.« Er beugte sich über den Tisch, und plötzlich wirkte sein Gesicht ganz rot und fett. Einen Augenblick fühlte ich mich an die Schweinchen-Dick-Comics erinnert, die ich als Kind gelesen hatte, aber dann verschwand das Bild wieder. »Stimmt's?« Ich zuckte mit den Achseln. »Vielleicht bin ich sogar Ihrer Meinung. Aber das Leben ist nicht so einfach. Lange nicht so einfach.« Wieder schaute mich Schweinchen Dick mit roten Augen aus seinem fetten Gesicht heraus an.

»Es geht nicht nur um Stimmen und Geld. Sie haben eine

Frau auf dem Gewissen, Hellman, und Ihre Frau und Ihre Kinder werden bedroht.«

»Und ich, was ist mit mir?«

»Sie wissen doch: Ich mache mir nicht allzuviel aus Ihnen.«

»Aber ich.« Seine Stimme klang jetzt hoch, quiekend und stotternd. Ich beobachtete ihn fasziniert. Wie gelang es Schweinchen Dick bloß, jemals Immobilien zu verkaufen? Als die Kellnerin mit dem Kaffee kam, wurde sein Jammern gedämpfter. Nachdem sie weg war, fing er wieder an.

»Als Kind haben alle immer auf mir herumgehackt. Ich – ich war ein dickes Kind, und sie haben sich lustig gemacht über mich. Ich habe mir geschworen, daß ich als Erwachsener was zu sagen hätte. Ich würde es ihnen zeigen. Ich würde es zu was bringen.« In seinen Mundwinkeln hatten sich Speichelfetzen gebildet. Er hörte auf zu reden und nahm einen großen Schluck Kaffee. Die Tasse klapperte auf dem Teller, als er sie absetzte.

»Und das habe ich auch geschafft. Ich habe ein schönes Haus mit Swimmingpool, eine hübsche Frau und Kinder...«

»Und eine tote Freundin.« Sein Gesicht wurde blutrot und fleckig, aber er überging meine Unterbrechung einfach.

»Einen guten Job bei einer angesehenen Immobilienfirma und einen Sitz im Planungsausschuß.«

»Den Sie verschachert haben.« Das schien ihm nichts auszumachen.

»Na, und wenn schon? So ist das Leben eben, das Leben und das Geschäft.«

»Sie sind eine Ratte, Hellman, eine winselnde Ratte und ein Schacherer. Und Sie haben eine Frau auf dem Gewissen.« Er hörte mich nicht, oder vielleicht machte es ihm auch wieder nichts aus.

»Ich hatte gedacht, daß es klappt. Aber Lorie mag nicht mehr. Alles, wofür ich so hart gearbeitet habe, zerrinnt mir zwischen den Fingern. Alles. Und das lasse ich nicht zu.« Seine Stimme wurde wieder lauter.

Ich zuckte mit den Achseln. »Diese ganze Nabelschau könnte einem ja wirklich die Tränen in die Augen treiben, aber mir ist das ziemlich egal. Also kommen wir zur Sache.

Ich hab' genug Kaffee getrunken, und Ihre Gesellschaft langweilt mich allmählich.« Ich hatte keine Uhr, auf die ich hätte schauen können, aber wenn ich eine gehabt hätte, hätte ich es gemacht. Ich trage keine, das habe ich noch nie getan.

»Ich möchte alles wieder ins Lot bringen.« Ich wartete.

»Lorie hat gesagt, daß sie mich verläßt, wenn ich es nicht tue. Hören Sie, wenn ich Ihnen alles sage, was ich weiß, können Sie mich dann aus der Sache raushalten? Die Firma würde mich in einen anderen Staat versetzen. Wir könnten uns wieder ein Haus mit einem Pool kaufen. Lorie hat gesagt, sie verläßt mich, wenn ich es nicht tue.« Er fing an zu schwafeln.

»Erzählen Sie mir die Geschichte.«

»Und Sie halten mich raus?«

»Ich weiß nicht, ich kann Ihnen nichts versprechen. Ich versuche mein Bestes.«

»Lorie hat gesagt...«

»Ich weiß. Reden Sie.«

»Noch Kaffee?« Die Kellnerin lächelte und hielt die Kaffeekanne einladend hoch. Im Hintergrund schwankten die Pflanzen im Luftzug der Klimaanlage, und der Staub legte sich wieder.

Hellman schrak hoch und stieß dabei seine leere Tasse um. Zuviel Streß und Koffein – offensichtlich brauchte er nichts mehr. Ich nickte. Sie schenkte mir eine Tasse ein und ging.

»Nicht hier«, zischte er, »und nicht jetzt.«

»Warum nicht? Dann haben wir's hinter uns.«

»Nein.« Er schwieg einen Augenblick. »Und außerdem habe ich auch nicht alles dabei. Ich habe schriftliche Beweise. Ich gebe sie Ihnen alle«, sagte er, jetzt mit einem eifrigen, frischen Schweinchen-Dick-Gesicht. »Namen, Daten, Beträge, alles. Alles. Lorie hat gesagt...«

Ich seufzte. »Ich weiß. Wann?«

Er hörte nicht zu. »Alles. Ich...«

»Wann, Hellman?«

Er hörte auf. »Später.«

»Wo? Hier?«

»Nein, um Himmels willen, nein. Nicht zweimal hintereinander hier. Ich hab' Angst, wissen Sie. Das wird denen nicht gefallen, aber Lorie hat gesagt...« Er schwieg, holte eine Karte aus seiner Tasche und kritzelte eine Adresse auf die Rückseite. »Es ist – Sie fahren einfach – äh...«

»Ich werde das schon finden. Wann?«

»Um vier. Und kommen Sie allein. Versprechen Sie's?«

»Hand aufs Herz.« Er sah mich mißtrauisch an. Ich lächelte.

»Gut, um vier. Bis dann.« Er stand auf und stolperte aus der Nische.

»Hellman.«

»Ja?«

»Sie haben vergessen, den Kaffee zu zahlen. Schließlich war das hier Ihre Party.«

»Ach so.« Er holte ein paar Ein-Dollar-Noten aus der Tasche und warf sie auf den Tisch. Da die Kellnerin gerade wieder mit der Kaffeekanne vorbeikam, nahm ich noch eine Tasse, die ich eigentlich gar nicht nötig hatte, und dachte über die Lage nach. Die ganze Sache ergab Sinn, aber noch kein vollständiges Bild.

26

Liebe Charity,

was halten Sie von den ganzen Nichtraucherbereichen? Das ist uns Rauchern gegenüber nicht gerade fair.

Ein Abhängiger

Lieber Abhängiger,

na und? Ich finde die Bereiche toll.

Charity

In den nächsten paar Stunden hatte ich nichts Besonderes vor, also beschloß ich, mir die Sache anzuschauen. Ein Blick auf den Stadtplan zeigte mir, daß die Adresse, die Hellman mir gegeben hatte, sich in einem exklusiven Teil der Stadt befand. Als ich hinfuhr, schwand noch der letzte Zweifel. Das waren keine Häuser dort draußen, sondern Anwesen mit riesigen Grundstücken, manche davon von Mauern oder schmiedeeisernen Zäunen umgeben. Um das Haus, das ich suchte, zog sich keine Mauer, dafür war es von viel Landschaft umgeben. Außerdem steckte ein Schild mit der Aufschrift ›Sagebrush Immobilien – zu verkaufen‹ im Rasen davor.

Es war ein imposantes Haus, das ein gutes Stück von der Straße zurückversetzt stand, und es sah leer aus. Keine Vorhänge, keine Dreiräder, keine Gartenschläuche. Ein guter Ort für ein heimliches Treffen, ein guter Ort für den Jäger, aber nicht für das Wild.

Ich stieg aus dem Wagen, ging auf das Haus zu und sah mich wie ein interessierter Käufer um. Ich schaute mir das Haus genau an, versuchte, ein Gefühl dafür zu bekommen, wie es innen aussah und lief ein bißchen auf dem Anwesen herum. Häuser haben Grundstücke, Villen haben Anwesen.

Ich entdeckte einen Springbrunnen, einen Koi-Teich, einen Rosengarten und Sträucher, keinen Swimmingpool. Der Garten war angenehm, aber altmodisch, die Sorte, die teuer und anspruchsvoll im Unterhalt ist.

Ich machte innerlich Schnappschüsse von allem und sortierte die Bilder dann in meine geistige Kartei. Später konnte ich darin nachschlagen, wenn ich sie brauchte. Dann verließ ich die Gegend auf einem anderen Weg. Die Erfahrung hatte mich gelehrt, daß es immer gut war, mehrere verschiedene Fluchtwege zu haben. Das war eine Lektion, die ich nicht noch einmal lernen wollte.

Es war ein Uhr, als ich wieder nach Hause kam. Ich marschierte zum Kühlschrank, machte mir ein Roggensandwich mit Tomate, Avocado, Zwiebel, Käse und Mayonnaise und schaufelte das Ganze zusammen mit einem Glas Eistee in mich hinein. Der Wolf in meinem Bauch verdrückte sich wieder in seinen Käfig. Ich zog meinen Bikini an und ging zum Pool hinaus, um mit hochgestrecktem Gips ein paar Züge zu schwimmen. Als Kind hat man mir immer gesagt: »Warte nach dem Essen immer eine Stunde mit dem Schwimmen« und »Schwimm nie allein«. Aber ich hab's trotzdem gemacht, und ich bin auch nicht daran gestorben. Daraus ließ sich durchaus so etwas wie Befriedigung ziehen. Danach streckte ich meine Epidermis und mein Muttermal in die Sonne, bis das Telefon klingelte. Ich erkannte die Stimme nicht sofort, was mir nicht oft passiert. Nervosität, Erregung und Angst verändern den Tonfall.

»Kat Colorado?«
»Ja.«
»Ich bin's. Sie wissen schon, äh...«
Jetzt fiel's mir ein. »Steve Hellman.«
»Sagen Sie's doch nicht, verdammt noch mal!«
»Beruhigen Sie sich, Steve, und sagen Sie mir lieber, was los ist.«
Er stöhnte. »Bitte. O Gott. Hören Sie, ich schaff's nicht um vier. Lieber heut abend um halb zehn. Alles andere bleibt gleich. Sagen Sie niemandem was davon. Kommen Sie allein. O Gott.«

Er legte auf. Man konnte sich kaum einen Ungeeigneteren für solche Nacht-und-Nebel-Aktionen vorstellen als ihn. Ich dachte über die Zeitveränderung nach. Um halb zehn wäre es dunkel. Dann erwog ich den Gedanken, Hank und Joe alles zu sagen. – Rückendeckung wäre hilfreich, Einmischung jedoch nicht. Ich rief Hank an und hinterließ eine Nachricht. Ich hinterließ auch eine Botschaft für Joe, in der ich die Situation erklärte, aber keine Details angab. Und dann beschloß ich, mich aus dem Staub zu machen, bevor mir alle auf den Fersen waren und anfingen, sich einzumischen.

Ich zog mich vernünftig an: meine neue weiße Hose, ein marineblaues T-Shirt und die Nike-Turnschuhe. Hätte ich eine dunkle Hose gehabt, hätte ich sie angezogen, ganz nach der Devise »Dunkles sieht man im Dunkeln nicht so schnell«. Ich ließ meine Handtasche zu Hause und stopfte die paar Sachen, die ich brauchte, in die Hosentaschen. Ich steckte mir die .38er Smith and Wesson Chief Special in den Hosenbund und ließ das weite T-Shirt darüberhängen. Um fünf ging ich aus dem Haus und machte mich auf die Suche nach etwas Eßbarem. Ich hatte zwar keinen besonderen Hunger, hielt es aber für eine gute Idee, noch etwas zu mir zu nehmen. Viele Dinge erledigen sich einfach mit vollem Magen besser. Danach verkroch ich mich ein paar Stunden in die Bibliothek und versuchte zu lesen. Als es Zeit wurde zu gehen, war ich immer noch auf derselben Seite.

Ich fand das Haus sofort wieder. Aus Gewohnheit stellte ich den Wagen einen Block entfernt ab und ging den kurzen Weg zu Fuß. Es war niemand da, der mich gesehen oder sich gefragt hätte, warum ich wohl da im Gebüsch herumschlich. Zuerst lauschte ich, dann pirschte ich mich heran. Alles sah genauso wie am Nachmittag aus. Niemand war auf dem Grundstück, dessen war ich mir sicher. Und ich war auch ziemlich sicher, daß niemand im Haus war. Ich ließ mich in einem Gebüsch außer Sichtweite nieder, um auf Hellman zu warten.

Er war zu spät dran, nervös und allein. Er hatte entweder mein Auto nicht gesehen oder es nicht erkannt. Ich sah, wie er eine Weile auf der Veranda auf und ab lief und schlüpfte dann aus den Büschen heraus und über den Rasen zu ihm hinüber. Er hörte mich nicht kommen und schrak zusammen, als ich ihm etwas zurief.

»Heilige Kacke!«

»Ach was, ich wette, das sagen Sie zu jedem.«

»Sie haben mich erschreckt. Was bilden Sie sich ein, daß Sie sich einfach so an mich heranschleichen?«

»Ich hab' mich nicht angeschlichen. Warum flüstern Sie eigentlich?«

»Ich flüstere gar nicht«, flüsterte er.

Ich zuckte mit den Achseln. »Na schön. Geben Sie mir das Zeug. Bringen wir's hinter uns.«

»Nicht hier. Drinnen. Die Leute sollen denken, daß wir das Haus anschauen.« Ich zögerte. Es war klüger, draußen zu bleiben. »Drinnen, wo uns keiner sehen kann, nicht hier auf der Veranda mit den ganzen Lichtern. Kommen Sie.«

Was soll's, dachte ich mir, tu dem feigen Paranoiker den Gefallen. Er trat an die Eingangstür heran und kramte in seiner Tasche nach dem Schlüssel. Dabei ließ er fast den großen braunen Umschlag fallen, den er unter dem Arm geklemmt hielt. Endlich hatte er es geschafft, die Tür aufzustoßen.

»Nach Ihnen.« Er versuchte, höflich zu sein, aber es gelang ihm nicht ganz. Ich trat ein und wußte sofort, was Sache war.

Ich hörte nichts und sah nichts, aber ich roch den Zigarettenrauch: frisch, nicht abgestanden, ganz in der Nähe. Ich duckte mich, drehte mich um und versuchte, aus der Tür zu stolpern. Ich schaffte es nicht. Ein kräftiger Arm schlang sich um mich, preßte mir die Arme gegen den Körper und hielt mich in aufrechter Stellung. Ein zweiter Arm schloß sich um meinen Nacken. Die Tür schlug vor dem bleichen und verängstigten Hellman zu.

Ich war mir eines rauhen Ärmels und des beißenden Zigarettenrauchs bewußt. Der Geruch wurde schwächer, als sich die Hände um meinen Hals legten und mir Luft und Leben abpreßten. Vor meinen Augen tanzten Lichter, und dann wurde es allmählich schwarz. Ich zerrte und kratzte sinnlos an den unerbittlichen Händen um meinen Hals. Das ist mein letzter Atemzug, dachte ich, und der ist ausgerechnet Zigarettenrauch.

Zum Weinen.

27

Single sucht Mädchen für Spiel und Spaß. Sportlichkeit und Sinn für Humor erwünscht. Am liebsten Widder. Chiffre 2002.

»Verdammt, Katy, warum hast du denn nichts gesagt? Ich hab' fast... Ich hätte... warum hast du nichts gesagt?«
»Konnt' ich nicht«, krächzte ich. »Du hast mir doch die Luft abgedrückt.«
»Aha.«
Übelkeit stieg in mir hoch. Ich stützte mich auf dem dicken Teppich ab, auf dem ich saß, beugte mich langsam vor und wartete darauf, daß das Gefühl vorüberging. Tief und langsam einatmen, dachte ich, und füllte meine Lunge mit der gelobten Luft. Der Teppich an meiner Wange war gleichzeitig weich und rauh, und ich wunderte mich darüber. Ich atmete den scharfen, chemischen Geruch des Teppichreinigungsmittels ein und wunderte mich auch darüber. Alles war ein Wunder, besonders das Leben.
»Bist du in Ordnung, Katy?« Die Stimme klang besorgt, ja sogar zärtlich.
»Fast. Vielleicht könntest du mir ein Glas Wasser besorgen.«
»Ach. Ja, klar.« Er trottete davon. Ich hörte das Geräusch von Schritten und dann das von laufendem Wasser. Mir war immer noch übel, aber das ging vorbei. Ich war in Ordnung. Ich war am Leben. Ich hörte seine Schritte und dann seine Stimme.
»Woher hast du's gewußt? Du hast es doch gewußt, oder? Du hast versucht, rauszukommen.«
»Ich hab' den Zigarettenrauch gerochen. Ich bin Nichtraucher, Deck.«
»Ja. Das hab' ich vergessen. Das war dumm. Kannst du dich aufsetzen? Komm hier rein.«
Er half mir auf die Beine und führte mich ins Wohnzimmer,

wo wir uns auf eine Bank im Erkerfenster setzten. Ich trank mein Wasser in kleinen Schlucken. Es war stark gechlort, und in dem Styroporbecher waren Kaffeereste zu riechen. Aber egal. Ich war am Leben.

»Warum, Deck?«

»Ich wußte nicht, daß du es bist.«

»Trotzdem warum?«

»Anweisung vom Chef.«

»Das machst du also?«

Er verdrehte seine großen Hände, zündete eine Zigarette an und sah mir nicht in die Augen.

»Ja, das mache ich. Jedenfalls manchmal.« Das mußte ich erst verdauen.

»Warum ich?«

»Ich weiß nichts Genaueres, weil ich ja auch nicht wußte, daß du es bist. Aber du bist immer noch hier in Vegas – du hast dich nicht verkrümelt, wie ich's dir gesagt habe. Das heißt also, du hast Staub aufgewirbelt und Ärger gemacht, oder?« Er sah mich an, und ich nickte. Schließlich stimmte das, was er sagte. »Das ist doch Grund genug.«

»Der Chef?«

»Don Blackford. Noch ein bißchen Wasser, Kat? Du siehst nicht so besonders gut aus.«

»Jetzt nicht. Wo ist das Bad?« Er deutete in die Richtung.

»Brauchst du Hilfe?«

»Ich komm' schon wieder auf die Beine.« Und das tat ich auch, nachdem ich mich zweimal übergeben und mir das Gesicht mit kaltem Wasser erfrischt hatte. Ich spülte den Mund aus und wünschte mir ein paar Aspirin und Tums und daß mein Freund Deck kein Killer wäre. Ich setzte mich, Kopf in den Händen, eine Weile auf die Toilette, bevor ich wieder zu Deck auf der Fensterbank zurückging. Er streckte mir noch einen Becher mit Wasser und einen Flachmann entgegen.

»Was ist da drin?«

»Cognac. Trink ein bißchen was davon.« Ich nahm einen Schluck und erinnerte mich an Alice im Wunderland, wie sie aus der Flasche mit der Aufschrift ›Trink mich‹ trinkt und dabei nicht ahnt, daß sich ihre Realität damit ändern wird. Bei mir tat sie das nicht, egal, was ich trank oder mir wünschte. Deck legte mir den Arm um die Schulter und drückte mich. Ich lehnte mich dankbar gegen seinen warmen massigen Körper, aber durch den Geruch der Zigaretten wurde mir wieder übel.

»Hast du Life Savers, Deck?«

»Kaugummi.« Er kramte in seiner Tasche herum und gab mir ein Päckchen Kaugummi. Ich stopfte mir zwei Streifen in den Mund, kaute und dachte nach. Ich kann besser nachdenken, wenn ich kaue. Ich kann gut verstehen, warum Kühe so einen zufriedenen Ausdruck auf ihrem dümmlichen Gesicht haben, wenn sie wiederkäuen.

»Du weißt, daß du jetzt alle Brücken hinter dir abgebrochen hast.«

»Was?«

»Wenn du ihnen nicht meine Leiche zeigen kannst, bist du dran.«

»Ja.«

»Was willst du machen?«

»Aus der Stadt abhauen. Noch mal von vorn anfangen.«

»Kannst du das denn?«

»Klar. Warum nicht?«

»Ich meine, glaubst du, daß sie dich einfach so weglassen?«

»Hab' ich früher schon mal gemacht.«

Ich machte ein paar Blasen und ließ sie zerplatzen. Die erste und zweite taugten nicht sonderlich viel, aber die dritte war eindrucksvoll. Ich schaute in ihre schimmernde Rundung und versuchte, darin die Zukunft zu lesen. Sie zerplatzte zu schnell.

»Sag mir was über die hierarchische Struktur, Deck.«

»Was soll damit sein? Du hast sowieso schon fast alles herausgekriegt, Kat. New Capital Ventures wurde zur Geldwäsche durch Immobilienkäufe gegründet. Und dann mußte die Erschließung entsprechend verändert werden, also hat man das auch noch arrangiert.«

»Und was war mit Sam Collins?«

»Er hat die Beherrschung verloren und gedroht, alles auffliegen zu lassen, also mußte er verschwinden.«

»Und die Fahrerflucht?« Deck zog die Augenbrauen hoch, während ich es ihm erklärte.

»Das kann ich nicht mit Sicherheit sagen, weil ich damit nichts zu tun habe, aber ich würde sagen, auch das war arrangiert. Um dich zu beseitigen oder dir einen Schreck einzujagen. Welches von beiden wäre ziemlich egal gewesen.«

»Aber die Frau und das Kind?«

Deck zuckte mit den Achseln. »Man versucht, sowas zu vermeiden, aber es kommt vor.« Er verdrehte wieder die Hände. Die Knöchel krachten. Ich griff nach dem Cognac und nahm noch einen Schluck.

»Was ist mit Ollie?«

»Ollie?«

»Ollie Bremmer, der Polier bei Trainor Construction.«

»Was soll mit ihm sein?«

»Hat er... war er derjenige, der...« Ich kam ins Stottern.

»Nein, er gehört nicht zu uns. Trainor. Es war Trainor.« Ich war froh, das zu hören.

»Und dann ist da noch Hellman.«

»Ja. Er steht auf der Gehaltsliste. Er hat dich heute reingelegt.« Ich nickte. Klang ziemlich wahrscheinlich. Ich hätte besser aufpassen sollen, war meine eigene Schuld.

»Und das tote Mädchen?« Stille. »In der Toilette.«

»Was ist mit ihr?«

Ich dachte nach. »Warst du das?«

»Ja.« Seine Knöchel krachten. Ich erinnerte mich an die kleine Katze damals. »Kat, ich seh' das nicht so. Das ist eben ein Job, den irgend jemand machen muß.«

Ich versuchte, es auch nicht so zu sehen, aber es gelang mir nicht. Sie war so jung. Ich sah immer noch, wie sich die dunklen Haare und das rote Blut über den weißen Fliesenboden ergossen. Und ich hätte ebenfalls tot sein können – lila Gesicht und herausgetretene Augen. Ich bin auch noch nicht so alt.

»Wie hast du's gemacht? War das nicht ziemlich riskant in einer öffentlichen Toilette?«

Er zuckte mit den Achseln. »Ne, ich hab' ein ›defekt‹... Schild an die Tür gehängt. Ich bin ihr einfach gefolgt. Ich hatte einen Regenmantel und Handschuhe an wegen des Blutes. Es dauert nicht lang, jemandem die Kehle durchzuschneiden. Als ich raus bin, hab' ich das Schild wieder weggenommen. Das war leicht.« In seiner Stimme klang Stolz darüber mit, daß er seine Arbeit ordentlich erledigt hatte. Mir lief es kalt den Rücken hinunter, und ich trank noch einen Schluck Cognac. Dann machte ich wieder eine Blase.

»Hast du ihren Namen gewußt oder sonst irgendwas über sie?«

»Nein. Das war nicht wichtig. Solche Sachen zählen nicht.«

»Und sie?«

»Was? Ob sie gezählt hat?«

»Ja.«

»Nein.«

Ich machte eine neue Blase. »Haust du noch heute nacht ab?« fragte ich schließlich. Sonst gab es letztlich nichts mehr zu sagen.

»Ja.«

»Dann gehen wir lieber.« Wir standen auf.

»Hinten raus.«

»Okay.« Ich stellte keine Fragen und folgte Deck. Ich glaubte ihm gerne, daß er sich hier besser auskannte als ich. Nicht, daß das jetzt, abgesehen davon, was die Nachbarn dachten, noch wichtig gewesen wäre. Und die merkten wahrscheinlich sowieso nichts.

Deck machte die Tür auf, und wir schlüpften hinaus. Ich hörte, wie sie hinter mir ins Schloß fiel. Einen Augenblick lang zeichneten sich unsere dunklen Konturen scharf vor dem hellen Haus ab, und dann begann Deck, sich zu bewegen. Ich konnte mir zuerst keinen Reim auf das knallende Geräusch machen.

»Verflucht!« Deck packte mich am Handgelenk und riß mich vom Haus weg in die Büsche. Zweige schlugen mir ins Gesicht, als er mich auf den Boden warf. Gebückt schlich er schnell im Schutz einer langen, dichten Hecke entlang. Ich folgte ihm. Wir verursachten keine Geräusche. Der andere auch nicht. Und die Waffe ebenfalls nicht.

»Wer ist das?« hauchte ich in Decks Ohr, als wir kurz verschnauften. Ich zog meine Waffe aus dem Hosenbund.

»Einer von Blackfords Jungs.«

»Warum?«

»Zur Sicherheit, falls ich die Sache vermassle. Der Chef hat wohl ein Auge auf mich gehabt.«

»Wie viele?«

»Normalerweise einer. Hast du eine Waffe?«

»Ja.«

»Benutzt du sie auch?«

»Ja.«

Wir schwiegen eine Weile, dann spürte ich Decks Hand auf der meinen. Er schob mir einen Stein in die Hand. »Wenn ich loslaufe, wirfst du ihn da rüber.« Er zeigte in die Richtung, aus der wir gerade gekommen waren. »Dann warte einen Moment, lauf die Hecke runter zur Straße und verschwinde hier.«

»Nein.«

»Doch. Das ist meine Sache – mein Leben und mein Geschäft. Du hast einen gebrochenen Arm, du bist nur eine Belastung. Verschwinde. Ich komm' schon zurecht.«

Deck drückte mein Handgelenk, und dann schlich er weg. Für einen großen, kräftigen Mann bewegte er sich ziemlich schnell und leise. Ich hob den Stein auf und fing an, die Hecke entlangzulaufen. Ich machte keinen Lärm, aber ich verfluchte die weiße Hose und den Gips. Es war Halbmond, und das Licht war hell genug. Teile meines Körpers schimmerten dumpf im Mondlicht, wenn mich jemand beobachtete. Ich hoffte, daß niemand das tat.

28

Liebe Charity,

was halten Sie von jemandem, der einen Tag zu spät dran ist und einen Dollar zu wenig dabei hat?

Danny

Lieber Danny,

das gleiche wie Du. Nicht viel.

Charity

Es schien ewig zu dauern. Ich nenne das Zahnarztzeit – wenn die Minuten zu Stunden werden und die Stunden zu Tagen, und wenn alles unter der Tyrannei der Zeit gefriert und von ihr eingeschlossen wird wie die Krabbe in Aspik. Die Versuchung zu rennen ist gefährlich, und ich kämpfte dagegen an, aber es fiel mir schwer. Wir spielten ein Spiel des Wartens und Beobachtens, zwei von uns gegen ihn allein. Er hatte eine Waffe. Genau wie ich und Deck. Also war es ein gefährliches Spiel. Es hätte noch viel länger gedauert, wenn da nicht der Hund gewesen wäre.

Er war klein; ein flauschiger, weißer, eigensinniger Altfrauenhund. Er hatte etwas gegen mich. Und ließ das auch die ganze Nachbarschaft wissen. »Mopsy!« hörte ich jemanden rufen und dann einen Pfiff. Ich hörte es, Mopsy nicht. Er lief mir die ganze Zeit wild kläffend nach. Das Kläffen endete plötzlich in einem hohen, spitzen Schrei – bis dahin hatte ich nicht gewußt, daß Hunde schreien können – und einem dumpfen Schlag. Mopsy flog in die Büsche wie ein Fußball. Ich machte ebenfalls, daß ich wegkam, aber in die andere Richtung.

»Wenn Sie weiterlaufen, sind Sie tot.« Der Tonfall überzeugte mich. Ich blieb stehen. Ich stand mit dem Rücken zu ihm im Dunkeln. Ich hob langsam die Hand mit der Waffe.

»Lassen Sie die Waffe fallen, oder ich knalle Sie ab.« Wieder dieser überzeugende Tonfall. Ich ließ die Waffe fallen.

»Drehen Sie sich um.« Ich folgte seinem Befehl. Ein hagerer Mann mit dunklen Kleidern trat in mein Blickfeld.

»Hier rüber.« Ich sah ihn ein bißchen döflich an. »Na los«, knurrte er mich an und fuchtelte dabei mit dem Revolver herum. Also kam ich rüber. Er packte meinen rechten Arm und hielt ihn fest. Das Sicherste wäre gewesen, mir einen Arm hinter den Rücken zu drehen, aber das konnte er nicht. Er hatte die Waffe in der rechten Hand, und mein linker Arm war eingegipst.

»Versuchen Sie nicht, mir blöd zu kommen«, knurrte er wieder, »sonst ist Ihr Leben keinen Pfifferling mehr wert.« Seine Körperausdünstung war überwältigend; ich würgte, hatte das Bedürfnis, mich von neuem zu übergeben. Er schob mich auf ein kleines Rasenstück neben dem Koi-Teich hinaus, wo wir am Rand eines vom Mondlicht gesprenkelten Flecks stehenblieben. Mr. Körpergeruch stand hinter mir und drückte mich eng an sich.

»Ich geb' dir fünf Sekunden. Wenn du dann nicht rauskommst, leg' ich das Miststück um«, verkündete er mit tiefer, gleichmäßiger Stimme. Mein Mund wurde trocken, und ich begann, an meinem Kaugummi zu kauen. Jetzt war wieder Zahnarztzeit.

»Laß sie los, Harry. Das geht nur dich und mich was an.« Decks Stimme kam von irgendwo seitlich hinter uns. Harry drehte sich langsam mit mir um, so daß wir jetzt in die Richtung von Deck schauten. Ich konnte in der Dunkelheit nur mit Mühe seine Umrisse erkennen. Harry lachte, jedenfalls sollte es wohl klingen wie ein Lachen. »Toll. Du kannst abhauen, von dir will ich nichts. Aber die Mieze bleibt da.«

Ich kaute immer schneller an meinem Kaugummi und dachte in der gleichen Geschwindigkeit. Ich hatte nicht das Gefühl, daß er einen von uns abhauen lassen wollte, und ich war mir sicher, daß Deck das auch so sah.

»Ich geh' hier nicht weg, Harry.«

»Deck...«, krächzte ich.

»Halt's Maul«, knurrte Harry und verdrehte mir den Arm.

»Laß das Mädchen los.«

»Sie bleibt da.«

»Dann mußt du mich auch hopsnehmen, Harry, und das ist nicht so einfach.« Decks Stimme klang sanft und drohend. Ich hätte gern geglaubt, was er sagte.

»Na schön. Du willst es ja nicht anders. Ich mach', was ich machen muß.« Ich spürte die Spannung in Harry, wie eine Katze kurz vor dem Sprung. Ich ließ eine Kaugummiblase so laut zerplatzen, daß sie mit Sicherheit jeden erschreckte, der ohnehin schon nervös war – das heißt also uns alle... und ließ mich zusammengeklappt wie ein Kartentisch fallen. Ich war totes Gewicht und Harry nicht sonderlich groß. Er ließ mich los; er hatte keine andere Wahl. Ich hörte den Schuß aus Decks Waffe, als ich mich fallenließ. Vielleicht dachte Harry, daß Deck mich statt ihn erwischt hatte. Egal. Wenn man bloß Sekundenbruchteile hat und die Umgebung voller Waffen steckt, ist nicht genug Zeit, über solche Dinge nachzudenken. Da ist eine Reaktion aus dem Bauch um etliches gesünder.

Harry bewegte sich. Ich machte eine halbe Rolle und schlug ihm meinen Gips so hart gegen die Knie, daß es ihn ordentlich erwischte und mich eine Woge des Schmerzes durchflutete. Er versuchte mit viel Mühe, einen Schrei zu unterdrücken. Jetzt schoß Deck wieder, und Hary schoß auch. Ich rollte weiter. Dann herrschte Stille. Ich konnte Deck nicht sehen, und das machte mir Sorge. Harry lag im Mondlicht auf dem Rasen und sah merkwürdig friedlich und gutmütig aus.

»Kat.« Deck trat aus dem Schatten heraus. »Bist du in Ordnung?«

»Ich bin in Ordnung.« Ich rappelte mich auf. Der Schmerz pulsierte durch meinen Arm, und in meinem Kopf sang irgend jemand ›Hard Day's Night‹. Dann hörte dieses Lied auf, und dafür begann die Mondscheinsonate. Irgendwo, weiter weg, rief immer noch jemand nach Mopsy. »Ich glaube«, murmelte ich, »ich glaube, ich bin in Ordnung.«

In meinem Kopf fing jemand an, ›*Ene mene Muh...*‹ aufzusagen. Es war ein sechsjähriges Mädchen in einer Kinderschürze, das mit süßer Stimme vor sich hin sang und dazu mit dem Fuß im Takt klopfte. ›*Alle meine Entchen...*‹ sagte sie. Die Zeit verging immer noch unendlich langsam. Hinter mir hörte ich ein Geräusch. Ich wußte, was es war, aber ich sah trotzdem hin. Und zur gleichen Zeit brüllte ich Deck etwas zu.

»*Hoppe, hoppe Reiter...*« sang das kleine Mädchen mit der gestärkten Schürze in meinem Kopf.

Harry hatte sich auf die Knie gerappelt, die Waffe in der Hand. Das kleine Mädchen hörte auf zu singen. »Deck, beeil dich«, sagte ich, vielleicht laut, vielleicht auch leise. Ich konnte das nicht mehr unterscheiden. Deck und Harry schossen gleichzeitig. Harry sackte wieder in sich zusammen. Deck stürzte im Mondlicht und schien sich nicht mehr zu bewegen. Ich rannte. Jedenfalls versuchte ich es, aber alles schien noch immer in Zeitlupe abzulaufen. Warum zum Teufel holte die Besitzerin von Mopsy nicht die Polizei? Deck war halb auf den Knien, halb stützte er sich nach vorn gebeugt mit der einen Hand vom Boden ab. Die andere hielt er auf seine blutige Brust gepreßt.

»Deck, leg dich hin. Ich versuche, die Blutung zu stoppen und hole dann einen Krankenwagen.« Ich war jetzt ganz ruhig, in meinem Kopf hob Chopins Begräbnismarsch an.

»Es ist zu spät, Kat.« Ich wußte, daß er recht hatte, aber ich konnte nicht aufgeben

»Ich hol' Hilfe.«

»Geh nicht weg, Kat. Ein Freund. Katy, ich brauche einen Freund.«

Ich setzte mich auf den Rasen und hielt Deck in den Armen. Überall war Blut, auch an meinen Armen. Deck atmete schwer und mühsam. Dahinter hörte ich noch ein anderes Geräusch. Harry war wieder auf den Beinen, er schien nie sterben zu wollen. Er hatte die Waffe in der Hand, und sie schwankte und zitterte, als er damit in meine Richtung zielte. Ich hob Decks .45er auf und beförderte ihn ins Jenseits.

29

Gestern verstarb der 88jährige George Stoddard in den Armen seiner Familie. Alle werden seiner in Liebe gedenken. Keine Blumen; Bittgebete werden mit Freude angenommen.

Ich weiß nicht, was man zu einem Sterbenden sagt, dessen Leben nur noch nach Minuten, ja vielleicht sogar Sekunden zu bemessen ist. Ich wußte es damals nicht, und ich weiß es heute nicht. Ich hatte so etwas noch nie zuvor gemacht, und ich hoffe, es nie wieder machen zu müssen.
»Als ich dich am Flughafen getroffen habe...«
»Ja.«
»Das war kein Zufall, sondern ein Auftrag. Deine Telefonate nach Vegas hatten sich rumgesprochen. Ich sollte aufpassen, was du machst.« Ich hielt ihn in den Armen, und das Blut lief an ihm herunter, mehr, als ich je für möglich gehalten hätte. »Freunde. Die Freundschaft war stärker.«
»Danke, Deck, danke, daß du mein Freund gewesen bist.«
»Katy, was ist in einem Brave Bull?«
»Tequila und Kaluha.« Ich weinte.
»Laß dir das nicht zu sehr zu Herzen gehen, Katy. Es hat nicht sollen sein. Man stirbt so, wie man lebt.« Er schwieg lange. »Katy?« Ich nickte und schluchzte jetzt völlig unkontrolliert.
»Katy, bist du noch da? Ich kann nichts sehen.«
»Ich bin da, Deck.« Ich drückte ihn enger an mich. »Katy, sag Ma...« Und er starb. Ich würde es ihr sagen, aber nicht in Decks Worten, ich mußte mir selbst welche suchen. Ich hielt Deck noch ein bißchen im Arm und nahm Abschied von einem Freund. »Vaya con Dios«, flüsterte ich ihm ins Ohr, mit dem er mich nicht mehr hörte.

Ich schob Decks Körper von meinem Schoß und stand auf. Meine weiße Hose war voller Blut, und meine Arme und mein Gips. Ich ging zum Fischteich hinüber und wusch mich, so gut es ging. Harry lag auf dem Boden, aber ich sah ihn nicht an, trottete an ihm vorbei wie ein Pferd mit Scheuklappen. Eine Hand hing im Mondlicht in den Teich. Ein Koi knabberte daran. Das fiel mir auf, als ich wegging.

30

Liebe Charity,

wann kann man mit Anstand nach Hause gehen? Ich habe eine Freundin, die ich nur aus Höflichkeit besuche. Wir essen einmal im Monat zusammen zu Abend, und am Schluß bin ich immer so frustriert, daß ich fast losschreien möchte. Wie schnell kann ich mich guten Gewissens verabschieden?

Eine völlig Erschöpfte

Liebe Erschöpfte,

nicht vor dem Nachtisch. Warum gehen Sie nicht lieber gleich ins Kino?

Charity

Nach einer Weile erreicht man einen Punkt, wo einfach Schluß ist. Der Geist registriert nichts mehr; die Gefühle sind abgestumpft; der Körper ist vom Streß und vom Schock ausgelaugt. Diesen Punkt hatte ich erreicht, als ich über das Grundstück zur Straße ging. Alle Mechanismen, die mir im Umgang mit der Außenwelt hätten helfen können, lagen lahm.

Die Straße war leer und friedlich. Mopsys Besitzer hatte den Hund entweder gefunden oder die Suche aufgegeben. Ich bewegte mich in das kalte Licht der Straßenbeleuchtung, schlang den Arm um den Laternenpfahl und preßte die Wange und die Brust gegen die kühle Oberfläche. Ich würde einfach zu irgendeinem Haus gehen und den Leuten sagen, daß sie die Polizei rufen sollten. Das würde ich tun, sobald ich dazu in der Lage war. Wahrscheinlich würde ich nicht einmal was von der Polizei sagen müssen. Sie würden mich nur anschauen, das Blut auf meiner Kleidung sehen und von selbst die Polizei holen.

Irgendwo in der Ferne hörte ich Sirenen. Vielleicht war die Polizei schon unterwegs. Harrys Waffe und Decks .45er hatten Lärm gemacht. Man konnte sich kaum vorstellen, daß niemand das gehört hatte, selbst wenn es überall große Grundstücke, abgeschlossene Häuser und Klimaanlagen gab. Hinter mir ging eine Autotür auf.

»Steigen Sie ein«, sagte eine barsche Stimme. Ich machte mir nicht die Mühe, mich umzudrehen.

»Wer sind Sie?« fragte ich schließlich und hielt mich zur Sicherheit noch verkrampfter an dem Laternenpfahl fest, auch wenn dort keine Sicherheit zu finden war.

»Blackfords Versicherung. Steigen Sie ein.«

»Sie sind beide tot.«

»Ja. Ich bin zu spät gekommen. Eigentlich hätte er es allein schaffen müssen.«

»Ich bin nicht tot. Warum?«

»Sie hätten eigentlich tot sein sollen. Das war jedenfalls die Anweisung. Jetzt lautet die Anweisung, daß ich alle, die noch am Leben sind, mitbringen soll. Und das sind Sie.«

Ich schüttelte den Kopf, um ihn klarzubekommen. »Lassen Sie mich. Sagen Sie ihm, er hat gewonnen. Ich mach' ihm keine Schwierigkeiten mehr.«

»Keine Diskussionen. Wenn der Chef Sie will, bekommt er Sie.«

»Der Chef? Wer? Blackford?«

»Steigen Sie ein.«

Er stand jetzt dicht hinter mir. Ich hatte mich immer noch nicht umgedreht. Aber das war egal, mein Kampfgeist war gebrochen. Ich ließ den Laternenpfahl los und wandte mich langsam um. Nun hatte ich den Laternenpfahl im Rücken. Er hatte eine Waffe, doch die brauchte er nicht. Meine letzten Reserven waren schon längst dahin.

»Meine Güte, Sie schauen ja schlimmer aus als mein Cousin Lew nach dem Schweineschlachten.«

Das schien ihn zu ärgern, Kummer machte es ihm anscheinend keinen. Die Sirenen kamen näher. Ich überlegte, wie ich Zeit schinden oder die Sache gleich an Ort und Stelle ausfechten könnte – welches von beiden war jetzt ziemlich egal.

Die Zeit kroch wieder dahin; die Musik in meinem Kopf hatte aufgehört. Dann hörten auch die Sirenen – immer noch in weiter Ferne – auf. Ich atmete tief aus und merkte erst jetzt, daß ich die Luft die ganze Zeit über angehalten hatte.

»Steigen Sie ein. Sonst breche ich Ihnen auch noch den anderen Arm oder die Finger oder was immer.« Er sagte unvernünftige Sachen mit vernünftiger Stimme. Ich stieg ein.

Der Wagen war ein nagelneuer blauer Le Baron mit pastellblauen Sitzen. Der Kerl zuckte zusammen, als ich das Polster mit Blut verschmierte. Eine Stimme aus dem Armaturenbrett wies uns höflich aber bestimmt an, die Sicherheitsgurte anzulegen. Der Fahrer tat es, ich nicht. Sorgen um meine Gesundheit und Sicherheit erschienen mir im Moment ziemlich irrelevant. Ich lehnte mich zurück und schmierte noch ein bißchen Blut an die Türpolsterung. Das verschaffte mir ein perverses Gefühl der Befriedigung.

Die automatische Türverriegelung schnappte zu. Das Geräusch erinnerte mich an Filme, in denen die Gefängnistür zuknallt; Sie als Gefangener und alle im Kino wissen, daß es jetzt aus ist, daß alle Hoffnung umsonst ist. Ich spürte, wie mich die Hoffnungslosigkeit packte, und ich war zu müde, um dagegen anzukämpfen, zu ausgelaugt, um mir etwas daraus zu machen oder auch nur Angst zu haben. Ich war lethargisch, und mich fror. Ich wußte, ich hatte einen Schock erlitten. Der Schmerz pulsierte in meinem Arm.

Ich lehnte mich weiter in den Sitz zurück und verschmierte ihn dabei, wie ich hoffte, noch mehr mit Blut. Gleichzeitig zwang ich mich, tief und gleichmäßig zu atmen. Danach machte ich Yogaübungen. Ich brauchte Zeit, um mich zu sammeln, den Schock zu überwinden und mich gegen das zu wappnen, was mich als nächstes erwartete. Denn ich war mir sicher, daß mich eine Menge erwartete. Es war bestimmt nichts Schönes, und es kam bestimmt sehr bald.

Die Übungen halfen. Ich entspannte mich so sehr, daß ich fast eingeschlafen wäre, und trieb in einem silbrigen Dunst mit weißen Wolken dahin, als ich merkte, daß der Wagen hielt. Ich hatte noch Zeit für einen weiteren tiefen Atemzug, bevor mich der Fahrer anwies auszusteigen. Er gab sich den

Anschein der Höflichkeit, aber ich ließ mir nichts mehr vormachen.

Jemand, vermutlich ein Hausmädchen, auch wenn sie eher wie ein Verteidiger beim Football aussah, öffnete die Tür. Sie war über einsachtzig groß und muskulös und wirkte dunkel, rassig und südländisch schön. Ich wurde in ein elegantes Empfangszimmer geführt. Das Mädchen starrte mich an – kein Wunder, ich bot wahrscheinlich auch einen ungewöhnlichen Anblick – und bat mich nicht, mich auf dem makellosen, beigefarbenen Damastpolster niederzulassen. Ich setzte mich trotzdem. Das Blut klebte immer noch feucht an mir, und mit ein bißchen Glück würde es mir gelingen, ein paar schöne Flecken zu hinterlassen. Ich strengte mich jedenfalls an und wartete dann, so ruhig es ging.

Nach einer Weile spazierte ich zu einer eindrucksvollen Verandatür hinüber. Ich erwartete, daß sie verschlossen wäre, aber überraschenderweise ließ sich der Griff ganz leicht bewegen, und die Tür selbst ging ohne Schwierigkeiten auf. Ich wollte gerade hinausgehen, als ich links aus den Augenwinkeln eine Bewegung wahrnahm und ein schwarzer Streifen sich plötzlich als Dobermann entpuppte, dem meine Gesellschaft auf der Terrasse nicht sonderlich zusagte. Eins zu null gegen mich. Ich trat ins Zimmer zurück und schloß die Tür.

»Ach, Miß Colorado, Kat, wenn ich Sie so nennen darf. Schön, Sie zu sehen, schön, daß Sie zum Abendessen bleiben.«

Ich schnaubte ziemlich ungesittet.

»Wie ich sehe, haben Sie einen ereignisreichen Tag hinter sich. Vielleicht wollen Sie sich zuerst ein wenig frisch machen?«

Ich schüttelte den Kopf. »Sparen Sie sich das Gerede, Blackford. Sagen Sie lieber, was Sie von mir wollen.«

Er sah mich mit traurigem Blick an. »Oje«, widersprach er, »dieser Mangel an gesellschaftlichem Schliff sieht Ihnen aber gar nicht ähnlich.« Blackford ging quer durchs Zimmer und läutete eine Glocke. »Bitte nennen Sie mich doch Don.«

Ich lachte wieder. Aber es klang sogar in meinen eigenen

Ohren hohl. »Ich glaube, ich möchte das nicht. Die Anrede deutet auf eine Vertrautheit oder Freundschaft hin, die zwischen uns ganz offensichtlich nicht besteht.« Das Hausmädchen kam herein.

»Phoebe, würden Sie bitte Miß Colorado das Zimmer zeigen, das für sie vorbereitet worden ist, damit sie sich frischmachen und fürs Abendessen umziehen kann.« Phoebe, die eindeutig eher nach einem Football-Verteidiger als nach einem scheuen Vögelchen aussah, starrte mich mit düsterem Blick an.

»Hier lang, Miß.«

Ich zuckte mit den Achseln und folgte ihr. Ich hatte hier nicht viel zu sagen. Als ich mich im Badezimmerspiegel sah, erschrak ich und schaute schnell wieder weg. Jetzt konnte ich verstehen, warum Phoebe mich so angestarrt hatte. Ich wußte, wie ich aussah, aber ich hatte nur die Einzelteile vor Augen: den Gips, die Hose, das T-Shirt. Der Gesamteindruck war etwas ganz anderes. Ich hatte den größten Teil des Blutes von meinen Armen abgewaschen, aber meine Wange war noch immer verschmiert, und meine Haare waren an mehreren Stellen damit verklebt. Mir wurde wieder übel.

»Wenn Sie Ihre Kleider hier draußen lassen, Miß, bringe ich sie zum Waschen und Bügeln. Im Schrank hängen einige Sachen zum Anziehen.« Sie deutete auf einen großen Wandschrank mit geschlossenen Türen. »Bitte suchen Sie sich etwas heraus. Mr. Blackford möchte, daß Sie ihm bei Cocktails und Abendessen Gesellschaft leisten, sobald Sie fertig sind.« Sie sprach seinen Namen in einem Tonfall aus, der normalerweise Angehörigen des Königshauses oder den Göttern vorbehalten ist. »Ich lasse Sie jetzt allein, Miß, und hole in Kürze Ihre schmutzigen Sachen ab.« Sie verschwand mit leisen Schritten über den Teppichboden und machte die Tür hinter sich zu.

Als ich die Schnürsenkel meiner Nike-Turnschuhe löste, blätterte geronnenes Blut ab und verschwand in dem weißen Flausch des Teppichs. Ich wand mich aus Schuhen und Hose, zog das T-Shirt über den Kopf und ließ die Sachen liegen, wo sie gerade hinfielen. Auch meine Unterwäsche war fleckig, aber ich beschloß, sie erst im Bad auszuziehen.

Als erstes sperrte ich die Tür zu. Das gab mir ein falsches Gefühl der Sicherheit, das nichtsdestoweniger beruhigend war. Ich zog die Unterwäsche jetzt aus und ließ sie im Waschbecken in kaltem Wasser einweichen. Dann rubbelte ich nackt und zitternd daran, bis sie makellos sauber war, spülte sie aus und rollte sie in ein Handtuch.

Ich drehte die Dusche so heiß und stark auf, wie ich es aushalten konnte. Der heiße, metallische Geruch von Blut löste sich von meinem Körper, als das Wasser an mir herunterprasselte. Das schmutzige Wasser stieg langsam in der Wanne an meinen Füßen hoch. Ich streckte die Arme gegen die Wand der Dusche und würgte lange und trocken. Endlich verschwand der Geruch, und mein Körper beruhigte sich.

Es gab ein breites Angebot an Shampoos, Seifen und Lotionen, und ich bedeckte jeden Quadratzentimeter meiner Haut damit, bis ich mich, abgesehen von meinem Gips, einem stummen, häßlichen Erinnerungsstück, sauber fühlte. Dann stand ich in der Dusche und ließ mir das Wasser gute zehn Minuten auf den Rücken prasseln – ich versuchte, die negativen Ionen einzuweichen, alles Häßliche zu verbannen und einen klaren Kopf zu bekommen. Leichter gesagt als getan.

Widerwillig drehte ich das Wasser ab und stieg aus der Dusche. Ich hüllte mich in ein großes Handtuch und schaltete den Fön an. Zuerst trocknete ich meine Unterwäsche und zog sie an. Danach fühlte ich mich sofort besser und sicherer. Dann trocknete ich meine Haare und legte etwas Rouge auf. Ich hatte Farbe nötig, meine eigene Blässe stand mir im Augenblick nicht besonders gut zu Gesicht. Ich ließ mir Zeit. Sollte er schmoren. Ich hatte vor, dem, was mir bevorstand, mit Würde und Stil entgegenzutreten.

Das dachte ich jedenfalls – bis ich die Kleider sah. Jemand hatte da in Hollywood, Paris und Hongkong einen Einkaufsbummel bei einem Geschäft wie Frederick's gemacht. Ich konnte es mir aussuchen, ob ich wie eine amerikanische, eine französische oder eine chinesische Nutte aussehen wollte, und nicht einmal wie eine besonders teure. Ich setzte mich mit meiner weißen Baumwollunterwäsche von J. C. Penney's aufs Bett und ging die Alternativen ohne große Begeisterung durch.

Der Sinn und Zweck des Ganzen entging mir nicht. Angezogen wie eine Nutte würde ich mich vielleicht nicht ganz wie eine Nutte, aber doch abgewertet, fühlen. Das ist eine oft verwendete Taktik, wahrscheinlich, weil sie so wirksam ist. Ich hätte lieber meine eigenen Kleider angehabt, obwohl sie voller Blutflecken waren, aber diese Wahl hatte ich nun nicht mehr. Lediglich ein rostroter Fleck zierte noch die Stelle, an der sie gelegen waren.

Ich entschied mich für die chinesische Version. Der Cheongsam war eng geschnitten und hatte seitliche Schlitze am Oberschenkel, aber zumindest gab er sich den Anschein, meinen Körper völlig zu bedecken. Ich sah mich vergeblich nach etwas um, was ich mir um die Schultern legen konnte. Statt dessen fand ich eine funktionierende Schere in einem kleinen Nähetui. Damit schnitt ich ein riesiges, dreieckiges Tuch aus dem reichverzierten (und sündteuren) weißen Bettüberwurf. Ich verwendete eine Ecke für die kurze Seite des Dreiecks und hatte so sogar noch Fransen. Ich zwirbelte den Stoff und schlang ihn mir um die Schultern. Gar nicht so schlecht. Das Ganze wirkte viktorianisch-chinesisch, und ich sah schicklich gekleidet und sogar ein bißchen elegant darin aus. Und wichtiger: Ich hatte das Gefühl, eine gewisse Kontrolle zu haben.

Ich trat aus dem Bad auf den Flur, wo Phoebe schon auf mich wartete. Ihre Augen weiteten sich vor Erstaunen, als sie mein Schultertuch sah, aber sie sagte nichts. Vielleicht war sie doch ein Hausmädchen; Football-Verteidiger sind normalerweise gesprächiger. Wir gingen zurück, sie mit langen, geschmeidigen Schritten voran, ich hinter ihr her.

Das Haus war großzügig, geschmackvoll und steril eingerichtet. Die Persönlichkeit seines Eigentümers ließ sich nicht daran ablesen, nur, daß er reich war. Ich empfand das als bedrückend. Die Stille war laut und vernehmlich, als unsere Füße in den fünf Zentimeter hohen Flausch des Teppichs einsanken. Es tickten keine Uhren, es waren keine Kühlaggregate, kein Mixer und kein Fernseher im Hintergrund zu hören. Nichts. Nur Stille und die geschmeidige Gestalt, die vor mir her stolzierte.

»Hier herein, bitte.« Sie öffnete eine Tür, und ich trat ein. Die Tür schloß sich, und die Bühne für das folgende Spiel lag vor mir.

31

Liebe Charity,

wie wichtig ist die richtige Kleidung zum richtigen Anlaß?

Tupelo Tom

Lieber Tom,

wie wichtig sind Ihnen Höflichkeit und Behaglichkeit?

Charity

Der Raum war ganz offensichtlich eine Bibliothek. Bücher, die ebenso offensichtlich nur zum Anschauen da waren und nie gelesen wurden, bedeckten zwei fensterlose Wände. Ein Ende des Raumes wurde von einem großen Schreibtisch aus Holz beherrscht, der schräg übers Eck gestellt war. Das andere Ende nahm ein eindrucksvoller Kamin mit Sims, einer lockeren Anordnung von Sesseln und einem Tête-à-tête ein. Es war dunkel und trist wie in einer altmodischen Leichenhalle.

Blackford lachte, als er mich sah. Das konnte ich verstehen.
»Ich sehe, Sie haben improvisiert.«
»Ich halte nicht viel von Ihrem Geschmack in puncto Damenkleidung. Sieht nach billigem Flittchen aus, und das ist nicht mein Stil.«
Seine Augen blitzten auf, aber das Lächeln verschwand nicht.
»Gar nicht mal so billig.«
»Nein? Sie wollten sicher nur die Wirkung, der Preis war Ihnen egal.«
»Genau.« Sein Lächeln veränderte sich. »Ich mag sinnliche, sexy Frauen.«
Ich zuckte mit den Achseln. »Dann bin ich nicht die Richtige für Sie. Also, unterhalten wir uns übers Wesentliche.

Schließlich haben Sie mich nicht herbringen lassen, um mit mir über Mode zu reden, oder?«

»Nein, obwohl Sie bezaubernd aussehen. Abgesehen von den Pantoffeln«, fügte er mit einem Hauch von Mißbilligung hinzu. »Warum das?«

Wir sahen beide auf die rosafarbenen Satinschlappen mit den Pompons, die noch die beste Wahl aus dem Schuhsortiment gewesen waren. Sie hatten längst nicht die Wirkung wie der elegante schwarz-grüne Cheongsam.

»Ich wollte keine hohen Absätze, und Ihr Hausmädchen hat mir meine Turnschuhe abgenommen. Also waren's die oder gar keine.«

»Aha. Hätten Sie gern einen Cocktail vor dem Essen?«
»Nein.«

»Nein? Aber Sie würden mir eine Freude damit machen.« Das war keine Frage, also machte ich mir nicht die Mühe zu antworten. »Sie haben sicher nichts dagegen, wenn ich meinen üblichen Gewohnheiten folge.«

Ich durchquerte den Raum unaufgefordert und sank in einen großen eleganten Sessel vor einem gewaltigen Kaminfeuer. Die Temperatur war heute um die 42 Grad gewesen, aber hier im Zimmer lag sie bei etwa 17 Grad. Die Wärme des Feuers war angenehm, wenn auch ungewohnt.

»Ich mag Kaminfeuer, das ist eine weitere Marotte von mir.«

Ich zuckte mit den Achseln. Seine Marotten und Launen interessierten mich nicht mehr.

Er nahm eine Flasche Champagner aus dem Kühler und entkorkte sie liebevoll. »Mmm. Wunderbarer Champagner und wunderbare Frauen. Darf ich Ihnen ein Glas einschenken?« Er tat es einfach.

Ich saß geistesabwesend da und bohrte in der Nase. Mir gefiel sein Gerede über ›wunderbaren Champagner und wunderbare Frauen‹ nicht und auch nicht seine Erläuterungen darüber, welche Frauen er mochte. Nasenbohren ist eine kleine, aber plumpe und widerliche Geste. Die meisten von uns empfinden sie als ekelerregend, und sie widerspricht nicht nur jeglicher Vorstellung von Anstand, sondern dämpft auch unsere erotische Sensibilität. Blackford wirkte erstaunt und angewidert. Ich lächelte.

»Wie undamenhaft!«

»Ich behaupte nicht, eine Dame zu sein.«

»Nur eine Privatdetektivin«, sagte er in verächtlichem Tonfall, während er mir mein Glas reichte. Ich wischte die Hand an der Lehne des Sessels ab, bevor ich es nahm, und sah, wie er zusammenzuckte.

»Genau.«

Die Machtverhältnisse hatten sich verschoben. Ich fühlte mich nicht mehr im entferntesten wie eine Nutte im goldenen Käfig, und er betrachtete mich auch nicht mehr als solche.

»Sie haben Ihre Jungs heute geschickt, damit sie mich töten?«

»Ja. So reizend Sie auch sind – allmählich wurden Sie lästig. Ich dulde keine Einmischung in geschäftliche Angelegenheiten.« Er setzte sich und beugte sich dann zu mir vor. »Ich habe es mir anders überlegt, als ich hörte, daß Deck und Harry tot sind und wahrscheinlich beide auf Ihr Konto gehen. Ich war beeindruckt. Ich wollte mehr über Sie erfahren.«

»Warum haben Sie Harry hinter Deck hergeschickt?«

»Mehrere Gründe. Erstens hatte ich meine Bedenken bezüglich Deck. Er ist Ihnen auf den Fersen, seit Sie hier sind, wissen Sie.«

»Ich weiß. Und was hat Sie auf meine Spur gebracht? Die Telefonate?«

Er nickte. »Sie haben New Capital Ventures erwähnt. Das wurde mir durch verschiedene Kanäle hinterbracht. Dann habe ich routinemäßig jemanden auf Sie angesetzt, um die Sache zu überprüfen. Und dieser Jemand war Deck. Schade – er war ein guter Mann. Ich hab' noch nie erlebt, daß er bei einer Frau schwach wurde. Obwohl Sie schon etwas Besonderes haben, das muß ich zugeben. Machen Sie das nicht«, fügte er hastig hinzu, als ich mir die Nase kratzte.

»Nicht bei einer Frau, bei einer Freundin.« Ich kämpfte gegen meine Gefühle an. Ich konnte jetzt nicht an Deck denken oder über seinen Tod trauern, und ich wollte lange genug am

Leben bleiben, um beides zu tun. Blackford starrte mich verständnislos an.

»Wir waren Freunde seit unserer Kindheit. Wir haben nebeneinander gekämpft, uns gegenseitig rausgehauen, sind im Sacramento River angeln und schwimmen gegangen und haben Hot Dogs und Wassermelone gegessen, bis uns schlecht geworden ist. Wir haben eine lange gemeinsame Geschichte.«

»Aha.« Blackford nickte. »Das erklärt manches. Ich hatte das Gefühl, daß sich Decks Loyalität verlagert hatte. Das sah ihm gar nicht ähnlich, also habe ich ihn im Auge behalten. Wie sich herausgestellt hat, hatte ich recht. Er war nicht mehr zuverlässig; er hat Sie nicht umgebracht.«

»Nein, und er ist dafür gestorben.«

»Wenn ein Mann sich nicht an die Anweisungen hält, wird er entbehrlich.«

»Und Harry? War der auch entbehrlich?«

Er zuckte mit den Achseln. »Natürlich. Ich bin Geschäftsmann. Ich nehme meine Verluste hin, aber ich gewinne lieber. Das Gewinnen zählt. Sie stimmen mir doch zu?«

»Ja und nein. Ich spiele auch, um zu gewinnen, aber ich spiele nicht unfair.«

»Deck hat zum erstenmal seit langer Zeit fair gespielt, und er ist tot.«

»Harry auch, und er hat bis zum bitteren Ende unfair gespielt.« Wir schwiegen. Wir hatten ein Remis an der philosophischen Front erreicht.

»Ich habe Ihnen einen Vorschlag zu machen.«

»Nein.«

Er lächelte. »Sie haben ihn ja noch gar nicht gehört.«

»Muß ich auch nicht. Schmutz führt nur wieder zu Schmutz.« Ich nahm einen Schluck Champagner, hielt das Glas in die Höhe und beobachtete den Tanz der Flammen durch seine klare, goldene Schönheit. »Der Champagner ist gut. Den können nicht mal Sie verderben.«

»Ich wußte doch, daß Sie eine würdige Gegnerin sind.« Er lachte triumphierend und trank seinen Champagner. Seine Augen funkelten dabei im Feuerschein. Vielleicht Drogen, möglicherweise Wahnsinn. Mir gefiel keine der Alternativen. »Hätten Sie keine Lust, meine Partnerin im Geschäft zu werden? Sie sind gefährlich, Ihre Intelligenz, Ihr Esprit...«

»Sie vergeuden Zeit, Blackford.« Er kam mit Mühe aus seiner Wahnwelt zurück und verfiel wieder in seinen ganz alltäglich-leichten Charme. Doch seine Augen funkelten immer noch.

»Dann muß ich Sie überzeugen.« Er sagte es mit sanfter Stimme und zischte nur das ›z‹ bedrohlich.

»Sie vergeuden Ihre Zeit.«

»Noch ein bißchen Champagner?« Er schenkte mir nach und füllte sein Glas neu. »Ich vergeude meine Zeit? Ich glaube nicht. Ich kann sehr überzeugend sein. Sie haben doch Phoebe gesehen. Sie hieß früher einmal Carmelita, und sie war feurig, geschwätzig, heißblütig und leidenschaftlich. Ich habe sie umerzogen; ich habe mir Zeit dabei gelassen, und es ist mir gut gelungen. Ich kann sehr überzeugend sein«, wiederholte er. »Die Drogen haben dabei geholfen«, fügte er noch hinzu.

»Und dann habe ich ihr einen neuen Namen gegeben. Sie war jetzt keine Carmelita mehr, sondern eine Phoebe, ein stilles, aschbraunes Singvögelchen, zahm und unterwürfig.«

Nichts an ihm wirkte verrückt, nur seine Augen, Fenster in eine Seele des öden Wahns. »Ein Singvögelchen«, wiederholte er sanft.

»Nur sie singt nicht.«

»Da täuschen Sie sich. In der Nacht bettelt sie um meine Aufmerksamkeit. Ich habe ihr beigebracht, das zu wollen, was ich ihr gebe, um so mehr, als sie sich anfangs dagegen gesträubt hat. Und dann singt sie. Bis spät in die Nacht singt sie und weint und bettelt, bettelt mich an, bis ich ihrer müde werde. Sie kann gar nicht genug bekommen. Ich bin jetzt ihr Herr.«

Ich war angewidert, aber das merkte er nicht.

»Es war schwer, sie zu zähmen. Bei der wilden Sorte ist das immer schwer. Je größer die Herausforderung, desto süßer der Sieg.«

Er war sexuell erregt, hart und erregt unter dem perfekten

Schnitt seines Maßanzuges. Mir war übel, und ich hatte Angst. Ich versuchte, die Angst zu unterdrücken, sah weg von seinem Unterleib und wieder in seine Augen. Sie funkelten und quollen jetzt auch hervor, als hätte das Ungleichgewicht in seinem Geist alles andere ebenfalls aus der Balance gebracht.

»Sie sind auch wild, nicht zahm. Dieser Gedanke, der Gedanke, Sie zu zähmen, erregt mich.« Er rieb mit der Handwurzel über seinen Hosenschlitz und leckte sich die Lippen. »Ja, das erregt mich. Sogar sehr.«

Er drehte sich um, schenkte sich noch ein Glas Champagner ein und stellte sich vor den Kamin. »Es ist nicht der Sex, ich möchte nicht, daß Sie mich für so plump halten.« Er rieb wieder an sich herum. »Nein, es ist die Macht, die Freude, jemanden soweit zu demütigen, daß er mir aufs Wort gehorcht, die mich erregt.«

Wieder kamen mir die geneigten Köpfe, die hängenden Ohren und der verwaschene Blick der Pferde in den Sinn, die Lefty eingeritten hatte. Man kann den Willen eines jeden Lebewesens brechen. Manchmal läßt er sich wieder aufbauen, manchmal nicht. Meistens nicht. Es klopfte an der Tür, und das Hausmädchen trat ein.

»Ach ja, Phoebe, was gibt's?«

»Das Essen ist fertig, Sir. Soll ich jetzt servieren?« Sie sah ihn die ganze Zeit an, während sie sprach.

»Carmelita.« Ich stand auf. Erstaunte Augen richteten sich auf mich. »Sie heißen Carmelita, nicht wahr?«

Sie sah mich lange an und dann wieder Blackford. »Nein, Miß. Ich heiße Phoebe.« Als sie mir antwortete, schaute sie ihn an.

»Danke, Phoebe, du kannst servieren.« Seine Stimme klang triumphierend.

»Ja, Sir.« Sie schwebte lautlos aus dem Raum.

»Sehen Sie?«

»Sie sind widerwärtig«, sagte ich, und er lachte.

»Wir spielen jetzt um hohe Einsätze, aber die Chancen sind gleich. Sie gegen mich. Außer uns ist nur Phoebe im Haus, und sie wird sich nicht einmischen. Sie können nicht entkommen, dafür sorgen die Hunde. Außerdem ist noch ein Mann draußen im Wächterhäuschen. Im Notfall rufe ich ihn. Phoebe hat Anweisung, das gleiche zu tun, falls nötig. Aber ansonsten ist es Sie gegen mich, Ihr Wille gegen den meinen.«

Er lächelte und hielt mir mit wild funkelnden Augen einen Arm hin. »Sollen wir zum Essen hinübergehen?«

Ich hatte das volle Champagnerglas in der Hand. Ich schleuderte es gegen den Kamin aus Stein, an dem es zerschmetterte. Ein Sprühregen von Glas und Champagnertropfen ergoß sich über den ganzen Raum.

Seine Kontrolle kam ins Wanken, aber er verlor sie nicht. Er lachte wieder. Dann gingen wir zum Essen hinüber.

32

Liebe Charity,

bei mir in der Arbeit haben ein paar Kollegen einem Mädchen einen ziemlich gemeinen Spitznamen gegeben. Sie macht gute Miene zum bösen Spiel und tut so, als fände sie das lustig, aber ich weiß, daß der Name sie in Wirklichkeit verletzt. Was soll ich machen?

T. R.

Lieber T. R.,

jeder hat das Recht, bei dem Spitznamen gerufen zu werden, der ihr oder ihm gefällt. Fragen Sie sie, wie sie gern genannt werden möchte und sagen Sie dann so zu ihr. Vielleicht folgen andere Ihrem Beispiel.

Charity

Ich nahm seinen Arm nicht, aber ich folgte ihm ins Eßzimmer. Ich wollte meine Lage nicht dadurch verschlechtern, daß er Hilfe herbeirief. Meine Zeit und Energie waren knapp bemessen, und ich mußte das, was mir zur Verfügung stand, geschickt nutzen.

Ich machte mir keine Illusionen. Heute nacht spielte er noch mit mir, aber morgen fügte ich mich ihm entweder oder ich war tot. Vielleicht hatte Carmelita keine Freunde und keine Familie gehabt, oder vielleicht hatten sie sich einschüchtern lassen. Bei ihr hatte er sich Zeit lassen können. Aber meine Freunde würden spätestens morgen nach mir suchen. Blackfords Spiel mit mir war gefährlich, und das wußte er ganz ohne Zweifel auch. Und ohne Zweifel machte das die Sache für ihn interessanter. Mein Spiel mit ihm war sogar noch gefährlicher. Ich wußte das, und es machte nichts interessanter. Ich machte mir vor Angst fast in die Hosen.

Das Essen war üppig und ausgezeichnet. Ich haute rein, weil ich einen Schub Kohlehydrate brauchte, trank aber nur Wasser. Blackford dagegen aß wenig und trank ziemlich viel. Seine Augen funkelten immer stärker, je später es wurde. Das Hausmädchen bediente uns.

Er nannte sie Phoebe, und ich nannte sie Carmelita. Ich sprach ihren Namen mit jedem Atemzug und zweimal pro Satz aus. Ich drang damit zu ihr durch. Sie sah mich an, und ihr Blick hatte etwas Gehetztes an sich. Ich drang damit auch zu ihm durch. In seinem Funkeln lag Zorn. Als er sie hinausschicken wollte, machte ich mich über ihn lustig.

»Was ist, Blackford? Trauen Sie etwa Ihrem eigenen Training nicht? Vielleicht nicht, vielleicht ist das alles ja bloß Gerede.« Ich redete leiser, damit er sich anstrengen mußte, mich zu hören. »Vielleicht sind Sie doch nicht so gut, wie Sie denken.« Ich lachte. »Bitte noch ein bißchen Wasser, Carmelita. Carmelita, das ist ein schöner Name.«

»Mein Training ist gut. Vorher war sie nur eine große, dumme, schmutzige Mexikanerin. Jetzt ist sie wenigstens etwas.«

»Stimmt das, Carmelita?« fragte ich leise.

Ihr Blick wirkte wie hypnotisiert, ihr Gesicht und ihre Augen waren umwölkt. Unsere Blicke trafen sich kurz, dann schlug sie die Augen nieder.

»Hat er recht, Carmelita?« fragte ich wieder. Sie sah mich an. »Waren Sie nur eine große, dumme, schmutzige Mexikanerin?« Ich machte mit den Händen eine Geste, als wollte ich sagen, »Waren Sie ein Nichts?«

»Nichts.« Blackford faßte meine Geste in Worte. »Nichts. Eine x-beliebige Mexikanerin ohne Aussichten, ohne Zukunft.«

»Nein.« Das Wort war nur ein Flüstern, ganz als hätte ihr jemand ins Zwerchfell getreten und ihr diese Antwort so gewaltsam entlockt. Sie schaute von Blackford zu mir. Ihr Blick traf sich mit dem meinen, und sie wandte ihn nicht mehr ab.

»Nein, ich war nicht schmutzig und dumm.« Ihre Stimme war leise; ich mußte mich vorbeugen, um das zu verstehen, was sie sagte. »Ja, ich bin groß«, ein bißchen Stolz schlich sich in ihre Worte ein, »groß und stark. Mein Volk und meine Vergangenheit – sie sind gut. In meiner Familie ist Carmelita ein stolzer Name.« Ihr Blick war trotzig und plötzlich voller Angst.

»Jetzt heißt du Phoebe«, sagte Blackford in bestimmtem Tonfall. Carmelita sah von einem zum anderen. Ich schüttelte den Kopf.

»Phoebe«, sagte er wieder. Sie senkte verwirrt den Blick, und ihr Gesicht umwölkte sich wieder. Er wandte sich von ihr ab, als wäre sie nur ein Requisit, ein Requisit, das nicht zählte.

»Wir müssen uns auch einen Namen für Sie ausdenken. Kat paßt überhaupt nicht. Was für ein Name.« Er rümpfte verächtlich die Nase. »Sie werden anders sein, ganz anders«, schloß er mit sanfter Stimme. »Kat wird nicht mehr zu Ihnen passen.« Ich begann fast zu zittern und fing mich beinahe nicht mehr.

»Phoebe, würdest du bitte abräumen und den Nachtisch servieren.«

Sie stand eine ganze Weile da. Er bemerkte es nicht. Sie war immer noch ein Requisit. Schließlich bewegte sie sich und brachte ein Tablett mit frischen Früchten, klebrigem Schokoladenbaiserkonfekt und Kaffee. Blackford entließ sie mit einer Geste und ging zum Sideboard hinüber.

»Cognac?« Ich schüttelte den Kopf und nahm mir ein paar Trauben. Ich steckte immer nur eine in den Mund und kaute sie langsam. Er schenkte sich einen dreifachen Brandy ein und setzte sich wieder. Der Alkohol schien keinerlei Wirkung auf ihn zu haben Er beachtete die Früchte nicht und löffelte dafür eine große Portion klebriges Dessert auf seinen Teller.

»Bald«, sagte er, »fangen wir an.« Ich kaute an einer Traube herum und starrte zur Decke hinauf. Er redete nicht vom Dessert. »Nicht zurück in die Bibliothek«, sagte er, fast zu sich selbst, »sondern ins Spielezimmer.« Er lächelte bei dem Wort ›Spielezimmer‹. Ich kaute an der nächsten Traube. Sie waren süß und saftig und erstaunlich schwer zu schlucken. Ich würde bald meinen nächsten

Schlag führen, beschloß ich, und nicht auf das Spielezimmer warten.

Blackford redete weiter, über Brandy, Jahrgänge, über das Leben. Ich kaute nachdenklich auf meinen Trauben herum und beobachtete das Funkeln seiner Augen. Ich gab mir Mühe, undurchschaubar zu wirken, während ich Pläne schmiedete, sie verwarf, neu schmiedete.

»Wollen wir, meine Liebe?« Er erhob sich und streckte mir den Arm entgegen.

Ich wollte aufstehen, sank dann aber auf meinen Stuhl zurück. »Verdammt, ich habe einen Pantoffel verloren.« Ich hob das Tischtuch und beugte mich zur Seite, um unter den Tisch zu schauen. Dann schrie ich mit einem Keuchen auf und richtete mich langsam wieder auf. »Ich kann mich in der Richtung nicht bücken. Wegen des Unfalls. Könnten Sie bitte...« Ich brach ab, als ich sein Stirnrunzeln sah.

»Das ist egal.«

»Nein, es ist nicht egal.« Plötzlich war es ungeheuer wichtig, daß ich keine nackten, verletzlichen Füße hatte. »Bitte.«

Er runzelte die Stirn, zog aber die Stühle unter dem Tisch hervor und bückte sich, um nachzusehen. Als sein Kopf auf gleicher Höhe mit dem Tisch war, schlug ich ihm mit der Handkante hart in den Nacken. Wenn man einen bestimmten Punkt an dieser Stelle des Körpers mit genug Kraft trifft, kann man einen Mann umbringen oder für den Rest seines Lebens zum Krüppel machen. Er schien einen Augenblick lang in der Luft zu schweben und stürzte dann nach vorne. Im Fallen verkrampfte sich seine linke Hand um das Tischtuch. Ich sah, was kam, aber ich konnte nichts dagegen unternehmen. Alle Sachen fielen in Zeitlupe vom Tisch. Was für ein Durcheinander; was für ein Lärm.

Ich drehte mich um, als die Eßzimmertür aufgestoßen wurde. Dort stand Carmelita, den Arm über der Brust, die Finger nervös über dem Halsgrübchen hin und her flatternd.

»Sie müssen mir helfen, Carmelita«, sagte ich sanft. »Wir müssen zusammenarbeiten.« Sie starrte mich verständnislos mit großen Augen an, und ihre Finger flatterten noch immer hin und her. Ich redete ruhig und beruhigend auf sie ein wie auf ein verängstigtes Kind und verwendete dabei immer wieder ihren Namen.

»Sie dürfen es niemandem sagen«, wiederholte ich dreimal. »Sie müssen mir ein Messer oder eine Schere bringen. Wir müssen ihn eine Weile fesseln. Gehen Sie jetzt und holen Sie mir die Sachen.« Meine Stimme war sanft, aber ich sprach im Befehlston. »Gehen Sie jetzt.« Ich sagte es ganz sanft. Ich hatte nicht viel Zeit, und ich wagte es nicht, mich auf irgend etwas zu verlassen. »Gehen Sie.« Sie ging.

Plötzlich bewegte er sich mit eidechsenartiger Geschmeidigkeit. Ich verfluchte mich innerlich selbst – dafür, daß ich geglaubt hatte, der Schlag hätte ihm das Bewußtsein geraubt, nur, weil es mir unmöglich schien, daß jemand sich so schnell wieder erholen konnte, dafür, daß ich ihn nicht gleich umgebracht hatte, für eine lange Liste von Dingen, über die ich jetzt nicht nachdenken konnte.

Seine Hand schloß sich um meinen Knöchel und zog. Ich ließ mich fallen, zielte dabei mit dem Knie auf seine Niere und schlug mit der Hand zu. Er stöhnte auf, und sein Griff lockerte sich, aber nicht genug. Ich rollte ab und rappelte mich ziemlich unelegant hoch. Der Cheongsam war von der Mitte des Oberschenkels bis zur Taille aufgerissen.

Blackford war inzwischen ebenfalls wieder mit funkelnden Augen auf den Beinen. Er war groß und kräftig gebaut. Trotz des Alkohols und des Schlages konnte ich es nicht mit ihm aufnehmen. Ich näherte mich rückwärts dem Sideboard und griff hinter mich. Die Brandykaraffe kam mir als erstes unter die Finger. Ich schleuderte sie quer durchs Zimmer, und sie landete krachend an der gegenüberliegenden Wand. Er duckte sich, und ich warf wieder etwas, diesmal vielleicht Port. Er wich auch diesmal aus. Ich bin schnell, und mit zwei gesunden Armen hätte ich ihn erwischt, aber ich hatte nur einen.

Die letzte Flasche. Cognac, V. S. O. P. Ich hielt sie am Hals und schwang sie locker hin und her. Ich hatte eine Waffe, und ich war der Angreifer. Die Chancen waren zwar noch nicht ausgeglichen, aber sie hatten sich verbessert. Wir umkreisten uns vorsichtig. Die Anmut und die Fassade des

Gentleman waren jetzt verschwunden, Er hatte die Zähne zu einem tierischen Knurren entblößt. Ich hätte gewinnen können, vielleicht – er war benommen, er war geschwächt, und er war betrunken –, aber dann trat ich in die klebrige Schokoladennachspeise. Die Chancen verlagerten sich schnell und – natürlich – nicht zu meinen Gunsten.

Ich rutschte seitlich weg, und er stürzte sich auf mich. Ich fing mich, doch nicht schnell genug. Ich schlug mit der Flasche zu, aber nicht so fest, wie es eigentlich hätte sein sollen. Ich traf ihn an der Schulter. Er stöhnte, packte mich am Arm und drehte ihn mir auf den Rücken. Langsam zwang mich der Druck auf mein Handgelenk dazu, die Finger zu öffnen. Die Flasche fiel mir aus der Hand und harmlos auf den Teppich. V. S. O. P. Er knurrte und lachte mir ins Ohr.

»Das gefällt mir. Es gefällt mir, wenn du dich wehrst. Du bist interessanter, als ich mir erhofft habe.« Er hielt mich mit einem Arm immer noch eng gegen sich gepreßt, mit der anderen Hand streichelte er meine Brüste. »Viel interessanter.« Wieder lachte er. Ich konnte seine Augen nicht sehen, aber in seinem Lachen funkelte es.

Ich sah als erste, daß sich die Tür langsam und leise öffnete. Er knurrte mir immer noch ins Ohr und streichelte meine Brüste. Carmelita bahnte sich mit vorsichtigen Schritten einen Weg durch das Durcheinander auf dem Boden. Sie hatte ein langes, schmales Messer aus Stahl. Sie streckte es nicht von sich weg, sondern hielt es mit beiden Händen umfaßt dicht vor dem Körper. Die Ellbogen hatte sie angewinkelt, um die Kraft der Arme zu unterstützen. Ihr Blick war entschlossen. Sie kam direkt auf mich zu.

Endlich bemerkte Blackford sie. »Leg das weg, Phoebe«, sagte er im Befehlston.

»Ich heiße Carmelita, und ich bin kein dummes, schmutziges Mexikanermädchen. Ich werde nicht mehr auf Sie hören.«

»Phoebe.«

»Carmelita«, sagte sie stolz. »Ich bin Mexikanerin. Ich bin nicht dumm oder schmutzig.«

»Leg das weg.«

Sie kam auf uns zu, den Blick auf ihn gerichtet.
»Carmelita!«
Mit einem Racheschrei stürzte sie sich auf uns. Er stieß mich nach vorne und auf das Messer zu. Ich schlug es mit dem Gips beiseite und ließ mich von dem Schwung des Schlages zurückschleudern. Ich traf Blackford mit dem Arm in den Magen, und er krümmte sich zusammen. Dann ließ ich den Gips mit aller Wucht auf seinen Hinterkopf herabsausen und spürte sofort, wie mich eine Woge des Schmerzes durchflutete. Aber gleichzeitig empfand ich auch Freude, als ich ihn zu Boden gehen sah. Dann konnte ich nichts mehr sehen, weil Schmerz und Tränen den Blick verschwimmen ließen. Ich hörte, wie Carmelita aufschrie und an mir vorbeirannte.

Sie stöhnte und ächzte.

Ich nahm meine ganze Kraft zusammen, um den Schmerz zu überwinden und rieb mir mit dem Handrücken die Augen.

Sie stöhnte und grunzte weiter. Und stach dabei auf ihn ein.

»Carmelita!«

Wieder ein Grunzen.

Ich schlug ihr schallend ins Gesicht. Sie stand auf und starrte mich mit leerem Blick an. Das Messer fiel ihr aus der Hand. »Er hat Phoebe zu mir gesagt.«

Ich führte sie zu einem Stuhl und setzte sie darauf. Dann holte ich den V. S. O. P., zog den Korken heraus, hob ein Wasserglas vom Boden auf und schenkte ihr einen Doppelten ein. Ich reichte ihr das Glas und sagte ihr, daß sie trinken solle. Ich wartete noch, bis sie das Glas geleert hatte, und ging dann in die Küche. Dort machte ich die Schubladen auf und zu, bis ich fand, was ich suchte: Isolierband und eine Schere. Außerdem entdeckte ich noch ein kabelloses und ein Wandtelefon. Ich klemmte mir das kabellose unter den Arm.

Carmelita saß noch immer auf demselben Fleck, als ich zurückkam. »Kommen Sie, helfen Sie mir, ihn zu fesseln.« Mein Gipsarm war so gut wie nicht zu gebrauchen, ein Zeugnis dessen, was der Körper alles an Schmerz ertragen und dabei doch noch irgendwie funktionieren kann. Wir klebten seine Knöchel und Handgelenke zusammen. Danach klebte ich ihm auch noch ein Stück Band über den Mund. Ich schenkte mir einen doppelten Cognac ein, kippte die Hälfte davon in mich hinein und rief die Polizei.

Das war nicht leicht, genau, wie ich es erwartet hatte. Ich hatte die Nummer, die Hank mir gegeben hatte, nicht mehr, und der Beamte unterbrach mich ständig mit dummen Routinefragen. Der Schmerz machte mich nicht unbedingt geduldiger.

»Hören Sie mir gut zu, denn ich werde es Ihnen nur einmal sagen. Ich werde in Don Blackfords Haus als Geisel gehalten.« Ich gab die Adresse durch. »Es ist noch eine Frau bei mir. Blackford ist schwer verwundet. Schicken Sie einen Krankenwagen. Es gibt mindestens einen Wachposten hier, der den Schlüssel zum Haus hat. Gehen Sie davon aus, daß er bewaffnet und gefährlich ist. Außerdem laufen Wachhunde herum, Dobermänner. Setzen Sie sich mit Detective Hank Parker in Verbindung, er weiß, worum es geht. Rufen Sie mich nicht zurück, das könnte den Wachmann auf uns aufmerksam machen.« Ich legte auf.

Carmelita und ich saßen steif und verkrampft nebeneinander auf zwei Eßzimmerstühlen. Ich hielt ihre Hand und tätschelte ihr Knie und versuchte, nicht vor Schmerz das Bewußtsein zu verlieren. Wir tranken Cognac. Einmal stand sie auf und ging zu Blackford hinüber.

»Ich heiße Carmelita. Ich bin Mexikanerin. Ich bin nicht dumm und schmutzig«, sagte sie immer wieder. Sie trat ihn in den Bauch, ins Gesicht, in den Mund. Ich hörte, wie Zähne splitterten. Ich tat nichts, um sie aufzuhalten.

»Ich heiße Carmelita«, sagte sie und setzte sich neben mich.

Ich nahm ihre Hand. »Ja, Sie heißen Carmelita.«

Die Polizei brauchte fünfundvierzig Minuten, bis sie bei uns war. Lange fünfundvierzig Minuten.

33

Liebe Charity,

Was ist der Unterschied zwischen einem Traum und einem Albtraum?

Colin

Lieber Colin,

Träume sind Hoffnungen, Möglichkeiten, Licht. Albträume sind Ängste und Dunkelheit.

Charity

Der Rest der Nacht verschwamm in undeutlichem Schmerz. Die Polizei brachte mich ins Krankenhaus, wo Hank mich fand. Er bahnte sich den Weg in den Röntgenraum mit einer Schar Schwestern im Schlepptau, die ihm immer wieder aufgeregt erklärten, daß er dort nicht hinein könne.

»Sie müssen draußen warten, Sir. Die Patientin ist nicht in der Verfassung, mit jemandem zu sprechen«, sagte meine Ärztin mit ruhiger Stimme. Sie war der einzige ruhige Mensch in meiner Umgebung. Ich war knapp davor, die Grenze zwischen Ruhe und Koma zu überschreiten.

»Das ist in Ordnung«, sagte ich. Sie zog die Augenbrauen hoch und sah mich an.

»Er ist als Freund da, nicht als Polizist.«

»Kat, bist du in Ordnung?« Er schüttelte die letzte Schwester ab, kam zu mir herüber und berührte meine Schulter, als wäre sie aus Zuckerwatte.

»Ich bin in Ordnung, aber Deck...« Ich hörte auf zu reden; ich war sogar zu erschöpft zum Weinen.

»Ich weiß.« Er legte den Arm um mich und achtete dabei nicht auf die Schokoladennachspeise, die noch immer überall an mir klebte.

»Und Carmelita. In Blackfords Haus war auch eine Frau mit dem Namen Carmelita. Das war alles ganz schrecklich, und es muß sich jemand um sie kümmern. Man darf sie nicht einfach so frei laufen lassen. Sie braucht eine Sozialarbeiterin oder sowas, wenn ihre Familie...«

»Geht in Ordnung.«

»Bitte kümmere dich drum, Hank. Versprich mir's.«

»Okay.«

»Jetzt. Es ist wichtig.«

»Kat.«

»Bitte.«

Sie setzten mich in einen Rollstuhl und sagten Hank, wo er mich später finden würde. Mein Arm war in Ordnung, aber nicht der Gips, und ich sollte einen neuen bekommen. Ich war dankbar. Der tägliche Anblick von Decks Blut auf meinem Arm wäre nicht gerade ein Heilmittel.

»Hank, bring mir was, was ich dann draußen anziehen kann. Das einzige, was noch ganz ist, ist die Unterwäsche.«

»Gut, Schatz.« Er gab mir einen Kuß, und dann schoben sie mich im Rollstuhl davon. Danach verlor ich immer wieder mal das Bewußtsein, während sie mir den neuen Gips anlegten. Der Schock, der Brandy und die Schmerztabletten machten es mir leicht, nur so dahinzudriften.

Hank brachte mir Shorts, ein T-Shirt und ein Paar Lederriemensandalen, dann verschwand er wieder. Die Short war grellgelb, eine der Farben, die ich überhaupt nicht ausstehen kann, und auf dem T-Shirt war Minnie Mouse abgebildet. An beidem hing noch das Preisschild: Dollar 5.99, SuperSpar. Ich hätte gelacht, wenn ich noch gekonnt hätte, aber ich war zu fertig. Als der neue Gips dran war, half eine Schwester mir, mich zu kämmen, mich ein bißchen sauberzumachen und mich anzuziehen. Dann begleitete sie mich hinaus ins Wartezimmer und reichte mich weiter an Hank, der mich küßte und festhielt, als könnte ich mich jeden Augenblick in meine Bestandteile auflösen.

»Es ist schon in Ordnung, Hank. Ich bin okay.« Er achtete nicht auf das, was ich sagte, und packte mich noch fester. »Gehen wir auf die Polizeiwache.«

»Das hat Zeit bis morgen.«

»Ich würd's lieber gleich machen. Morgen will ich vergessen.«

Es dauerte lange, die Aussage aufzunehmen, Fragen zu beantworten, alles immer wieder durchzugehen. Als sie mich endlich gehen ließen, war ich halbtot. Gehirn tot, Herz tot, Gefühle tot. Die andere Hälfte schlief.

»Wo willst du hin, Kat?«

»Nach Hause.«

»Wohin?«

Ich hatte vergessen, wie weit ich von zu Hause weg war.

»Zu dir? Ist dir das recht?«

»Ja.«

Ich stieß einen Seufzer der Erleichterung aus, und wir machten uns auf den Weg nach draußen. Hank trug mich inzwischen fast. Als wir endlich ankamen, war es schon morgens, und Hank zog mich aus und steckte mich ins Bett. Ich schlief den ganzen Tag durch, wachte am Abend auf, aß, was er mir gab, und schlief dann wieder ein. Als Hank ging, blieb Mars neben meinem Bett sitzen. Jedesmal, wenn ich aufwachte, sah ich ihn dort sitzen, und das gab mir ein Gefühl der Sicherheit.

Zwei Tage später sagten sie mir, daß Blackford tot sei. Er war verblutet, aber höchstwahrscheinlich wäre er sowieso an den zahlreichen Kopfverletzungen gestorben. Es wurde keine Anklage erhoben.

In dieser Nacht fingen die Albträume an. Ich wachte schreiend auf. Hank packte mich und versuchte, mich aus der Panik herauszurütteln. In meinen Träumen war überall Blut, und ich rutschte und glitt ständig darin aus, wenn ich zu Deck gelangen und etwas gegen das Bluten unternehmen wollte. Ich schaffte es nicht. Dann wandelte sich der Traum, und Blackford lief grinsend hinter mir her und rief mir »Schätzchen« nach. Ich schlug die ganze Zeit mit dem Gips auf ihn ein, der Schmerz durchwogte mich, aber ich richtete nichts damit aus. Er grinste einfach nur und rief mir weiter »Schätzchen« nach. Und ich wachte immer wieder von meinen eigenen Schreien auf.

»Erzähl's mir, Kat.«
»Nein, ich will nicht drüber reden.«
»Erzähl's mir. Ich kenn' mich aus mit Albträumen. Sie gehen nicht weg, wenn man nicht drüber spricht.«
»Nein.«
»Erzähl's mir.« Es ging eine ganze Weile so, bis ich es ihm schließlich erzählte. Der Schmerz, die Hilflosigkeit, die Angst. Ich erzählte ihm mehr als der Polizei, mehr als ich irgend jemandem sonst sagte. Ich weinte und schrie, bis ich mich völlig verausgabt hatte und einschlief. Als ich aufwachte, hielt Hank mich noch immer. Er lächelte, und ich arbeitete an meinen Gesichtsmuskeln, bis ich ebenfalls ein Lächeln zustande brachte. Es folgte langes Schweigen. Hank durchbrach es schließlich.

»Die Alpträume, die ich früher immer wegen Liz hatte?«
Ich nickte. Dann fiel es mir auf. »Früher immer?«
»Sie haben aufgehört. Etwas in mir ist zur Ruhe gekommen. Es ist vorbei.«
»Ich bin froh, Hank.«
»Ich auch.« Wir lächelten uns an. »Ich bin bereit, noch mal von vorn anzufangen, Kat, ein neues Leben zu beginnen.«
»Weil Blackford tot ist?«
»Zum Teil.«
»Und weil ich geholfen habe, ihn umzubringen?«
»Nein. Weil du du bist, und weil du jetzt Teil meines Lebens bist.«
»Aber ich habe ihn umgebracht.«
»Schwer zu sagen, Kat. Es kann der Schlag gewesen sein, vielleicht aber auch die Stichwunden.«
»Ich habe ihn umgebracht, und ich habe Harry umgebracht.«
»Harry war schon tot, bevor du auf ihn geschossen hast. Dafür hat Deck gesorgt.«
»Hank, hör auf, die Wahrheit zu verdrehen. Ich habe einen Mann getötet, zwei Männer. Ich hab' so was noch nie gemacht. Ich hab' das nicht gewollt. Ich hab' einen Mann mit bloßen Händen umgebracht.«
»Nicht mit bloßen Händen, mit dem Gips.«

Ich sah ihn verwirrt an.

»Der Gips war eine Waffe, und du hast um dein Leben gekämpft. Kat, du hast keine andere Wahl gehabt, du hast es tun müssen. Sonst hätte Harry dich umgebracht. Oder Blackford. Es ist in Ordnung. Es war vernünftig und mutig. Du hast dir selbst und Carmelita das Leben gerettet. Du hast dich für das Leben entschieden, nicht für den Tod.«

Ich versuchte, ihm zu glauben, weil ich es selbst wollte, und weil ich glaubte, daß das richtig war. Ich versuchte es, aber ich wachte in der Nacht immer wieder von meinen eigenen Schreien auf. Am nächsten Tag stand ich auf. Alle hatten gesagt, ich solle noch länger im Bett bleiben, aber ich schaffte es nicht. Ich hielt diese Träume nicht aus, und außerdem gab es noch etliches zu erledigen. Ich machte die einfachen Dinge zuerst.

Ich rief bei Trainor Construction an, um mich zu vergewissern, daß Ed Trainor da war, und fuhr dann hinaus. Seine Sekretärin war hochnäsig und grinste mich höhnisch an, so, als würde sie mir selbst dann nicht die Zeit sagen, wenn sie drei Uhren am Arm hätte. Sie erklärte mir, er habe zu tun. Ich lachte ihr ins Gesicht, sagte ihr meinen Namen und daß ich die Witwe von Sam Collins vertrete. Ich sagte ihr, sie könne Ed fünf Minuten geben, um das, was er zu tun hatte, zu erledigen. Ich war nicht eben versöhnlich gestimmt. Nach viereinhalb Minuten kam er heraus ins Vorzimmer und bat mich zu sich ins Büro.

»Einen Drink, Miß Colorado?«

»Nein. Wir haben Geschäftliches zu besprechen, und es wird nicht lange dauern.«

»Kennen wir uns? Ich weiß nicht ganz, wie dieses Geschäft aussehen soll.«

»Wir kennen uns nicht. Ich bin Privatdetektivin und handle im Auftrag von Charity Collins, der Witwe von Sam Collins. Sie will wissen, wo ihre zweihunderttausend Dollar sind und wie ihr Mann gestorben ist. Ich kann zwar die erste Frage nicht beantworten, dafür aber die zweite.« Sein Gesicht erstarrte langsam, und sein Blick war kalt und leer.

Ich beugte mich über seinen Schreibtisch und legte die Hände auf seinen Papierkram.

»Und das können Sie auch, Trainor, obwohl ich mir nicht vorstellen kann, daß Sie genauso gerne darüber reden möchten wie ich. Sie lesen die Zeitungen, Sie wissen, was los ist in der Stadt.« Ich starrte ihn an, bis er nickte.

»Ich habe Don Blackford getötet. Ich war bei Deck Hamilton, als er starb. Sie haben beide Aussagen gemacht, die Ihre Verwicklung in den Fall Sam Collins eindeutig belegen. Da ich immer einen Mikrokassettenrecorder bei mir trage, habe ich diese Aussagen auf Band – das ist noch eine Gewohnheit aus meiner Zeit als Reporterin.« Ich sah ihm in die Augen, während ich log. – Noch eine Gewohnheit aus meiner Zeit als Reporterin. »Und diese Bänder befinden sich zusammen mit einem Brief für meinen Anwalt in einem Safe.«

Ich stand auf und stützte mich dabei mit den Armen ab. Er hatte noch immer kein Wort gesagt. »Wahrscheinlich können Sie der Anklage auf Mord mit einem guten Anwalt entgehen. Schließlich sind das ja nur Bänder, und die Hauptbeteiligten sind tot. Trotzdem hätten Sie in dieser Stadt ausgespielt. Die Großen stoßen keine Leute aus dem sechsten Stock, das überlassen sie den kleinen Fischen.« Ich schwieg eine Weile, aber nicht, weil ich eine Antwort erwartete. Was sollte er schließlich darauf schon sagen?

»Treiben Sie das Geld von Sam Collins auf. Ich will zweihundertfünfundzwanzigtausend Dollar als gedeckten Bankscheck, das schließt Zinsen und Spesen ein. Ich hole den Scheck morgen früh um zehn bei Ihrer Sekretärin ab. Ich will Sie nicht mehr sehen. Die Bänder bleiben als Sicherheit im Safe.« Dann ging ich. Die Sekretärin sah immer noch aus, als würde sie mir nicht einmal die Uhrzeit sagen. Draußen brannte die Sonne heiß und hart herunter.

Das war der leichtere Punkt gewesen. Jetzt standen mir noch Carmelita und Decks Mutter bevor.

Ich fand Mrs. Hamilton auf einem netten Wohnwagenstellplatz mit Pyramidenpappeln und einem Seniorenzentrum außerhalb der Stadt. Ein rüstiger, braungebrannter älterer Mann, der aussah wie ein brauner Grashüpfer, führte mich zu ihrem Platz.

»Mrs. Hamilton?«

»Ja.«

»Ich bin Kat Colorado. Katy. Erinnern Sie sich noch? Deck und ich waren Freunde damals in Sacramento.«

Ihr Gesicht klarte auf, und sie lächelte. »Kommen Sie rein, meine Liebe. Natürlich erinnere ich mich. Setzen Sie sich. Sie trinken doch einen Tee mit mir, nicht wahr?« Ich nickte, obwohl ich keinen wollte, weil ich mir nicht sicher war, ob ich schlucken konnte.

»Sie haben davon gehört?« fragte sie mich, und ich nickte wieder.

»Ich war bei ihm, als er starb, Mrs. Hamilton. Er hat mich gebeten, zu Ihnen zu fahren.« Sie stellte den Teekessel ab und setzte sich zu mir an den Küchentisch, die blau geäderten Hände gefaltet. »Er wollte, daß ich Ihnen etwas sage, aber er ist gestorben, bevor er mir erklären konnte, was. Er ist gestorben, um mir das Leben zu retten, und er hätte das nicht tun müssen. Er war tapfer, ein guter Mann und ein guter Freund.«

»War er das wirklich?« Ihre Stimme war kaum zu verstehen. »Sein Job – Sie wissen, was er gemacht hat?« Ich nickte.

»Aber er ist nicht bei der Arbeit gestorben. Er ist gestorben, wie Sie ihn erzogen haben. Er ist als guter Mann gestorben. Ich glaube, er wollte, daß ich Ihnen das sage.«

Sie stand auf und machte Tee, den wir dann tranken. Ich nahm zwei Tassen, und das Schlucken fiel mir nicht so schwer, wie ich erwartet hatte. Das Schweigen war natürlich, aber traurig. Als ich aufstand, um zu gehen, nahm sie mich bei den Händen und dankte mir. Sie war so klein und alt und zerbrechlich, und es war kaum zu glauben, daß der große, kräftige Deck tot war und sie noch lebte. Als ich sie ansah und darüber nachdachte, wünschte ich mir auch so eine Mutter, die mich geliebt und sich darum gesorgt hätte, was aus mir wurde, wie ich lebte und starb. Pech. Ich küßte sie auf die Wange und trat hinaus in die heiße, harte Sonne.

Hank hatte mir gesagt, wie ich zu Carmelita finden würde.

Ich ging, weil mein Herz es mir sagte, aber meine Füße wehrten sich, und mein Kopf schrie nein. Ich verfuhr mich auf dem Weg zu ihr dreimal, dabei war es nicht schwer, zu ihr zu kommen.

Es war ein kleines, uninteressantes Haus in einer kleinen, uninteressanten Straße. Ich stand auf der heißen Vordertreppe in der Sonne und klingelte. Carmelita machte auf.

»Ich bin gekommen, um nachzusehen, ob es Ihnen gutgeht.«

»Ich bin in Ordnung.«

Es folgte eine lange Pause, und wir sahen uns an.

»Dann gehe ich wieder.«

»Nein.« Sie öffnete die Fliegentür. »Kommen Sie rein.« Das tat ich. Ich wollte es nicht, aber ich tat es trotzdem.

Die Küche war kühl und ruhig, und wir setzten uns. Diesmal gab es Eistee, und noch immer hatte ich Probleme mit dem Schlucken. In meinem Job ist das oft so. Ziemlich häufig überlege ich, ob ich den falschen Beruf habe.

»Er ist tot, wußten Sie das?« Sie nickte. Ich atmete tief durch. »Ich habe ihn umgebracht.«

»Oder ich«, sagte sie.

»Das ist egal. Es war Selbstverteidigung. Wir hatten keine andere Wahl.« Ich dachte eine Weile darüber nach. »Tut es Ihnen leid?«

»Nein.« Sie schüttelte den Kopf. »Ich habe ihn gehaßt.« Ihre Augen bewölkten sich. »Vielleicht habe ich mir auch etwas aus ihm gemacht, aber der Haß war stärker.«

»Das war Gehirnwäsche, das hatte nichts mit Liebe oder Zuneigung zu tun. Er hat das perfekt beherrscht. Er hat versucht, Sie von sich selbst wegzulocken und zu seinem Geschöpf zu machen. Aber es hat nicht funktioniert, Sie waren zu stark.«

»Ich weiß nicht... ohne Sie... wäre ich vielleicht immer noch Phoebe.«

»Nein, Sie waren zu stark. Werden Sie zurechtkommen?« Sie nickte.

»Ich glaube schon. Ich kann bei meiner Schwester und ihrer Familie bleiben, solange es nötig ist.«

»Gut.«
»Ich habe Albträume.«
»Ich auch.«
»Ich wache schreiend auf.«
»Ja. Sie müssen darüber reden.« Ich gab ihr genau den Rat, den ich selbst so widerstrebend angenommen hatte.

Nein, das kann ich nicht.«

»Doch, Sie müssen darüber reden. Mit Ihrer Schwester, oder einem Freund, oder einem Priester.« Sie schüttelte den Kopf. »Sie müssen es tun. Dann vergehen die Albträume. Nicht Sie sind ein böser Mensch, das war er.« Sie sah mich an. »Ich weiß es, ich schwöre es.« Ich stand auf, um zu gehen. »Die Albträume werden aufhören. Vielleicht dauert das seine Zeit, aber sie hören auf, ich verspreche es Ihnen.« Ich versuchte, ihr die Hoffnung zu geben, nach der ich mich selbst sehnte. Die Haustür ging auf, und ich hörte den Klang von Kinderstimmen. Unsere Hände berührten sich kurz, und dann ging ich.

Ich hatte das Gefühl, als wären Stunden vergangen, dabei waren es nur Minuten gewesen. Die Sonne brannte noch immer heiß und hart herunter. Ich trat hinaus.

34

Am nächsten Morgen holte ich den Scheck in Trainors Büro ab und packte dann meine Sachen. Ich wollte Las Vegas auf die schlechtest mögliche Weise verlassen. Ich wollte weg. Mein Herz ließ es nicht zu, nicht, ohne vorher von Joe und Betty Abschied genommen zu haben.

Also aßen wir zusammen zu Abend, und bei Joe und Betty war es kein Abschied, nur ein *au revoir*. Ich war froh darüber. Ich lud sie nach Sacramento ein und versprach ihnen frisches Gemüse. Sie sagten, sie würden kommen, und ich glaubte es ihnen, ein schönes Gefühl.

Und dann Hank. Er weigerte sich, Abschied zu nehmen, oder auch nur *au revoir* zu sagen. Wir liebten uns in jener Nacht, bis ich ihn nicht mehr vergessen konnte. Wir sprachen Worte aus, die einem nicht so leicht über die Lippen kommen. Und wir machten Pläne: Camping am Mono Lake, im Herbst eine Rucksacktour durchs Death Valley, im Winter Schi fahren in Heavenly.

Mono, Death Valley, Heavenly. Das macht mir angst. Genau wie mir mein Job und mein Leben manchmal angst machen. Habe ich mich etwa für die Schattenseite und nicht für die Sonne entschieden? Ich hoffe nicht. Meistens versuche ich, Sonne in das Dunkel zu bringen. Das rede ich mir wenigstens ein; das will ich glauben.

Charity holte mich vom Flughafen ab und blies mir den Staub und die Spinnweben aus dem Gehirn.

»Warum hast du Shorts und ein T-Shirt mit Minnie Mouse an?«

»Ich hab' mir die ganze Zeit die weiße Hose versaut, und alles andere war dreckig. Ich hab' keine Zeit zum Einkaufen gehabt.«

»Kat, was bist du unordentlich.«

Das stimmt nicht, dachte ich mir, das stimmt einfach nicht. Schließlich konnte ich nichts dafür, daß mich ein Lieferwagen überfahren hatte und daß Deck in meinen Armen verblutet war.

»Ich wollte feiern, aber in deinem Aufzug lassen sie dich bei Frank Fats oder Harlow's nicht rein. Wie wär's unten am Fluß, im Virgin Sturgeon?«

»Gut.« Da war es friedlich, dachte ich mir. Das Wasser plätscherte gegen die Piers, wenn ein Boot vorbeifuhr, die Mücken summten herum, und die Kellner brachten große, eisgekühlte Margaritas. Kein Glanz und Glimmer.

»Kat, du errätst nie, was ich heute für einen Brief für den Kummerkasten gekriegt habe.«

»Was steht drin?«

»Jemand wollte wissen, was ich von einem Erwachsenen halte, der beim Schlafen ein Licht anläßt. Ein Erwachsener! Kannst du dir das vorstellen?«

Ich schüttelte den Kopf und verneinte, aber das war eine Lüge. Ich konnte es mir sehr gut vorstellen.

8-5-93

KAREN KJIEWSKI lebt in Citrus Heights, in der Nähe von Sacramento (Kalifornien). Neben verschiedenen Gelegenheitsjobs arbeitete sie als Barfrau und nutzt ihre dabei erworbenen Fachkenntnisse immer wieder für ihre Kriminalromane.
Im Heyne Verlag erschienen: *Ein Fall für Kat, Katapult, Von der Wiege bis zur Bahre*

Haffmans Kriminalromane im Heyne-Taschenbuch

Tödliche Ladies

Sie sind die Enkelinnen von Miss Marple und Philip Marlowe: V. I. Warshawski in Chicago, Kat Colorado in Sacramento und Laura Di Palma in San Francisco. Sie setzen sich in einer Männerwelt mit List und Härte durch und liefern Hochspannung – nicht nur für Frauen.

Anabel Donald
Smile, Honey
Kriminalroman
05/15

Karen Kijewski
Ein Fall für Kat
Ein Kriminalroman mit Kat Colorado
05/32

Edith Kneifl
In der Stille des Tages
Kriminalroman
05/4

Lia Matera
Altlasten
Kriminalroman mit Willa Jansson
05/8

Der aufrechte Gang
Ein Laura Di Palma-Kriminalroman
05/31

Sara Paretsky
Deadlock
Fromme Wünsche
2 Kriminalromane mit V. I. Warshawski
05/6

Regula Venske
Schief gewickelt
Psychothriller
05/3

Marilyn Wallace (Hrsg.)
Tödliche Schwestern
05/34

Wilhelm Heyne Verlag
München

Haffmans Kriminalromane im Heyne-Taschenbuch

Lia Matera

Mit Elan und Sprachwitz stürzen sich die beiden Heldinnen, Laura Di Palma und Willa Jansson, in ihre lebensgefährlichen Abenteuer. Lia Matera beweist, daß sie eine legitime Enkelin von Agatha Christie und Patricia Highsmith ist.

Altlasten
Kriminalroman mit Willa Jansson
05/8

Der aufrechte Gang
Ein Laura di Palma-Kriminalroman
05/31

Wilhelm Heyne Verlag
München

Haffmans Kriminalromane im Heyne-Taschenbuch

Private Schnüffler

Ihr Alltag besteht aus Kampf: mit der Polizei, mit ihren Klienten, mit Ganoven, und nicht zuletzt mit sich selbst. Sie sind die letzten einsamen Wölfe im Dickicht der Städte, immer in Geldnot, gefährdet von den Schönen der Nacht, gehetzt von tödlichen Aufträgen.

Lawrence Block
Tanz im Schlachthof
Thriller
05/2

Nach der Sperrstunde
Ein Fall für Matthew Scudder
05/36

Edmund Crispin
Der verschwundene Spielzeugladen
Kriminalroman
05/21

Aaron Elkins
Fluch!
Ein Gideon-Oliver-Krimi
05/13

Alte Knochen
Ein Gideon-Oliver-Krimi
05/43

Kinky Friedman
Lone Star
Kriminalroman
05/17

Greenwich Killing Time
Kriminalroman
05/44

Dan Kavanagh
Schieber City
Kriminalroman
05/5

Duffy
Kriminalroman
05/47

John Lutz
Nachtanschluß
Kriminalroman
05/37

John D. MacDonald
Zimtbraune Haut
Kriminalroman
05/26

David M. Pierce
Rosen mögen Sonne
Thriller
05/23

Down in the Valley
Thriller
05/49

Walter Satterthwait
Wand aus Glas
Kriminalroman
05/22

Wilhelm Heyne Verlag
München

Haffmans Kriminalromane im Heyne-Taschenbuch

Klassiker

Sie liefern den Beweis, daß die »gute alte Zeit« nur eine Mär ist, denn die zwanziger Jahre (George Baxt), die dreißiger Jahre (James M. Cain) und die fünfziger Jahre (Bill S. Ballinger) waren genauso mörderisch und gefährlich wie die heutige Zeit.

Bill S. Ballinger
Die längste Sekunde
Kriminalroman
05/28

George Baxt
Mordfall für Alfred Hitchcock
Kriminalroman
05/18

Mordfall für Dorothy Parker
Kriminalroman
05/42

James M. Cain
Wenn der Postmann zweimal klingelt
Kriminalroman
05/27

Wilhelm Heyne Verlag
München